U0784508

《西游记》与中国传统文化

成云雷　著

山东人民出版社·济南
国家一级出版社　全国百佳图书出版单位

图书在版编目（CIP）数据

《西游记》与中国传统文化／成云雷著．--济南：山东人民出版社，2021.12
ISBN 978-7-209-13581-8

Ⅰ.①西… Ⅱ.①成… Ⅲ.①《西游记》研究 Ⅳ.①I207.414

中国版本图书馆CIP数据核字(2021)第251934号

《西游记》与中国传统文化
XIYOUJI YU ZHONGGUO CHUANTONG WENHUA
成云雷 著

主管单位 山东出版传媒股份有限公司
出版发行 山东人民出版社
出 版 人 胡长青
社　　址 济南市市中区舜耕路517号
邮　　编 250003
电　　话 总编室（0531）82098914
　　　　 市场部（0531）82098027
网　　址 http://www.sd-book.com.cn
印　　装 山东华立印务有限公司
经　　销 新华书店

规　　格 16开（169mm×239mm）
印　　张 20.75
字　　数 320千字
版　　次 2021年12月第1版
印　　次 2021年12月第1次
印　　数 1-3000
ISBN 978-7-209-13581-8
定　　价 48.00元
如有印装质量问题，请与出版社总编室联系调换。

目录

第一章 导言：瑰丽多姿的西游世界

本书名为《〈西游记〉与中国传统文化》，旨在通过解读《西游记》原著中的人物、故事，探讨蕴含在文本中的历史和文化，传承和延续民族智慧。

第一节
经典阅读与《西游记》解读

中华民族历史悠久，在各个不同的历史时期，均留下了一些经典名著，这些名著承载着本民族的生命智慧。

一、经典阅读的重要性

首先，阅读经典名著是为了传承文化。新的时代，中华民族正在迎来伟大复兴。中华民族的伟大复兴，离不开民族优秀传统文化的复兴。弘扬和传承本民族的优秀传统文化，阅读经典名著是重要的途径。经典名著中除了有各种知识以外，还包含着一个民族的文化基因和密码，是过去生活经验的积累，也蕴含着指向未来的智慧。

其次，阅读经典名著是为了认识世界。世界不仅仅是物理空间和物理时间，也包括人文情感和历史价值。《单刀赴会》里周仓面对滚滚长江，感慨："好一派大水。"熟读《春秋》的关羽则感叹："二十年流不尽的英雄血。"孙悟空在重回花果山时说："吾不走此路者，已五百年矣！"这种历史沧桑感与人的精神境界有关系。人们在认识世界的过程中，总是带着某种价值观和情感，通过阅读经典名著，可以不断优化价值观念，提升思维方式，这将有利于我们更好地认识世界。

最后，阅读名著是为了更好地认识自我。每个人都有一个自我，既是生物的我、肉体的我，也是精神的我、灵性的我。在精神自我的发育过程中，阅读名著的过程往往是打上精神底色的过程。名著中的典型人物，蕴含着作者对于人性的思考和体验。历史在变化，技术在进步，相对不变的是人性。我们在阅读名著时，体验书中人物的喜怒哀乐，内心的情感随之不断丰富，这一过程也是自我人性不断丰富和成长的过程。

二、阅读四大名著在经典传承中的地位

（一）四大名著完整地蕴含着中国文化的基因和密码

近年来，经典阅读的重要性已经成为全社会的共识。在各类推荐书目中，四大名著占据重要地位。四大名著之所以备受重视，是因为这四部小说代表着中国古代文学的最高成就，完整地蕴含着中国文化的基因和密码。

四大名著加起来，就是完整的中国文化世界。[①]

---

① 《红楼梦》《三国演义》《水浒传》《西游记》这四部中国长篇古典小说的巅峰巨著，被称为四大名著。四大名著有着极高的文学水平和艺术成就，细致的刻画和所蕴含的深刻思想都为历代读者所称道，其中的故事、场景、人物已经深深地影响了中国人的思想观念、价值取向。

《三国演义》是一元的政治世界，蕴含着天下由治而乱，再由乱而治的原理。《水浒传》则是二元世界，既有江湖之远又有庙堂之高，朝廷和民间合而为一。《红楼梦》有三个世界：大观园里的青春世界，大荒山无稽崖青埂峰下的原初世界，灵河岸边三生石畔的警幻世界，鼎足三分而又相互渗透。《西游记》的世界更为丰富：等级森严的神仙世界，野心勃勃的妖怪世界，幽冥地府的鬼世界，水域辽阔的龙世界，至情至性的人间世界，多姿多彩而又淋漓尽致。

中国文化的基因和密码，是中国文化内在的、本质性的、基础性的规定和原理，它决定了中国人之所以是中国人而不是外国人，中国文化世界和人生的智慧潜藏其中。阅读四大名著，不仅仅是学习语言文字，更重要的是要感悟蕴含在文字背后的民族智慧。对于个人来说，智慧可以陶冶德性，也可以转化为解决问题的方法。

（二）四大名著沟通大小传统

过去，我们提到经典，首先想到的是儒家的《论语》《孟子》，道家的《老子》《庄子》，佛家的《金刚经》《坛经》，史书中的《史记》《汉书》《资治通鉴》等，以及古诗十九首、唐诗、宋词等不同时期的文学作品。然而，我们对于通俗小说重视的程度有所不够，总认为这一类的书，读者层次不高，难登大雅之堂。其实，就其影响力而言，四大名著可能不在《论语》《老子》等经史典籍之下。

经史典籍的读者主要是上层的官绅阶层，更多地与大传统相关联。通俗小说的读者主要是社会大众，更多地与小传统相关联。中国文化历来主张“下学而上达”，即具体知识的学习可以上升到更高层次的原理。在四大名著的形成之中，民间说书人的底层思想和文人、精英的智慧交汇融合，各种不同版本在一次次修订过程中，层层积累，不断完善。各个层次的读者，都能从中找到自己喜欢的相关内容。

中国文化中没有古希腊文化、古印度文化那种体系博大的民族史诗，用以陶冶和塑造民族性格，起到替代作用的是四大名著等通俗小说。四大名著由于融通了大小传统，自产生之日起实际上起到了民族史诗的作用，成为民族智慧的来源。阅读四大名著的过程，可以帮助我们“充实自身的生命体验，从而以更为充沛的精神世界，去面对苦难的人生，充实生命的价值，完善生存的意义”①。

（三）四大名著是语文教学的重要内容

在初中、高中语文教学中，四大名著是重要的板块，除了碎片化的章回选段教学以外，更加重要的是学生对整部小说的完整阅读。在中考、高考等升学环节中，关于四大名著的考核内容除了所节选的教学内容外，也拓展到整部小说，且所占考分比逐年上升。

---

① 郭英德.中国四大名著讲演录［M］.桂林:广西师范大学出版社,2006:3.

三、如何解读《西游记》?

四大名著的阅读很重要，不少学生投入了大量精力，家长也花费了大量财力，但效果不怎么好，部分学生甚至产生了某种焦虑情绪。有人说不感兴趣不想读，有人说内容枯燥读不进去。之所以如此，主要与古今之别有关系。四大名著由几百年前的作者创作，表现的是古代的历史和生活，现代人感到某种隔阂是很正常的。

本书希望通过解读《西游记》中的人物和故事，帮助青年学生读懂《西游记》，不再害怕阅读原著，然后在读懂的基础上，探讨名著中的历史文化。希望他们由喜欢关于名著的趣味解读，转向直接阅读名著，并体会其中的深刻道理。在解读中，笔者始终采取以下原则和方法：

一是以书解书，不做过度诠释，凡是书中出现的观点，原著中必有相关文字作为证据。

二是整体解读，突出细节和亮点，不过多引用大段原文，注重知识性、趣味性。

三是运用一些知识考古学的办法考察古人的观念。比如神仙和妖怪如何飞行、如何变化，在作者与同时代人中必有共识，与小说同时代的其他文本中也有共同支撑的知识背景，通过解读还原几百年前人们的这一部分共识，也是本书研究的重要任务。

第二节
《西游记》与中国文化

一、不断被重新创作的西游世界

在四大名著之中，以《西游记》的世界最为多元，也最为有趣，改造和重新创作的空间也最大。所以近年来关于《西游记》的网络小说特别多，如《悟空传》《沙僧日记》《西游天殇》等。关于《西游记》的影视作品有上百部之多，最为著名的是20世纪60年代的动画经典《大闹天宫》、1986年版电视剧《西游记》、电影《大话西游》，以及近年来的电影《西游降魔篇》《大圣归来》《悟空传》《情癫大圣》等。日本动漫《七龙珠》，对“80后”“90后”影响比较大，里面的孙悟空变成了外星人，除了拥有超能力，能够拯救世界，还会谈恋爱，生的儿子也都很厉害。

二、神怪世界

（一）传统文化中的神怪世界

在《西游记》的上述世界当中，最有特色的是神仙和妖怪的世界。《论语》里面说："子不语怪力乱神。"[1]孔夫子不说，这与儒家文化早熟的理性智慧有关系，但并不能取消怪力乱神的世界。怪力乱神的世界关系到人类的想象力，是人类的童心所在，也是人类的潜意识。大传统中可以删除，小传统中却无法删除干净。所以，《西游记》满纸神仙和妖怪，《水浒传》和《红楼梦》一开篇就是神话框架。

古代有许多人喜欢谈论神仙和鬼怪的事情。魏晋时期的《搜神记》、唐代的《酉阳杂俎》、宋代的《夷坚志》，这些书中都有大量关于鬼怪的篇幅，这一类的书每一个时代都有很多。清代袁枚写了一本关于神妖狐鬼的书，干脆起名《子不语》。《四库全书》的总编纂纪晓岚，也是一位清代人，写了一本谈狐说鬼的书《阅微草堂笔记》，他写诗说："千生心力坐消磨，纸上云烟过眼多。拟筑书仓今老矣，只应说鬼以东坡。"又云："前因后果验无差，琐记搜罗鬼一车。传语洛闽门弟子，稗官原不入儒家。"蒲松龄的《聊斋志异》更是不朽名篇。

（二）知识分子为何热衷于言说怪力乱神的世界？

一是有些话不能直接说，必须借助于鬼神曲曲折折地说，如庄子所谓"以天下为沉浊，不可与庄语"[2]。世道黑暗，不能严肃地说，那就荒诞地说。《西游记》中的大量文字，都与对当时现实的讽刺有关系。二是人类总有童心，也就是好奇心，不能满足于

---

① 论语·述而.

② 庄子·天下篇.

有限的现实世界，期冀现实以外的世界，对鬼神的言说也与对不朽、无限的追求有关。三是中国文化虽然没有深刻的宗教，但对于鬼神也不绝对地说没有，一直抱着一种存疑的态度。儒家“祭神如神在”，给鬼神留下了一定的空间。有人姑妄言之，也有人姑妄听之。

三、神怪文化研究与未来文化繁荣

近年来，随着中国经济的快速发展，中国文化正处在复兴的过程中。这一过程是全方位的，包括思想、制度、习俗、技艺等的复兴，当然也包括神怪文化的复兴。当今时代，影视、动漫、游戏等是文化传播较有影响力的方式。神仙和妖怪的文化传统中蕴含着丰富的创作资源。

自鸦片战争以来，中国有三大问题需要解决：挨打、挨饿、挨骂。

挨打是军事力量不如人，只要跟列强有所冲突，中国必遭侵略。鸦片战争、甲午战争，都是以中国人挨打和割地赔款而告终。为了解决这一问题，中国人民努力了一百多年才不再挨打。

挨饿是经济力量不如人。“民以食为天”，吃饭问题是中国从古到今最大的问题。这个问题通过改革开放、发展生产力得到解决。吃不饱饭是几代人的记忆。就“50后”“60后”作家来说，文学上的成就之一就是对于饥饿的描写。通过改革开放以来生产力的持续发展，中国人民逐渐实现了温饱，并已经全面建成小康社会。

挨骂是文化力量不如人。现在的中国，军事力量强大，政治制度优越，人民富裕，社会和谐，但是在西方媒体眼中以及民众心目中，中国的形象和中国人的形象一直被丑化，我们在国际事务中的话语权也缺乏足够的文化软实力作为支撑。

过去在中小学教材中，对于西方价值的推崇和对于本民族价值的不自信是联系在一起的。“华盛顿和樱桃树”的故事是说西方人的诚信，“牛顿和苹果”的故事是说西方人善于思考，“富兰克林放风筝”的故事是说西方人的探索精神。而许多出现在课本中的中国故事，如《刻舟求剑》《郑人买履》《东郭先生和狼》，说的都是中国古人的愚蠢。

以西方文化价值观念对中国文化进行贬低性的评价，本质上是一种文化不自信。随着中国国力的增强，许多中国文化的元素正在日益走向世界并且逐渐得到认同，如中国武术、中餐、中医、若干非物质文化遗产以及旗袍、园林、图书等。与《西游记》有关的神怪文化，就具有走向世界的可能。

在日本，妖怪学是一门显学，支撑着动漫和影视作品。日本大学里，妖怪学的研究起着重要的支撑作用。水木茂博士的系列著作，皇皇大观，令人叹为观止。而日本著名的妖怪，绝大多数来自中国文化，在种类和神通等各方面都不能和中国相比。

日本动漫具有世界性的影响和成就，宫崎骏、高畑勋的经典作品，背后都有妖怪文化的支撑。高畑勋的《辉夜姬物语》题材来源于民间的妖怪传说，浓浓的佛学味儿，生命无常，然而美丽，令人不忍且无奈。宫崎骏的动漫电影中，魔法和飞行是重要的文化元素。

国内也有若干有志于神怪研究的学者，一些成果逐渐出现，如栾保群的《中国神怪大辞典》、张云的《中国妖怪故事》以及众多仙侠、玄幻网络小说，都是这一方面的代表性成果。国内以神魔狐怪文化为背景的影视作品也颇受欢迎。不同作品之间的世界设定、文化设定如何整合，能否出现《魔戒》《哈利·波特》一类具有世界性影响的大作品，除了导演、编剧以外，也离不开学术界的资料整理和理论研究作为支撑。其实，神鬼狐妖也可以是正能量的。中国的爱情故事，影响力超出白娘子与许仙的基本上没有。香港电影《倩女幽魂》系列一共有三部，表现的是鬼世界，主题却是“乱世书生看人间”，现在已经成为华语电影的经典。

宫崎骏曾经预言，日本的动画将会没落，最重要的原因是人的资源会枯竭——日本年轻人的思维已经越来越西方化，许多日本民族自己的传统已经流失。[①]当代人生活在一个日益理性化的世界，科学昌明的同时，巫术、神话、宗教等思维方式，日益被打上迷信的印记。其实，关于神仙和妖怪的故事，与原初生命息息相关。神鬼狐妖在某种意义上是我们的初心，与我们对于天地神明的敬畏有关，也与我们对于人类自身命运的走向的关注有关。

一代人有一代人的文化艺术，其代表着民族智慧的极致。在网络热播剧《长安十二时辰》中，李白是万众瞩目的偶像。没有李白的诗歌，唐朝怎么能够称得上是大唐盛世？

---

① 周英.怪谈:日本动漫中的传统妖怪[M].北京:中国传媒大学出版社,2017:205.

唐诗以后是宋词，宋词以后是元曲，再往后是明清小说。当今之世，文化传播的主要载体是影视、动漫、游戏等作品。如果承载着中华文化的电影、动漫能够走出去，并为地球上的大多数人所喜爱，那么将意味着中华文化伟大复兴迈出了重要一步。

中国文化的世界性传播，离不开中国文化特色的题材。《哪吒之魔童降世》热播，票房突破50亿元，仅次于《战狼2》。这部动漫的成功，让人们看到了优秀传统文化的生命力。《西游记》《封神演义》乃至《聊斋志异》《阅微草堂笔记》，这些书中的神怪故事，都是未来文化创作的重要资源，需要我们不断研究、挖掘、整合，通过各种表现形式普及推广，扩大影响。本书对于《西游记》的解读和研究，探讨中国神怪文化，也有这方面的追求。

第三节
《西游记》中的世界设定

世为时间，界为空间。中国古代以三十年为一世，界是边界。“世界”连在一起用来说宇宙万物，在中国古代出现得比较晚。汉魏以后，佛学传到中国，翻译佛经时才开始这么说。影响久远的《金刚经》中，就有“三千大千世界碎为微尘”的说法。再往前，人们用的是宇宙，“上下四方曰宇，往古来今曰宙”。“宇”的原意是屋檐，引申为天边，“宙”的原意与北斗的移动有关，代表时间的流转。“宇宙”作为一个词最早出现在《庄子》里，《齐物论》里说“旁日月，挟宇宙”。此前，人们关于世界或宇宙的最早词语是天地。《西游记》中，作者称太上老君是开天辟地之祖。开天辟地就是创造世界。无论世界、宇宙还是天地，都不仅仅是纯粹的物理时空。在《西游记》中，时间和空间作为神仙和妖怪活动的背景，相较于其他名著，更为久远和广阔，体现了中国文化丰富的想象力。

一、时间

（一）《西游记》中的会和元

《西游记》原著的开篇，就先给读者说明了那个世界的时间观。以十二万九千六百年为一元，每元又分十二会，每会为一万零八百年。十二会为一元，十二与干支纪年有关系。每一会的名称也是子、丑、寅、卯等十二地支，如同人的生肖一样。作者又打了个比方，以一日之十二时辰，比于一元之十二会。天地终于亥会而开于子会，一日则终于亥时而始于子时。人生于寅会而没于亥会，也于寅时而作亥时而息。

中国以十二个时辰为一日，十二月为一年，十二年为一纪，现在《西游记》又以十二会为一元，那么元之上还有没有什么别的时间单位？按照作者的设想，在最终的亥会来临之际，天地陷入黑暗状态，人物消失，世界陷入混沌状态。然后又到新的子会，天地重新开辟。《西游记》中所说太上老君开天辟地，肯定不是第一次，也不会是最后一次。在三清中，太上老君排在元始天尊和灵宝天尊之后，他不可能是第一次开天辟地的大神。在道教经典中，开天辟地的元始天尊与盘古有关系，《历代神仙通鉴》中以盘古为元始天尊的前身。在原著的开篇就有一首诗，里面写着“自从盘古破鸿蒙”，紧接着在时间设定之后，又有一句“感盘古开辟”。《西游记》从盘古开天说起，这种时间设定是对中国民间神话的继承。盘古开一方天地，但天地可以不断重启。在新天地重启的时候，一般的凡人和动物在天地毁灭的时候死掉，但一些大神仙则能够逃过劫难，称为“历劫”。比如说玉皇大帝，作者曾经借如来之口，说出了玉皇大帝之所以能成为三界之主的原因。玉帝曾历一千七百五十劫，而每一劫的时间，恰好是整整一元。一元、一劫之类的说法，与神仙生存活动的轨迹有关系。

（二）中国传统文化中时间的人文性

中国传统文化中，时间与人文活动关联。

甲骨文里的年由“禾”和“人”两部分组成，人的肩上扛着禾，表示收获的意思。商代主要的粮食作物是粟，一年一熟，每收获一次需要一年，收获叫“年成”，丰收叫“大年”，歉收叫“小年”。一年有四季，春生、夏长、秋收、冬藏，与农作物生长和收获的规律有关。

二十四个节气也用来表示一年之中的时间变化，老农耕作基本上按照节气来，节气也与农作物生长的节奏相关。时间除了与农作物生长的节奏有关，还与生命的节奏有关。孔子在回顾自己的成长历程时说："吾十有五而志于学，三十而立，四十而不惑，五十而知天命，六十而耳顺，七十而从心所欲不逾矩。"而立之年、不惑之年、耳顺之年都是生命的时间节奏。

此外，兵家讲"机不可失，时不再来"，也与军事将领对战争局势发展的关键节点的把握有关系。晚唐罗隐有"时来天地皆同力，运去英雄不自由"的诗句，时运也是和英雄的生命意志连在一起说的。按照字面上的意思，一世为三十年，但我们平时更多地说"一生一世"，一世就是人活一辈子的时间。"人生一世，草木一秋。"我们常常以此感慨人生的短暂和脆弱。

六世达赖仓央嘉措诗里说"那一世，转山转水转佛塔，不为修来生，只为途中与你相见"。崇祯皇帝自杀前用剑斩断长公主的手臂，说："愿生生世世无生帝王家。"活佛的缠绵，帝王的沉痛，他们口中的时间都融入了非常深刻的生命体验。《西游记》中的孙悟空，大闹天宫时没有遇到对手，而在西天路上，厉害的妖怪就能差点要了他的命。玉帝身边的一位天师感慨道："此一时也，彼一时也。"

（三）关于"天上一日，人间一年"

在《西游记》时间设定中，"天上一日，人间一年"的说法，历来争论最多。有人认为，这一设定与爱因斯坦相对论惊人吻合，体现了中国古人“智慧的光芒”[①]。爱因斯坦所创立的相对论打破了绝对时间的概念。他用光速不变重新审定了时间的概念。按照爱因斯坦的理论，对于处在不同空间和运动中的人来说，时间的度量是不同的。假如有一对双胞胎，老大是宇宙飞行员，以接近光速的速度在宇宙中航行，老二在地球上生活，当老大回到地面时，他会比老二年轻许多。这便是所谓的“相对时间”的观念。

其实，《西游记》作者关于时间相对的观点，更多地是对于古代文化传统的继承。庄子说：“小知不及大知，小年不及大年。奚以知其然也？朝菌不知晦朔，蟪蛄不知春秋，此小年也。楚之南有冥灵者，以五百岁为春，五百岁为秋；上古有大椿者，以八千岁为春，八千岁为秋，此大年也。而彭祖乃今以久特闻，众人匹之，不亦悲乎？”[②]

凡人的寿命与那些神仙的寿命相比，的确可算作朝菌和蟪蛄了。人生至多不过百年，而那些传说中的神仙都是长生不老，动辄修行几千年，时间上的尺度根本不同。所谓“天上一日，人间一年”，只是一种形容罢了，不必深究。

关于神仙和凡人在时间尺度设定上的不一致，笔记小说中有许多著名的故事。

“天上一日，人间一年”的说法早期可见于《洞冥记》，说的是东方朔的事情，说东方朔幼年出门数月才回，一回家就挨母亲打。过了一段时间，东方朔又出去了，这次过了一年才回来。母

① 康江峰.西游记新论［M］.北京:中国社会科学出版社出版,2014:193.

② 庄子·逍遥游.

亲问他去哪里了，东方朔说：“儿至紫泥海，有紫水污衣，仍过虞渊湔浣，朝发中返，何云经年乎？”东方朔的意思是，“我早上出去中午就回来了，你为什么说我走了一年？”

《枕中记》记载了“黄粱一梦”的故事：

唐开元七年（719年），卢生郁郁不得志，骑着青色的小马驹，穿着短衣进京赶考。结果没考上，垂头丧气。一天，旅途中经过邯郸，在客店里遇见道士吕翁（其实是一位神仙）。卢生自叹贫困，吕翁拿出一个瓷枕头让他枕上。卢生倚枕而卧，一入梦乡便娶了美丽温柔、出身清河崔氏的妻子，中了进士，升为陕州牧、京兆尹，最后荣升为户部尚书兼御史大夫、中书令，封为燕国公。他的五个孩子也是高官厚禄，嫁娶高门。卢生儿孙满堂，享尽荣华富贵。八十岁时，生病久治不愈，最终去世。断气时，卢生一惊而醒，转身坐起，看看四周，一切如故。吕翁坐在旁边，店主人蒸的黄粱饭刚刚煮熟。

在“南柯一梦”的故事里，广陵人淳于棼在梦中被大槐国国王招为驸马，当了南柯郡太守，历尽人生穷通荣辱。醒来发现躺在大槐树下，而一切的梦境均发生于树旁之蚁穴。

“黄粱一梦”和“南柯一梦”，皆是人在梦中度过了很长时间，现实生活中却只有一会儿。

中国仙话中，有一则著名的“烂柯山”的故事：

西晋时有个叫王质的青年樵夫，一次上山打柴，来到王乔仙洞口。王质胆大好奇，心想，人家都说洞里有仙人，我何不进去看个究竟？洞口很小，只能通过一个人，洞深三丈余，宽高各丈许。王质刚进洞中什么也看不见。顷刻之间，洞顶好像透进光来，只见两个鹤发童颜的老人正在下围棋。王质素好下棋，被两位老人精湛的棋艺一下子给吸引住了。两位老人好像未发现有人进洞似的，边下棋边吃大枣，有时也顺手把枣递给王质吃。看完一局棋后，老人对王质说："你也该回家了。"王质俯身去拾斧子，想不到斧柯（斧柄）已经烂朽，只剩下铁斧了。王质回到村里，竟然一个人都不认识，向人打听自己的父母，才知道他们已经死去一百多年了。从此，后人就把这座山叫"烂柯山"。

"烂柯山"的故事，版本很多，有人说发生在浙江金华，有人说在浙江衢州，还有人说是在广东、河南的，以浙江衢州最为有名。故事中，仙人身边的时间流速也不同于凡尘，烂柯人只是看了一会儿棋局人间已过百余年。

在《西游记》中，"天上一日，人间一年"。第七十七回中，如来问文殊、普贤菩萨，说："怪走了多久？"文殊菩萨说："七日了。"如来道："山中方七日，世上几千年。"这一类说法与中国文化的传统有关系。

《西游记》中，许多故事在展开过程中，并没有遵守"天上一日，人间一年"。由于书中的孙悟空经常要在天庭与人间来回穿梭，这一设定并没有能够做到完全严格地合乎逻辑。比如，书中经常写到孙悟空到天庭去搬救兵，在天上待上一天半日，如果人间是一年半载的话，唐僧早就被吃了，或者与女妖精生下孩子了。

按照《西游记》的设定，天上1秒，等于地上365秒，约6分钟。地上1天，折合成天上的时间，大约是4分钟。孙悟空只要在天庭待上4分钟，碰上一个急性子的妖怪，唐僧差不多就可以被消化完了。孙悟空在天庭1分钟，地面上就过去6个小时，妖怪就有时间把唐僧吃掉。以最快的语速，笔者1分钟可以说250字左右。孙悟空在天庭期间，各种对话不能超过250字，而这是很难做到的。

所以，所谓“天上一日，人间一年”，只是一种形容罢了，不必深究。若是琢磨时间变化的交界点，或是想从现代科学中找一个解释，那就等于剥去了神话的五彩光环，就不好看了。《西游记》中关于时间的设定是模糊的，多与说话人话本有关系，也与民俗文化模糊性思维有关系。

二、空间

（一）天在上，地在下

《西游记》中，关于空间的设定是天上地下，天在上，地在下。天有三十三层，地上是人类社会，地下是十八层地狱。书中第三回里写道：

猴王真个去耳朵里拿出，托放掌上叫：“大，大，大！”即又大做斗来粗细，二丈长短。他弄到欢喜处，跳上桥，走出洞外，将宝贝攥在手中，使一个法天象地的神通，把腰一躬，叫声“长！”他就长的高万丈，头如泰山，腰如峻岭，眼如闪电，口似血盆，牙如剑戟；手中那棒，上抵三十三天，下至十八层地狱。

金箍棒可以上达云天，下至地府，可见在纵向垂直方向上，宇宙空间是有限的，犹如楼层，地上、地下部分按照高低不同的层次来区分。玉帝和太白金星等神仙居住在天上。人间的帝王和百姓住在地面之上。地底下的幽冥世界是阎罗王和鬼魂居住的地方。

在地面上，横向铺张则是四海四洲。第一回说："世界之间，遂分为四大部洲：曰东胜神洲，曰西牛贺州，曰南赡部洲，曰北俱芦洲。"此外，还有东海、南海、西海、北海。四洲四海是互相连接的，在空间范围上是有限的。

第二回说到孙悟空跟菩提祖师学习飞行术：

悟空弄本事，将身一耸，打了个连扯跟头，跳离地有五六丈，踏云霞去勾有顿饭之时，返复不尚三里远近，落在面前，扠手道："师父，这就是飞举腾云了。"祖师笑道："这个算不得腾云，只算得爬云而已。自古道：'神仙朝游北海暮苍梧。'似你这半日，去不上三里，即爬云也还算不得哩！"悟空道："怎么为'朝游北海暮苍梧'？"祖师道："凡腾云之辈，早辰起自北海，游过东海、西海、南海，复转苍梧，苍梧者，却是北海零陵之语话也。将四海之外，一日都游遍，方算得腾云。"

菩提祖师的飞行术，一日之内可以游遍四海，可见地上的空间是有限空间。

《西游记》关于空间的设定一方面与中国传统的空间观有关系，另一方面又汲取了佛经中的空间设定，按照神仙和妖怪活动的需要做了调整和重新创造。

中国传统文化中关于空间的思想主要有三种说法，即盖天说、浑天说和宣夜说。我们平常说的“天圆地方”就属于盖天说。地像方的棋盘，天像张开的圆伞盖着地，日月星辰都附在盖上，天不停地运动，日月星辰也随之不断运动。《敕勒歌》里说“天似穹庐，笼盖四野”，大概也和盖天说差不多吧。

【相关链接】

敕勒歌

敕勒川，阴山下。

天似穹庐，笼盖四野。

天苍苍，野茫茫，风吹草低见牛羊。

浑天说认为，空间像一个蛋。天是蛋壳，包在外面。地是蛋黄，居于蛋壳之中，日月星辰都在蛋壳上不停地运动。汉代的张衡就主张浑天说。

宣夜说认为，天是无形无体、无边无际的广袤空间，日月星辰不依附在任何东西上面，而是按照各自的特性，在气的作用下，在空中悬浮和运动。天也是没有颜色的，我们平时所看到的蓝天，只不过是视觉上的错觉。

以现代科学的视角来衡量，宣夜说的水平要更高一点。但《西游记》主要借鉴的是“天圆地方”的盖天说。第二回中，孙悟空讲自己“头圆顶天，足方履地”，头在上，脚在下，就隐含着天圆地方的观念。第七回中，孙悟空与如来佛祖斗法。如来佛祖把五根手指变成了撑天的柱子，孙悟空以为来到了天尽头。这说明即使在天尽头，也是天在上，地在下。第六十五回中，孙悟空引用“只有天在上，更无山与齐”的诗句，与“天似穹庐，笼盖四野”的意思基本上是一样的。

（二）三十三天与十八层地狱

《西游记》曾经出现三十三天、三十六天、九重天之类的说法。

“三十六天”的说法很少出现，但书中确实提到过。《西游记》第二十六回，孙悟空因为救人参果树的事情，向海上福禄寿三星求援，曾经说“就是游遍海角天涯，转透三十六天，亦是小可”。三十六天的说法是道家模仿佛经的说法而来的。

“九重天”在书中仅出现两次。第三十六回有“十里长亭无客走，九重天上现星辰”。这里的九重天，就在高高在上的天空。第八回，观音菩萨感叹孙悟空大闹天宫时的惊人战斗力，作诗一首称赞：“十万军中无敌手，九重天上有威风。”这里的九重天，就是指玉帝居住的灵霄宝殿所在之处，是天庭的核心地带。灵霄宝殿之外，是通明殿，这里是众神仙等候玉帝接见的地方。九重天就是大罗天，也称九天。九天应元雷声普化天尊府、孙悟空的大罗天御马监都在这一层。

仅凭《西游记》中有限的介绍，我们似乎只能确定兜率宫在三十三天离恨天，应元府在九天，而大罗天、上清天在三十六天中的哪一层天就不得而知了。其他的宫殿在哪一天更是让人无从知晓。这样看来，天上的地图大部分也没法完成。

道教所说的九重天来源于《吕氏春秋·有始》："天有九野……何谓九野？中央曰钧天……东方曰苍天……东北曰变天……北方曰玄天……西北曰幽天……西方曰颢天……西南曰朱天……南方曰炎天……东南曰阳天。"这里的九重天是九个方位的天，不一定有高低层次。

佛教也有三十三天的说法，东西南北各八天，加上中央须弥山的帝释天，共三十三天。此外还有二十八天的说法，分别是欲界六天、色界十八天及无色界四天。

佛教所说的三十三天，讲的是不同方位的世界，未必是同一世界的高低不同层次。而在《西游记》中，"三十三天"是指三十三个自上而下的天层，与中国传统语境中的"九重天""九霄云外""九天"等概念相符合。按照作者的设定，天庭有三十三层，玉皇大帝住在第九层大罗天，太上老君住在第三十三层离恨天。

天庭的各个机构和部门也主要在第九层。至于元始天尊、灵宝天尊在哪一层，书中没有明说。

三十三天的说法，主要是借鉴了中国传统文化以及佛教关于世界的设定，但是去除了传统经典及佛教经典繁琐的描述，添加了民俗文化中简单、直观的想象。

道家的九重天，就跟电梯房一样，一层比一层高。而佛教的三十三重天，是跟小平房一样，东方八天，西方、南方、北方各八天，中间是帝释天，在须弥山山腰，加起来总共三十三天。

道教早期将天划为九重，到了后期，仿照佛教，构建了三十六重天的新结构。天庭管理着天下所有的神仙，神仙分布在天上、地上和地下等不同空间。

天上有三十三重天，每重天住着不同的神仙。

《西游记》中，地上分为四片区域：东胜神洲、西牛贺洲、南赡部洲、北俱芦洲。各洲的名山之中都有洞天福地，神仙们在此修身养性。西天世界就在西牛贺洲的天竺国，而如来的雷音寺在天竺国的灵山顶上。各洲的外面是海洋，海中有仙岛，岛上也有神仙。

在中国本土文化中，人死后所居住的地方叫作黄泉。古代认为天地玄黄，而泉在地下，所以称为黄泉。一说为中国以黄河流域为中心，泉水因黄土而变黄，故称为黄泉。《孔雀东南飞》："结发同枕席，黄泉共为友。"民间有"黄泉路上没老少"，意思是不论年纪大或小，都可能死亡，何必斤斤计较。

在《西游记》中，鬼生活的空间是幽冥地府的十八层地狱。在"唐太宗游地府"的故事里，作者对于幽冥地府及十八层地狱做了全景式的描写。故事中出现了许多地标性的建筑，如森罗殿、背阴山、奈河桥、枉死城等，最为恐怖的是十八层地狱。

【相关链接】

吊筋狱、幽枉狱、火坑狱，寂寂寥寥，烦烦恼恼，尽皆是生前作下千般业，死后通来受罪名。酆都狱、拔舌狱、剥皮狱，哭哭啼啼，凄凄惨惨，只因不忠不孝伤天理，佛口蛇心堕此门。磨捱狱、碓捣狱、车崩狱，皮开肉绽，抹嘴咨牙，乃是瞒心昧己不公道，巧语花言暗损人。寒冰狱、脱壳狱、抽肠狱，垢面蓬头，愁眉皱眼，都是大斗小秤欺痴蠢，致使灾屯累自身。油锅狱、黑暗狱、刀山狱，战战兢兢，悲悲切切，皆因暴横欺良善，藏头缩颈苦伶仃。血池狱、阿鼻狱、秤杆狱，脱皮露骨，折臂断筋，也只为谋财害命，宰畜屠生，堕落千年难解释，沉沦永世不翻身。（《西游记》第十回）

关于十八层地狱的想象主要来自佛经。在中国本土文化中，早期关于死后世界的想象比较朴素。从徐州汉墓古迹中可以看出，那时候的人们认为死后的生活和活着时类似，只不过住在不见阳光的幽暗之处。所以，贵族把整座山凿空，墓室里卧室、舞厅、车马库、兵器库、厨房一应齐全，空间广大，犹如活人的宅邸。

《西游记》中，关于十八层地狱的描写，主要来源于佛经。据《地藏菩萨本愿经》：“诸有地狱在大铁围山之内，其大地狱有一十八所。”又说：“三海之内，是大地狱，其数百千，各各差别。所谓大者，具有十八；次有五百，苦毒无量；次有千百，亦无量苦。”由此可知，十八所地狱，仅仅是诸多地狱中比较大的十八所。《西游记》中十八层地狱便是来源于佛教的十八所大地狱。

但《西游记》中的十八层地狱也不如佛经里说得那么繁琐复杂，大地狱里包含小地狱之类的说法没有了。按照佛经的说法，各个地狱有可能是处于不同的星球上，不一定是十八个自下而上的层次。《西游记》中，为了让神仙和妖怪处于同一个宇宙之中，把三十三天、地面和地下的十八层地狱设定成自上而下的不同层次，犹如高层建筑一样。

【拓展阅读·狐狸洞的空间】

书生的身体那么大，怎么能够钻到狐狸洞里去？在古代笔记小说中，书生被狐狸精带到洞里，笙歌燕舞，置身亭台楼阁之中，在物理学中怎么解释？笔者曾经请教过杨晓华教授，杨教授用物理学的黑洞理论解释，说狐狸洞是类似虫洞的空间穿越通道，可以穿越到另一个世界。鬼文化专家“有鬼”（现在叫“天下无鬼”）则认为，用日本妖怪学的结界理论可以解释，狐狸洞是一个结界，洞内洞外是两个世界。笔者则认为跟灵魂和肉体的关系有关。书生的灵魂进了洞，物理性的肉体还在洞外。灵魂精微之至，在南柯一梦中连蚂蚁洞都能进，何况狐狸洞？此外，佛学的空间镶嵌理论也能解释。三千大千世界碎为微尘，每一粒微尘又是一个三千大千世界，空间里面还有空间。芥子里面可以容纳须弥山，螺蛳壳里做道场。狐狸洞是镶嵌在生活空间里的别有洞天。这种空间镶嵌在神话里是常见的，有灵性的动物狐狸、黄鼠狼上身，并非肉体藏在人的身体里面，而是空间的镶嵌。此问题甚有意义，欢迎有识之士提供高见。

（三）四大部洲和四海

《西游记》里，作者将整个世界分为四大部洲：东胜神洲、西牛贺洲、南赡部洲、北俱芦洲。其中，东胜神洲是花果山所在地，也是孙悟空的故乡；西牛贺洲是灵山所在地，也是师徒四人取经的目的地；南赡部洲是长安所在地，也是唐僧出发取经的地方；北俱芦洲在《西游记》中着墨不多，据说是一个荒凉之地。

四大部洲在佛教所说的十法界中，是人道众生所居住的地方，位于须弥山四方，七金山与大铁围山间的咸海中，有四个大洲，称四大部洲、四大洲、四天下、须弥四洲。

在《西游记》中，如来佛祖对于四大部洲各有评价：东胜神洲“敬天礼地，心爽气平”；西牛贺洲“不贪不杀，养气潜灵，虽无上真，人人固寿”；北俱芦洲“虽好杀生，只因糊口，性拙情疏，无多作践”；只有南赡部洲最为不堪，“贪淫乐祸，多杀多争，正所谓口舌凶场，是非恶海”。正因为南赡部洲有诸多恶业，所以需要唐僧取经来拯救，方能免除地狱之苦。

《西游记》中的四大部洲外围是东海、南海、西海、北海。各洲之间可以通过水路往来。孙悟空求仙访道之路：从花果山出发，过东海，经南赡部洲，渡西海，到达灵台方寸山，从菩提祖师处习得七十二变和筋斗云。有的洲与洲之间也有陆路可以往来，唐僧取经的时候，走的主要是陆路。师徒四人从南赡部洲的长安出发，经五行山到达西牛贺洲，在西牛贺洲历经九九八十一难后，最终到达灵山，取得真经。

孙悟空求仙访道之路，历经十余年，横跨三大洲。师徒四人西天取经之路，历经十四年，横跨两大洲。《西游记》除了借鉴佛教的四大部洲设定，也采纳了道教的十洲三岛和《山海经》部分设定，结合起来才是《西游记》的世界。孙悟空曾频频去仙岛找福禄寿星和东王公，这些神仙实际上跟孙悟空一样居住在东胜神洲，但各自又有自己居住的小洲。

这样，《西游记》中讲的天地人三界就统一在同一个宇宙空间之中。天界主要是道教的神仙们活动其中。地面上是人间君臣生活的地方，佛教的佛祖和菩萨占据了灵鹫山、普陀山等名山，道教的一些人仙、地仙生活在洞天福地。一些边缘地带的山洞是妖怪们的栖身之地。地底下是幽冥地府的范围，十八层地狱拘押着众多亡魂。四海主要是龙王活动的空间，各洲内部的水域也是龙王的地盘。

神仙、妖怪、人类和龙族各有生存空间，大多数时候互相不照面。在特殊的情况下也有通道，比如孙悟空进出天庭，主要是通过南天门。此外，还有连接天地的天柱可以来往。[①]正因为有了天柱、天门，神仙和妖怪们才能上天入地、穿梭时空。

---

① 书中第六十五回，猪八戒和孙悟空谈论昆仑山。八戒道：“若不接天，如何把昆仑山号为‘天柱’？”行者道：“你不知。自古‘天不满西北’。昆仑山在西北乾位上，故有顶天塞空之意，遂名天柱。”

第四节
神仙和妖怪

西游世界是个多重维度交织融合的世界，神仙和妖怪是这一世界中引人注目的主角。神仙高高在上，妖怪隐身于偏僻之地。二者一阳一阴，既对立又统一，共同谱写了西游世界的华彩篇章。我们先来说说神仙。

一、神、仙有别

《西游记》是一本讲神仙和妖怪的书。

世人都说神仙好，其实在中国文化传统中，神和仙是两类不同的存在。

神是人类崇拜和敬畏的对象，大体说来有以下几种：

一是创世造物之神。这些神创造了世界，创造了生命，乃至人类文明。《说文解字》中解释“神”为：“天神，引出万物者也。”这就是神的最初含义。甲骨文中记载“帝令风”“帝令雨”，帝也具有创世大神的性质。《西游记》中说，太上老君乃开天辟地之祖。民间传说中开天辟地的盘古，炼石补天的女娲，都是这一类的神。

二是祖先之神。中国文化特别崇拜祖先，越早的祖先神性越强。黄帝大战蚩尤，他们手下的部落首领都具有大神通。据说黄帝是四面神，能够全方位观察宇宙。后来的尧、舜、禹，具有各种神秘的超能力。尧的眉毛有八种颜色，舜怎么也杀不死，大禹治水的定海神针有一万三千五百斤，汤能够在大旱之年为百姓求雨，都不是凡人。

三是自然之神。比如日神、月神、山神、河伯等。这应该是原始崇拜的残留。《西游记》中的昴日星官大概跟日神有关，太阴星君跟月神有关。红孩儿在六百里钻头号山，奴役的山神就有三十个。至于河神，《庄子》中称为河伯。《西游记》中的水德星君及其管辖下的龙王，大概属于水神系列。

四是后天之神。中国文化中有功德成神的说法，圣贤清官之类的杰出人物，活着的时候贡献大，死了以后成为神灵保佑百姓。民间传说，包公死后为阎罗，海瑞死后为城隍，都是这一类的神。秦叔宝、尉迟恭勇猛无敌，成为保家护宅的门神。但也有少数恶人死后为神，《西游记》中的王灵官，武艺不在孙悟空之下。起初，王灵官名为王恶，为湘阴浮梁之庙神，实则是淫祀鬼神，好吞噬童男童女，道教牛人萨天师为民除恶，飞符火焚，将之炼就一双火眼金睛，收为了道教护法尊神。

五是淫祀之神。这个淫，未必是淫邪好色，主要是过分、非主流的意思，包括民间信仰中的五通神、青蛙神、兔儿神等。

【拓展阅读·五通神】

北京彰仪门外有五哥庙，里面并排供着五位神，实际上是南方的五通神。五通神亦正亦邪，属于财神系统的神。五通神在民间香火很旺，经常有信奉者用金纸和银纸叠成金锭银锭，大小几百个，供在神案上。想发财的人可以到庙里去借。借之前要沐浴更衣斋戒，保持身体和心灵的洁净，然后备齐酒肉去祭祀。想借多少钱，就从庙里拿走相应数量的金锭银锭，回去烧掉，就有发财的机会，这叫作“借阴债”。如果此后真发了财，就要做上新的纸元宝，再备上酒肉酬谢神灵。原先借走的金锭银锭除了如数归还本金以外，还要加上利息。利息多少各个庙不一样，五哥庙是利息加倍。镇江水神张老相公走的是薄利多销的路子，他的庙只收二分利，这叫作“还阴贷”。“放阴债”与“还阴贷”，可谓神明世界的共享经济。

说了神，再说仙。仙，古体字“僊”，是会意字。看字的左边，是个人；字的右边，上半部是巢中的鸟蛋，中间是双手。意思是人爬到高处取鸟巢。其意义，就是在高处的人。后来，直接简化成了“仙”，山中之人。古人心目中，山最高，最接近于天。凡人要免除死亡之苦，就要在接近于天的地方修行，最后靠修行达到老而不死，就成为仙人。

仙有不同类别，有天仙、地仙、人仙。《西游记》中的赤脚大仙先是被孙悟空骗了去通明殿演礼，后来又在安天大会上向如来佛祖敬献交梨、火枣，经常参与天庭之事，大概是天仙。镇元子住在五庄观，在地面上栽培人参果，被称为地仙之祖。魏征在梦中斩杀泾河老龙，大概是人仙。

由此来看，神跟仙的共同点在于：都是有别于人类的高级存在。区别首先在于，神的能力大多数是生来就有的，而仙的能力主要靠修炼而来。其次，神一般在天庭有自己的工作职责，千里眼、顺风耳掌管情报，雷公电母管下雨打雷，李天王父子负责斩妖伏魔，乃至玉帝统领宇宙，都有干不完的活儿。相对而言，仙就轻松得多，镇元子搞种植，八仙游戏人间，都是清闲的表现。

神仙虽有别，但在《西游记》的作者笔下已经合在一起，成为一类。蟠桃盛会的仙女说到出席人员时，有五方五老、五斗星君、上八洞神仙、中八洞神仙、下八洞神仙等。上八洞神仙，主要指三清、四帝、太乙天仙。中八洞神仙，主要是玉皇、九垒、海岳神仙。下八洞神仙，主要是幽冥教主、注世地仙。这些神仙，大多数都有固定的职位，像赤脚大仙这样清闲的很少。在取经途中，孙悟空和猪八戒也经常以神仙自居，骗吃骗喝骗香火，甚至有人给他们盖庙歌功颂德。

《西游记》借鉴和融合了道教和民间信仰习俗，把神仙分为五个等级。

五仙之中，天仙最高。悟空位列天仙，却未入真流。天仙中的顶尖角色，是居于三十三天之上的三清，即玉清元始天尊、上清灵宝天尊、太清道德天尊，太清道德天尊俗称太上老君。而权力最大者，非玉皇大帝莫属，他权衡三界，统御万灵。

五仙中排第二的，是地仙。镇元大仙是地仙之祖。地仙之中，黎山老母可能比镇元大仙的资格还要老。地仙之中最有名的，应该是八仙，即铁拐李、汉钟离、张果老、蓝采和、何仙姑、吕洞宾、韩湘子、曹国舅，留下了八仙过海各显神通的传说。

排在地仙之后的是神仙。福禄寿三星是神仙之宗。那些天兵天将都是神仙的下属。

再后面就是人仙。《西游记》中有一位人仙，就是观音禅院的金池长老，已二百七十岁。魏征大概也是人仙。后世比较有名的人仙，应该算是张三丰吧。

五仙中排末位的，是鬼仙。鬼仙的典型代表就是土地、城隍、河伯、山神等。《西游记》中，有土地神自称鬼仙，原话是："大圣，错怪了小神也。这宝贝乃是地仙之物，小神是个鬼仙，怎么敢拿去？就是闻也无福闻闻。"

《西游记》中的神仙世界等级森严。如来把孙猴子压在五行山下，玉帝筵谢。书中写道：

> 玉帝传旨，即着雷部众神，分头请三清、四御、五老、六司、七元、八极、九曜、十都、千真万圣，来此赴会，同谢佛恩。
>
> 不一时，那玉清元始天尊、上清灵宝天尊、太清道德天

尊、五炁真君、五斗星君、三官四圣、九曜真君、左辅、右弼、天王、哪吒，玄虚一应灵通，对对旌旗，双双幡盖，都捧着明珠异宝，寿果奇花，向佛前拜献。

上述引文中，数字和贵贱有关。一般以少为尊，以多为贱。

二、《西游记》中的道派神仙

1.玉皇大帝

玉皇大帝，在《西游记》中被称为大天尊，犹如人间的帝王。王母娘娘，在民间传说中是玉帝的王后，但在《西游记》中没有这么说。

2.三清

三清，道教供奉的祖师爷。《西游记》作者认为，太上老君是开天辟地之祖，一气化三清。三清是玉清元始天尊、上清灵宝天尊、太清道德天尊。

3.四御

四御，四个方位的天帝。《西游记》中没有明确说明，最普遍的说法是：第一位是玉皇大帝，全称昊天金阙无上至尊自然妙有弥罗至真玉皇上帝，被视为总执天道的神灵；第二位是中天紫微北极太皇大帝，被视为协助玉皇大帝执掌天经地纬、日月星辰，统御诸星和四时气候的神灵；第三位是勾陈上宫南极天皇大帝，被视为辅助玉皇大帝掌管南北极和天地人三才，统御众星，并主宰人世间兵革的神灵；第四位是承天效法后土皇地祇，被视为掌管阴阳生育、万物之美和大地河山之秀的女神。

【相关链接·六御】

道教和民间信仰中另有六御的说法。被列为六御的有统御万天的昊天金阙无上至尊自然妙有弥罗至真玉皇上帝（玉皇大帝）、统御万雷的西方太极天皇大帝（勾陈上宫南极天皇大帝）、统御万星的中天紫微北极太皇大帝、统御万类的东极青华大帝（又称太乙救苦天尊）、统御万灵的南极长生大帝、统御万地的承天效法后土皇地祇。而六御之中，为了与三清组成道教“七宝”，人们就把玉帝和太乙救苦天尊排除在外，组成延续至今的三清四御，而被列为四御的只有北极紫微大帝、南极长生大帝、西极勾陈上宫天皇大帝、承天效法后土皇地祇。

4.四大天师

张道陵天师，是中国道教文化中最出名的一位天师，主要在画符和捉妖上有所成就，在《西游记》中，很明显那些妖怪都是他无法应付的，所以只能跑龙套了。

葛洪天师，其实这位天师名气也很大，主要是在炼丹和修身养性上有所成就，然而在《西游记》中，用处却不大，只能是跑龙套、打酱油的存在。

许逊天师（许旌阳），其实这位天师非常淡泊名利，羽化成仙之后，很受当地百姓的爱戴和崇敬。

丘弘济天师，这位天师在历史上很难找到相对应的人物，唯一能有所匹配的就是丘处机，然而元初的全真道士穿越到唐朝，显然不合逻辑。他在《西游记》当中，也仅仅露过一面，可以说完全就是个跑龙套的角色。

《西游记》中的四大天师，主要是借鉴道教的四大天师，但又结合民间传说和习俗进行了改造，主要是萨天师换成了邱天师。

5.五方五老

七仙女在介绍蟠桃大会的嘉宾时，介绍的是西天佛老、菩萨、圣僧、罗汉，南方南极观音，东方崇恩圣帝、十洲三岛仙翁，北方北极玄灵，中央黄极黄角大仙等。

6.六司七元

六司和七元分别是南斗六星和北斗七星的神官，其中最有名的就是北斗的文曲、武曲、破军和贪狼。六司和七元的综合实力相差无几，但是平均下来，北斗的每一星都要比南斗强一些，所以南斗在前。书中提到寿星为六司之一。

7.八极九曜

所谓“八极”，指的是八卦之中每个方位都有神仙，也泛指周天无名的星宿之神。而“九曜”则是指“日曜、月曜、火曜、水曜、木曜、金曜、土曜、罗睺及计都”，这些都是非常有名的太阳系星球，太白金星就是金耀，主宰杀伐。书中的太白金星似乎已经成为四大天师之上的文臣之首，没有放在九曜里面写。

8.十二元辰

十二元辰，别名“十二月将”“十二生肖”，道教神名，即十二相元辰，乃配合十二地支排列。书中是虚写的。

9.二十八宿

《西游记》中的武将组合，奎木狼、亢金龙、井木犴曾经出场。

天兵天将也有个排序。齐天大圣搅乱天宫之后，玉帝大恼，即差四大天王，协同李天王并哪吒太子，点二十八宿、九曜星官、十二元辰、五方揭谛、四值功曹、东西星斗、南北二神、五岳四渎、普天星相，共十万天兵，布一十八架天罗地网下界，去花果山围困，下了死命令一定要活捉孙悟空。

此外，天庭还有一些职能部门的神仙：九天应元雷神普化天尊、李天王、天蓬元帅、武德星君、水德星君、火德星君等。

各个职能部门又有下属的低级别神仙，如千里耳、顺风眼、纠察灵官、四大天王、日游神、夜游神、门神等。

总的说来，西游的神仙世界主要是汲取和借鉴了传统道教的神仙谱系，而后在此基础上借鉴民间传说和民间习俗进行了改造。比如，玉皇大帝被提升为天庭之主，而不是居于三清之下。四大天师中去掉了萨天师，增加了来历不明的邱天师，等等。

三、《西游记》中的佛派神仙

在《西游记》中，除了天庭的道教神仙外，还有西天的佛祖和菩萨，体现出佛道合一的特点。但书中所说，更多的是从民间习俗的角度对道教和佛教的人物作了重新创作。在《西游记》中，为了故事展开的方便，作者采用太上老君“化胡为佛”的说法，把佛派视为道派的一个分支。书中多次提到“化胡为佛”：

> 菩萨道：“你有什么兵器？”老君道：“有，有，有。”捋起衣袖，左膊上，取下一个圈子，说道：“这件兵器，乃锟钢抟炼的，被我将还丹点成，养就一身灵气，善能变化，水火不侵，又能套诸物；一名‘金刚琢’，又名‘金刚套’。当年过函关，化胡为佛，甚是亏他。早晚最可防身。等我丢下去打他一下。”（第六回）
>
> 老君道：“我那‘金刚琢’，乃是我过函关化胡之器，自幼炼成之宝。凭你什么兵器、水火，俱莫能近他。——若偷去我的‘芭蕉扇儿’，连我也不能奈他何矣。”（第五十二回）

当年太上老君“化胡为佛”，使用的是金刚琢。金刚琢法力强大，是用来防身的，且能套万物，被太上老君称为“化胡之器”。

所谓“化胡为佛”，有三种理解：1.太上老君点化胡人，使其顿悟成佛，创立佛教，佛道平等；2.太上老君化身为胡人，创立佛教后，又变回原身，道教是佛教源头；3.太上老君化身为胡人佛，拜如来佛祖为老师，学成后，又变回原身，佛教是道教源头。

按照书中的说法，如来佛祖只是五方五老之一，地位在三清之下，所以第一种说法比较有道理。可以想象，当年老君过函谷关时，遇到法力强大的胡人，与胡人展开了一场大战，凭借着善套万物的金刚琢，打败胡人，并经过老君的点化，胡人顿悟成佛，创立佛教。

太上老君点化的胡人是谁，也有三种说法：1.胡人是燃灯古佛；2.胡人是如来佛祖；3.胡人是弥勒佛。

西游记中同时出现了三位佛祖，即燃灯古佛、如来佛、弥勒佛，在世间分别被称为过去佛、现在佛、未来佛。燃灯古佛是退休的佛祖，如来佛是现在当家的佛祖，弥勒佛是未来接班的佛祖。既然老君当年“化胡为佛”，创立佛教，那被点化的胡人肯定是佛教的第一位佛祖，即燃灯古佛。在《西游记》中，燃灯古佛经常听老君讲《混元道果》，一方面说明，燃灯向老君学习，另一方面说明燃灯和老君关系非常紧密，因此，笔者认同胡人是燃灯古佛这个观点。

《西游记》一书融合儒释道三教，和道教、佛教的思想关系密切，但在民间说书人和作者的创作中，又结合民间习俗作了改造，不同于正宗的道教和佛教，所以我们称为道派和佛派。按照书中“老子化胡”的说法，书中所说佛派是道派的旁支，且道派的神仙和佛派的佛祖、菩萨，在超能力上并没有明显的差别，可以视为同一类存在。

佛派的成员主要是四金刚、八菩萨、五百罗汉、三千揭谛等。

四、妖精、妖怪、妖魔

（一）妖精、妖怪和妖魔

电影《大话西游》中的唐僧，说话啰里啰嗦，其中一句台词很有名："人是人他妈生的，妖是妖他妈生的。"按照唐僧的说法，妖是有别于人类的另一物种，可以世代繁衍。笔者小时候的语文教材里有《三打白骨精》的课文，中心思想是批判唐僧人妖不分，学习孙悟空的斗争精神。那个年代，人妖是你死我活的敌对方。毛主席有诗云："僧是愚氓犹可训，妖为鬼蜮必成灾。"

《西游记》中，吴承恩老爷子的笔下，妖精、妖怪、妖魔都是妖，轮番混用，似乎差别不大。但如果仔细探究，还是有所区别的。

妖，最初是形容词，用来形容女子身材窈窕与体态性感。古代社会，女性受歧视，妖逐渐就有了不正、邪淫的意思，后来妖变成名词，用来指邪恶之物。《左传》里面讲，"妖由人兴"。如果人类不出现行为偏差，妖就不会出现。人胡作非为，就会产生妖。

至于妖精，一般指妖之中进化得比较彻底、精致的异类存在。西游世界中，被称为妖精的，一般长得比较好看。企图蛊惑唐僧的琵琶精、玉兔精、老鼠精，都是美女。牛魔王的小妾玉面狐狸，应该是书中第一美女。植物妖精杏仙，是一位对唐僧有好感的女文青。上述妖精，都是女性。现代社会，有人用妖精称赞女性。职场成功女性往往被称为"白骨精"，即白领、骨感、精英。

妖精往往比较可爱。灵感大王金鱼精，原本是观音菩萨的小宠物，逃出来在通天河为妖，勒索附近百姓进贡童男童女，现原形的时候被发现不过是一条小金鱼。比宠物更可爱的是小朋友，红孩儿的三昧真火差点烧死了孙悟空，银角大王用两座山压得孙悟空吐血。在作者的笔下，他们也都是妖精。

“妖怪”一词，东晋文人首先使用，认为：“妖怪者，盖精气之依物者也。气乱于中，物变于外，形神气质，表里之用也。”①动物、植物或者自然之物，有了灵气，就成为妖怪。

《西游记》中的妖怪，一般是指妖之中外形比较丑陋的那一部分。这种丑陋，往往是由于进化得不彻底。七绝山的蟒蛇怪，还没有进化成人形，被孙悟空活活折磨而死。九头虫，有九个脑袋，“前有眼，后有眼，八方通见；左也口，右也口，九口言论”，生得“毛羽铺锦，团身结絮，方圆有丈二规模”，难怪被称作九头怪。九头怪被二郎神的哮天犬咬掉一个头，据说跑到日本后成为著名妖怪八岐大蛇。妖怪更接近于原形，金翅大鹏鸟脸人身，背上还长着翅膀，被称为大鹏怪。多目怪的原形是蜈蚣精，浑身都是眼睛，后来被毗蓝婆菩萨收编做了保安。

【拓展阅读·八岐大蛇】

八岐大蛇是日本民间传说中的著名妖怪，据说其有八个头和八条尾巴。八岐大蛇每年要去出云之国，吃一

① ［晋］干宝.搜神记［M］.上海:上海古籍出版社,2019:93.

对老夫妻的女儿，八个女儿被吃了七个。这一年要吃第八个女儿奇稻田姬的时候，须佐之男出现了，路见不平要出手。须佐之男和老夫妻酿了八桶烈酒，藏在八扇门后面。大蛇来后，闻到酒香，每个头都伸到一个酒桶里喝酒，不久就喝醉了。须佐之男乘机用剑分别砍下大蛇的头和尾。他砍到尾巴的时候，发现刀出现了缺口，然后从大蛇尾巴里生出一把剑，这就是草薙剑。有人认为八岐大蛇的原型是洪水。洪水泛滥的时候，确实有点像多头的蛇，洪水泛滥成灾，会毁坏稻田。

妖魔的出现比较晚，与外来文化的影响有关系。魔，是“魔罗”的略称。这个字出现得比较晚，南朝梁武帝萧衍在宣扬佛教时，把一切扰乱身心、破坏行善、妨碍修行的心理活动均称为“魔”。在佛教中，魔王专门在关键时刻阻碍修道者功德圆满。唐朝以后，来自西域的拜火教、食菜事魔教（俗称“明教”），被称为魔教。魔头是魔教的头领，能力强大，行事诡秘，往往是历代朝廷镇压的对象。

“道高一尺，魔高一丈。”《西游记》中的妖魔，神通广大是其特点。狮驼岭三魔中的狮子精曾经大闹天宫，一口吞掉十万天兵天将。除了实力强大外，妖魔往往有政治上的野心。牛魔王在东西天接合部自立为王，老婆和弟弟都霸占公共资源，分别控制雨水和落胎泉泉水，谋取家族利益。牛魔王还放任红孩儿役使土地爷和山神，连孙悟空都觉得做得太出格了。狮驼国的三位魔头，敢于跟如来佛祖动刀动枪，吃光了一个国家的君臣百姓，道德上的穷凶极恶也是魔头的一大特点。

当然，上述区别在《西游记》中也是相对的、模糊的。狮驼岭的三位大王合起来叫三魔，分开来叫狮子精、大象精、大鹏怪。黄眉童子是弥勒佛的弟子，也被称为黄眉怪。总的说来，妖精、妖怪、妖魔，与人类和神仙相比，都是一种不正常的另类存在。他们兴致勃勃地阻碍唐僧取经，最终大多数被孙悟空打死，少数被招安成为低级神仙。毕竟，邪不压正才是天地之大道。

（二）妖怪的分类

1.西游妖怪按照势力、影响力划分，可分为：

（1）大妖怪：七大圣（孙悟空、牛魔王等）、狮驼国三魔头。

（2）中等妖怪：金鱼精、艾叶花皮豹子精。

（3）草根小妖怪：白骨精、七绝山红鳞大蟒。

2.按照妖怪团伙内的层次级别划分，可分为：

（1）魔头。

（2）中层骨干：苍狼精、鳜鱼婆。

（3）小妖怪：伶俐鬼、精细虫、奔波儿灞、灞波儿奔。

3.按照来历划分，可分为：

天庭工作人员：奎木狼、金角大王、银角大王。

天庭杂役、坐骑：九灵元圣、青牛精、金毛犼、狮子精。

动物修炼：黑熊怪、金鱼精、琵琶精、黄风大圣。

植物修炼：杏仙等。

我们前面讲了《西游记》中的神仙世界、妖怪世界、鬼世界、龙世界，除了这四个超越日常经验的世界以外，其实取经路上更多的事情是发生在人间世界的。人类社会是西游神怪活动的重要背景。在《西游记》中，五大世界共同构成完整的宇宙，人间世界不仅由人间帝王主宰，而且有更为难测的天意和命数。就等级层次而言，神仙世界高高在上；鬼世界类似灵魂的收容和中转之处；龙世界负责管理水族以及下雨，属于天庭的下属部门。鬼、龙虽有超能力，但在等级层次上并不是必然高于人类世界。人类世界是唯一的物质生产的世界。鬼神需要的贡品都来自人类的生产，人类创造了鬼神赖以存在的物质基础。

第二章 神仙的多重视角解读

在第一章导言里，我们主要介绍了《西游记》中的神仙和妖怪，以及神怪活动于其中的时间与空间背景。在本章里面，我们将选择一些各个不同层次有代表性的神仙，结合在《西游记》原著中与他们相关的文字，从历史、文化、民俗中等多重视角进行解读。

第一节
玉皇大帝

玉皇大帝简称玉帝或玉皇，在中国老百姓的心中，是类似人间帝王的存在。他统揽天庭，手下有一大堆文臣武将。天庭遇到大事，比如孙悟空大闹天宫之类，玉帝要召集群臣一起商量对策。在六小龄童主演的《西游记》电视连续剧中，玉帝曾经被吓得胆战心惊地躲到桌子底下。在道教中，玉皇大帝之上尚有三清作为最高神。而在民间信仰中，玉皇大帝逐渐摆脱了国家祭祀和道教经典的束缚，成为至高无上的天神，总管三界十方。[①]天地之间，一切神怪人鬼，均由其掌管。《西游记》中，玉帝身份显赫，是地位最高的神仙，连如来佛祖都要称他为大天尊。

一、玉帝是怎样成为大天尊的

在《西游记》中，神仙的修炼动辄数万年乃至上亿年，玉帝成为天庭主宰也经历了漫长的修炼过程。

① 栾保群.中国神怪大辞典(修订版)[M].北京:人民出版社,2018:692.

孙悟空在大闹天宫时，不知天高地厚，企图抢夺玉帝大位，曾经说过："皇帝轮流做，明年到我家。"

这话有点不知天高地厚，类似的话在人类社会中，只有项羽说过。项羽看到秦始皇巡视，扔下一句话："彼可取而代之。"项羽是王族，有资格这样说。孙悟空一个野猴子，也这么说，就有点过分了。连向来语言温和的如来佛祖也看不过去了，大骂猴子欺心，是个初世为人的畜生。按照如来的说法，玉帝修行一千七百五十劫，每劫十二万九千六百年，合计两亿两千六百八十亿年，资格老，道行高，让孙悟空不要动歪心思。

民间传说中，玉帝修行的时间比如来所说的还要长。很久以前，一位老国王驾崩后，太子即位。新国王常常感慨生命无常，想为臣民寻求解决之道，于是他舍弃王位，将国家托付给贤明的大臣，前往普明香严山中修行，最终得道成仙，超越劫难。过了八百劫，他又降生人间为王，仍然为救治苍生，弃国学道。又过了八百劫，他再度来到人间，施药治病，拯救众生。再过了八百劫，他在世间宣扬大道，治理国家，救护民众，连阴间地狱也同人世间一样得到恩泽。如此总共修道三千二百劫，功业才隆盛一时，成为大罗金仙，号为"清静自然觉王如来"。再经亿劫之后，才成为玉皇大帝。这个传说，带有佛道融合的色彩，和西游世界倒也匹配。

在民间传说中，玉皇大帝是普通民众心目中的天庭最高神灵。而在道教中，玉帝地位上升，主要与唐宋之际的造神运动和帝王加封有关。

玉帝是玉皇大帝的简称，中国古代有许多帝，有的是创世大神，有的是祖先之神，后来都被道教写入了神仙谱系。其中有一位“高上玉帝”，最接近玉帝。

唐朝以前，高上玉帝是元始天尊门下玉清境的第十九位大神仙。元始天尊门下，还有一位大牌神仙，叫玉皇道君，排名还在高上玉帝之前。

唐朝的时候，高上玉帝和玉皇道君合二为一，变成了新的大神玉皇大帝，简称玉皇。其塑像或画像逐渐定型，一般是身穿九章法服，头戴十二行珠冠冕旒，有的手持玉笏，旁侍金童玉女，完全是秦汉帝王的打扮。

此后，按照道教的经典，玉皇是三清之下的四御之一，主要职责是按照三清的指示，处理天庭日常事务，“小事专掌，大事申呈”。

这与《西游记》中的设定是不一致的。西游世界中，玉帝是天庭的主人，类似人间的皇帝，是独一无二的最高存在。三清是他属下的精神领袖，太上老君有《道德经》，元始天尊有《混元道果》。四御是四个方位的领导者，但是各有职能。五老类似于地方上的封疆大员。

到了宋朝，造神高手宋真宗把玉皇尊奉为国神，加封为“昊天金阙无上至尊自然妙有弥罗至真玉皇上帝”，后来被称为道君皇帝的宋徽宗再次加封为“太上开天执符御历含真体道昊天玉皇上帝”。从此，玉帝超越元始天尊、太上老君等前辈领袖，成为民间原始信仰中的最高神。

在西游世界里，太上老君、元始天尊相当于天庭顾问之类的精神领袖，佛派相当于天庭领导下的一个方位的二级部门。大一统的人间封建王朝，催生了大一统的天庭神仙组织，玉帝与时俱进地成为天庭第一大牌神仙。

【拓展阅读·与时俱进的神仙】

上古神话中的神仙大多数是工科神仙，盘古开天、女娲造人，干的都是工科活儿。黄帝时代的风伯、雨师、雷公，以及在逐鹿之战中扭转战局的女魃都擅长某种技术。祝融精通火道，共工精通水道，大禹治水、后羿射日，也都与技术有关。封神时代，天庭扩编，工科神仙开始向战斗型神仙转型。西游时代，工科神仙退位，四大天师之类的文科神仙开始掌权。玉帝本人以文科神仙的面目出现，元始天尊在天庭传播《混元道果》，太上老君向人类灌输《道德经》。佛派的如来喜欢上课讲道理，乌巢祖师传授《多心经》，地藏王菩萨在幽冥地府从事意识形态建设。顺应形势的成为神仙，跟不上潮流的就成为落伍的邪神，如女魃变成旱魃。可见，即使在神仙世界里，也是识时务者为俊杰，站在时代的风口上才能香火兴旺。上古时期的神话，主要任务是征服自然，所以工科神仙吃香。西游时代，主要是协调神仙内部关系以及神人关系，会讲道理的文科神仙吃香。唐僧光会动嘴，顺利进阶成为旃檀功德佛，原因也在此。

二、无为而治：玉帝的领导艺术

凡是有人的地方就有派系，神仙世界也是如此。

《西游记》中，天庭作为比较成熟的社会组织，内部也是派系林立。玉皇大帝领导下的天庭，在处理内政外交时，既有太白金星这样的鸽派，也有李天王这样的鹰派，还有太上老君这样的中间派。鸽派主张采取柔性温和的手段处理外交、军事等问题。凡有神仙犯错误，太白金星一定要跳出来求情。大事化小，小事化了。鹰派反其道而行之，推崇武力打击。神仙、妖怪造反闹事，率领天兵天将镇压闹事者的一定是李天王。中间派则在两者之间摇摆不定。孙悟空偷吃了太上老君的金丹，变得越来越强大。但太上老君用金刚琢砸伤了孙悟空，帮助二郎神活捉了孙悟空。

玉帝对这一切熟视无睹，这正是他作为宇宙之主的高明之处。高明的领导者喜欢手下分成几个派系。这样做的好处很多：一是便于各个击破，分而治之；二是在重大决策时，最高领导者可以采取相对超然的态度。

在一个组织里，如果最高领导者把一切权力都掌握在自己的手里，没有不同的声音，什么事情都是一把手自己说了算，这样的组织是铁板一块的刚性组织，是很危险的。一旦一把手决策失误，整个组织就会一损俱损，陷入万劫不复的境地。

《水浒传》里的宋江，拥有至高无上的权威，大手一挥，招安。于是，一百零八将在征方腊一役中折损三分之二。

《三国演义》中的刘备，为了给关羽复仇，不听诸葛亮和赵云的意见，倾举国之力讨伐东吴，结果在夷陵之战中被陆逊火烧连营，蜀汉从此由盛而衰。

从表面上看，玉帝领导下的天庭比较民主，碰到大问题，总是让太白金星和李天王等文武百官一起商量对策。小混混孙悟空仗着一身好武功闹龙宫、闹地府，公然挑衅天庭的权威，玉帝作为一把手不能不管。在征求各方面意见时，太白金星说招安好，玉帝马上说："依卿所奏。"不久，招安失败，李天王说镇压好，玉帝马上说："依卿所奏。"我们读到这些内容时可能会觉得玉帝没有主见，很窝囊。

其实，这只是我等凡人的幼稚无知，玉帝的胸怀和气度绝非凡人可以揣测。玉帝把问题抛出来让手下拿主意，成功了是自己善于听取意见，不失为心胸广阔的好领导。失败了，可以把责任推给手下，自己再另寻解决问题的办法。这样做的好处是避免了最高领导成为矛盾的焦点，遇到大的决策失误时可以找到替罪羊，从而最大限度地维护领导的权威。

所以，《西游记》中，玉帝默许天庭内部不同派系的存在，是一种领导艺术。一方面，可以调动各路不同神仙为天庭事业奋斗的积极性；另一方面，派系存在也是很好的试错机制。太白金星的路子错了，李天王可以上来试一试。李天王错了，还可以请二郎神、如来佛祖来试试。总之，没有神仙解决不了的问题，但最终功劳还要归于玉帝的英明领导。

玉帝的这种领导方式体现了道家的"无为而治"，无为而无不为，随顺自然，不刻意追求，治大国如烹小鲜。这种领导方式的特点就是对于领导者自身的主体性进行某种抑制，有权不任性，有力不蛮干，让部下去尝试、去试错。儒家也有类似的政治理念，如“垂拱而治”，又如“为政以德，譬如北辰，居其所而众星拱之”[①]。西游世界的玉帝形象设定，与传统政治文化显然有关系。

三、玉帝是否不关心二郎神

《西游记》中，玉帝是二郎神的亲舅舅。

母系氏族时期，外甥主要靠舅舅教育长大。所以，在中国传统礼仪中，舅舅为尊。但是《西游记》中，玉帝和二郎神的关系貌似不太好。原因是，当年玉帝的亲妹妹跟一个姓杨的小伙子谈恋爱、结婚生子，违反天条，被玉帝压在华山下，而后二郎神劈山救母，与玉帝结下了梁子。后来，二郎神成了天庭系统年轻一辈中的高手，对玉帝一直不买账，“听调不听宣”就是这么来的。

《西游记》中，孙悟空大闹天宫，玉帝没辙，听从观音菩萨的建议，请二郎神出山。二郎神在太上老君的帮助下，一举擒获孙悟空。对立下大功的二郎神，玉帝比较冷淡，赏了几朵金花和一点御酒，这些还不够梅山兄弟塞牙缝儿的。

那么问题来了，在《西游记》中，玉帝真的对二郎神一点都不关心吗？答案是否定的。中国文化认为，“聪明正直之为神”，

① 论语·为政.

玉帝作为天庭众神的领袖有德方有位，不可能这么小心眼，跟自己的亲外甥过不去。凡人尚且“打断骨头连着筋”，更何况聪明正直的神仙。

但是，玉帝的关心不能太明显，否则李天王、天蓬等高级将领难免心怀不满。况且二郎神比较骄傲，不大把各路前辈放在眼里。所以，玉帝压低二郎神的级别，让二郎神掌握一部分兵权，独立于李天王和天蓬元帅之外。

玉帝统治了天庭亿万年，智商之高，我们凡人难以想象，他当然明白不能把鸡蛋都放在一个篮子里的道理，所以他在十万天兵天将和八万天河水军之外又搞了一支特种部队，这就是二郎神的一千二百草头神。

玉帝和二郎神，不像亲舅舅和亲外甥那样亲热也许是假象。二郎神只有灌江口一座小庙，靠一点点香火要维持一千二百草头神的日常开销，显然入不敷出。谁能够保证二郎神和他的兄弟们天天喝酒打猎没有后顾之忧？唯一的答案只能是玉皇大帝。

李天王的李家军，是否忠心，能否一直忠心？玉帝是没有把握的，李家军的战斗力玉帝也是怀疑的。所以，玉帝让二郎神和他的六兄弟带着一千二百草头神远离天庭，来到人间隐藏起来，关键时刻可以起到出奇制胜的效果。一旦天庭有事，二郎神可以登高一呼，率军勤王。

毕竟，玉帝自己只有女儿，没有儿子，外甥和舅舅之间的血缘纽带是谁也扯不断的。

孙悟空第二次大闹天宫，二郎神就带着他的六兄弟和一千二百草头神来勤王救驾了。不负众望的二郎神完成了任务后并没有留在天庭任职，而是无怨无悔地回到地上继续潜伏。当然，二郎神成千上万年潜伏在地上也不是什么好差事，这也与他过于孤傲的性格弱点有关。

总的来说，玉帝对二郎神还是比较关心的，只不过这种关心不怎么表现出来。试问，天庭之中，跟二郎神同一资历的年轻神仙，有谁能够独立掌握一支精锐特种兵，又有谁能有机会擒获孙悟空扬名立万？二郎神有实力有实权，又立下大功有名声，何愁没有远大前程。

第二节 天庭文臣

天庭是人间朝廷的投射，玉帝身边有类似人间宰相和大学士之类的文臣，他们主要是太白金星和四大天师。太白金星本为九曜之一，地位不算太高。但在《西游记》中，九曜作为一个武将的团体只是虚写，没有像二十八宿那样具体写到个人。书中，太白金星在某种程度上算是文臣，频频出场，且玉帝对之言听计从，俨然是位居四大天师之上的首辅。四大天师参赞天庭机要，犹如人间朝廷之大学士。

一、太白金星

（一）来历

金星即太阳系中接近太阳的第二颗行星。《诗经·小雅·大东》有："东有启明，西有长庚。"这是说，金星早晨出现于东方，称"启明星"；黄昏出现于西方，称"长庚星"，又称"太白星"。金星被道教赋予神秘力量后，成为太白星君。[①]而在民间，人们称之为太白金星。太白金星最初是以女性形象出现的，她穿着黄裙、头戴鸡冠、身材婀娜，有时还以演奏琵琶的形象出现。

（二）太白金星在天庭的地位

在《西游记》中，太白金星成了一位和蔼可亲的老神仙，他手持拂尘，神态镇定，言语稳重。玉帝手下的大牌神仙很多，老资格的有三清、四御、五方五老，还有赤脚大仙之类的没有具体职务的神仙，这些神仙主要是顾问性质的，不过问具体政务。掌握实权的文臣主要是太白金星和四大天师等。太白金星尤其受到重用，可以称为天庭首辅，类似今天的高级行政主管。作为天庭文官，太白金星坚守构建和谐宇宙的理念，在处理神与妖、天庭与佛国的关系方面一直采取和平的方式，给我们留下了老好人的印象。

---

① 栾保群.中国神谱［M］.天津:天津人民出版社,2009:30.

（三）太白金星与孙悟空的关系

太白金星级别很高。一般神仙要是到了他这个位置，少不了狐假虎威抖威风。太白金星不是这样的，他代表玉帝到花果山招安孙悟空，干的是钦差大臣的活儿，但他一点不摆架子。在一无资历、二无威望的孙悟空面前一口一个大王，说是奉玉帝圣旨下界，“请”孙悟空上天。当时的孙悟空还比较幼稚，虚荣心强，要面子，喜欢别人的奉承，太白金星一个“请”字使猴子心花怒放，为受到了组织上的肯定而高兴得屁颠屁颠的。

孙悟空到了天庭工作后，嫌弼马温官儿小，一怒之下开小差走了。天庭方面感到很没有面子，就按照鹰派李天王的意见到花果山讨伐孙悟空，结果首先出战的巨灵神、哪吒双双惨败，李天王请求玉帝增加兵力。面对天兵天将的失败，又是太白金星站出来为领导排忧解难。太白金星认为，天庭和孙悟空并没有不可调和的矛盾。以孙悟空的武功来说，天庭武力解决问题付出的成本很大，如果收服不了孙悟空，还要在西天那班佛爷面前丢面子。孙悟空武功虽高，毕竟不是官场上的“老油条”，他要的是虚名，而不是实权，也不是俸禄，只要给一个“有官无禄”的虚衔，就能让他接受天庭的领导，维持天庭的和谐局面。玉帝听从太白金星的建议，给了孙悟空一个“齐天大圣”的名分，还盖了大圣府，安排了几个手下，表面上级别很高，实际上不管任何事儿，也不享受高级干部待遇，更不可能参加领导班子的决策。太白金星的成功调停，使得天庭和孙悟空双方化干戈为玉帛，暂时避免了一场刀兵之灾。

（四）太白金星的工作作风

太白金星在处理神妖关系时习惯运用和平手段，在处理天庭内部矛盾时更是如此。天蓬元帅酒后调戏嫦娥，玉帝盛怒之下判了他死刑，多亏太白金星站出来求情，才改判重责两千锤后放生，贬出了天关。

孙悟空大闹天宫对天庭的统治是一次重大挑战，为了恢复往日的权威，玉帝对天庭系统进行了一些治理整顿。在孙悟空被压五行山期间，天蓬元帅因生活作风问题受到严惩，卷帘大将因打碎了琉璃盏而饱受酷刑。这些事，看起来是玉帝小题大做，实际上都是杀鸡儆猴，借以立威。

与此同时，两次招安孙悟空的太白金星也因为承担连带责任，而进行了工作调整。取经阶段的太白金星，已经不如往日那么风光了，他主要的工作是给唐僧师徒通风报信。天庭的这种安排是经过深思熟虑的，唐僧取经是涉及天庭和西天佛国关系的大事情，处置不当会影响双边关系，太白金星的长处就是当和事佬，调解矛盾和稀泥，让他担任取经团的安全顾问比较合适。

也许是天庭的神仙境界高，太白金星不愧为能上能下的好领导，给玉皇大帝做智囊时很敬业，给取经团做顾问时一样很认真。双叉岭是唐僧西出长安取经的第一难，当时孙悟空还压在五行山下，没有加入取经团队。无人保护的唐僧落入寅将军、熊山君和特处士三个妖怪手中。在危急之时，太白金星出场，把唐僧救出虎狼之口，并预言超级保镖孙悟空即将出现，让唐僧安心前行。

黄风岭上的黄风怪，武功平平，但他的神风很厉害，太白金星主动指点孙悟空去找灵吉菩萨，这才渡过一难。

狮驼岭三怪是西游中后台最硬、武功最高的一伙妖怪，在其他神仙事不关己、高高挂起的时候，太白金星前来报信，并且承诺要汇报玉帝，在唐僧师徒遇到困难时派天兵天将帮助他们。当然，孙悟空是一只心高气傲的猴子，狮驼国的三个魔头是他西天路上最大的对手，他一直以一己之力在硬扛着，并没有去天庭搬救兵。最后，还是如来佛祖带着文殊、普贤菩萨来，才收服了三个魔头。但从书中太白金星跑前跑后、热心服务的工作态度来说，笔者认为该同志是天庭系统工作人员中责任心最强的一位。可以说，取经路上，唐僧师徒哪里有危险，哪里就有太白金星忙忙碌碌的身影。

太白金星不仅具有敬业精神，人品和官德也非常好，不像其他大牌神仙把童子、坐骑之类的手下派到地上做妖怪捞油水，也没有收地上的妖精为干女儿之类的丑闻。正因为如此，无法无天的孙悟空曾经推倒太上老君，骂如来是“妖精的外甥”，对太白金星却始终恭恭敬敬。

二、四大天师

《西游记》中，天庭文臣除了太白金星以外，出场次数最多的就是四大天师。这四大天师相当于古代朝廷中的什么官职？四大天师负责在通明殿接待来访仙人，询问事由，由他们入灵霄殿禀奏玉皇大帝，得玉帝旨意后，带领来人进入灵霄殿。简单来说，四大天师的主要工作就是上传下达。

在唐宋时期，这种官职叫作翰林学士承旨，或者枢密都承旨等。他们的品级比宰相低，与封疆大吏相当。因出入中枢，掌握机密，为皇帝近臣，权力极大。

《西游记》里多处写到四大天师。如第六回载："至通明殿前，早有四大天师、赤脚大仙等众，俱在此迎着菩萨，即道玉帝烦恼，调遣天兵，擒怪未回等因。菩萨道：'我要见见玉帝，烦为转奏。'天师丘弘济，即入灵霄宝殿，启知宣入。""须臾，（大力鬼王与木叉太子）径至通明殿下，见了四大天师，引至灵霄宝殿，呈上表章。"第三十一回载："早有张、葛、许、丘四大天师问道：'大圣何来？'"第五十一回载："（行者）直至灵霄殿外，果又见张道陵、葛仙翁、许旌阳、丘弘济四天师并南斗六司、北斗七元都在殿前迎着行者。"第五十八回载："马元帅同张、葛、许、丘四天师奏道……"第八十七回载："丘弘济、张道陵与葛、许四真人引（行者）至灵霄殿下，启奏道……"

从《西游记》里的描述可知，张、葛、许、丘四大天师乃玉帝近臣，在通明殿值班，负责转达奏章、引领陛见、宣布谕旨等事宜。

那么，这四大天师有何来历？

（一）张道陵天师

张道陵又称张天师，是四大天师中最被历史推崇、最被民间熟知的一位。他乃四大天师之首，坐骑为猛虎。在民间传说中，张天师最大的特长是捉鬼。

张道陵本名张陵，字辅汉，是东汉时期沛县丰邑人，是张良八世孙。他是正一道（即五斗米道）的创始人，被称为祖天师、正一真人。他自幼聪慧过人，七岁时精读《道德经》，精通四书五经、天文地理、河洛谶纬，曾经官至江州令，后来弃官修道，云游四方，寿一百二十三岁。

传说张道陵在蜀地得到太上老君教化，老君传授给他经书和法器，拜为天师，让他降妖除魔，守护生民。农历五月十八日是张天师的诞辰。

由于张天师神通广大，法力无边，可以降妖伏魔、驱鬼除怪、祛病延年、招福纳财，所以深受民间百姓的崇拜，向他烧香祈福的信徒众多。张道陵后代世世有一子承袭“天师”名号，一律统称张天师。张天师祖庭在江西省贵溪市龙虎山上清宫。经过历代经营，龙虎山成为拥有十大道宫、八十一座道观，号称“仙都灵会”的庞大道教圣地。

（二）葛玄天师

在孙悟空接触到的天庭仙人中，明确且公开对孙悟空表示不满且极端蔑视的，是四大天师中的葛天师。因凤仙郡三年大旱，孙悟空上天求玉帝降雨。听闻情况，四大天师道：“那方不该下雨。”孙悟空笑道：“该与不该，烦为引奏引奏，看老孙的人情何如。”葛仙翁道：“俗语云：‘苍蝇包网儿，好大面皮！’”

在经历了青牛精的磨难后，孙悟空逐渐认识到了玉皇大帝与太上老君的强大，对他们的态度越来越恭敬。不过，在心底深处，孙悟空还是觉得自己挺牛，满天星宿都不如他。于是，他才会笑着说，看看老孙的人情如何。

没想到葛天师一点也不给孙悟空留面子，直接嘲笑孙悟空不知轻重，自视过高。在葛天师眼中，所谓孙悟空的面子，也就和苍蝇一般，微不足道。

这葛天师是什么来头，敢这么和孙悟空说话？

在民间神话中，这葛天师，本名葛玄，以炼丹入道，成就天仙。在西游世界中，这葛天师乃四大天师之一，位高权重。

历史上，葛玄字孝仙，是三国时期琅琊人，是葛洪的祖父，人称太极左仙公。他自幼好学，博览群经，喜好老庄学说，不好仕途。后来他游历群山，在浙江赤城遇到师父左慈授予他丹经数部，而后他精研上清、灵宝诸经，立炉炼丹，寿八十九岁，被道教灵宝派和阁皂宗奉为祖师。

（三）许逊天师

许逊，字敬之，是西晋时期江西南昌人，被道教净明道和闾山派尊奉为祖师。

他自小赋性聪颖，博览群经，尤好道家修炼之术。二十岁时举孝廉，而他不愿为官，一心修道；四十二岁时他难以推辞，就任旌阳令。

许逊到任旌阳后去除贪鄙，减少刑罚，倡导仁孝，得到百姓称颂跟爱戴，被称为许旌阳。后来他隐居修行，立净明道派，寿一百三十六岁。道门中尊称许逊为“九州都仙太史高明大使至道玄应神功妙济真君”。

（四）丘弘济天师

丘弘济是西游记中四大天师之一，无人知其来历。有人考证丘弘济即为有名的神仙浮丘公。有些道教典籍把张、葛、许、浮丘并列，但都没有提到丘弘济这个名号。后世也有人推断，丘处机的弟子李志常封号为“弘济真人”，可能与此有关，也未可知。还有人说丘处机名字的谐音跟丘弘济有些像，这个就有些乱扯了。

《西游记》中的四大天师和道教四大天师有区别，主要是第四位丘弘济，道教是萨守坚。《西游记》在吸收、借鉴道教文化时，是有所变化的，对四大天师也做了相应的调整。

【拓展阅读·萨天师】

萨守坚是宋徽宗时期的道士，师从张虚靖、林灵素、王文卿等学道。《三教源流搜神大全》中记载他收服王灵官的故事，民间称他为萨真人、萨天师。明代永乐年间，京师建天将庙，封萨守坚为崇恩真君，王灵官为隆恩真君。白云观藏画中，萨守坚与张道陵、葛玄、许逊并列为四大天师。道教以张、葛、许、萨为“上帝四相”。

三、太上老君

（一）太上老君的来历

太上老君是道教对于老子的尊称，中国历史上确有其人。据西汉司马迁所撰《史记》记载，老子姓李，名耳，字聃，是道家学派的创始人。葛洪在《神仙传》中对老子的形象进行了神话改造："身长八尺七寸，黄色美眉，长耳大目，广额疏齿，方口厚唇。"

据说，老子"耳有三漏"，即耳朵有三个洞，这也是神话人物的特征。同样地，在古籍中记载的还有"尧眉八彩""舜重瞳""禹耳三漏"等。

张道陵在《老子想尔注》中称："一散形为气，聚形为太上老君，常治昆仑，或言虚无，或言自然，或言无名，皆同一耳。"这是老子第一次在道书中被命名为太上老君。

从此，老子被神化为道教教祖，长期受到教徒的尊奉。太上老君在道教中地位崇高，各地的太清宫、老君殿都是供奉太上老君的地方。

（二）《西游记》中的太上老君

他具有多重身份：

开天辟地之主；

三清之一，在三清中出场次数最多；

炼丹、制造兵器和开发法宝的专家。

（三）住处

太上老君的住处很特别，在三十三层天。

在《西游记》中，太上老君住兜率宫，是天庭中比较高的地方。有人把天解释为一方世界，比如玉皇大帝的灵霄宝殿在大罗天。在关于《西游记》的阴谋论解读中，神仙的住处与政治权力的运作与博弈有关。

天庭的许多高档别墅，既是大牌神仙的办公室，又是生活用房。但同样是大牌神仙，在位的和不在位的，安排的地点大有区别。

玉帝的灵霄宝殿，环境就很好，有瑞气千条，说明空气质量很好，有琪花瑶草，说明绿化很好。灵霄宝殿的交通也很方便，就在天庭交通枢纽南天门附近。手握重权的李天王，天庭给他安排的云楼宫离灵霄宝殿很近，方便玉帝和天王等高层领导商量事情。

太上老君是开天辟地之祖，还是老资格的前辈神仙，天庭却给他安排在第三十三层天的兜率宫，远离灵霄宝殿。这就好像政府安排办公室，把老领导安排在高层办公大厦的顶楼一样。

天庭如此安排，上台面的原因是，太上老君喜欢炼丹，而炼丹有污染，应该远离首脑机关所在的办公区域。

这种阴谋论的解读，很有趣，也说明了《西游记》文本的开放性，在影视剧本创作中这种脑洞大开极为有益。但笔者还是主张以书说书，尽量结合原著进行解读。

《西游记》中，天庭高级别神仙有三清、四御、五方五老，其中数太上老君资格最老。孙悟空大闹天宫的时代，太上老君已经风光不再。但他还有一些社会交往活动，比如与观音菩萨打赌，把杨枝烧焦又复活，坐骑金角银角下凡为妖。而他的坐骑青牛也是孙悟空最为头疼的妖精之一。

（四）主要兴趣：炼丹

老神仙退位，总要找点事情做，太上老君发挥余热的主要方式就是给玉帝和王母娘娘炼丹。太上老君炼丹，有两个在八卦炉前面值班的童子，一个叫金角童子，一个叫银角童子。金角浑身金黄色，银角浑身银白色。炼丹时，金银是主要的辅料，废气排放污染很严重，这两个童子估计是被金银融化时排放的毒烟熏成这样的。

正因为太上老君的八卦炉不太环保，玉帝为了保护天庭众神仙的生命财产安全，就把太上老君安排在离灵霄宝殿最远的三十三层天，起了个很怪的名字叫兜率宫。三十三层天，应该是天庭最偏僻的地方。玉帝把老君安排在这个地方是煞费苦心的。这一点，人类很快就学会了。现在的污染企业一般放在偏僻之地。这种智慧，根子还是在神仙那里。

《西游记》中，玉帝让太上老君待在远远的地方，除了保护环境这一上台面的理由，还有说不出来的原因。

太上老君在位时，提拔的不少神仙现已身居要职。如果把太上老君的办公室安排在灵霄殿附近，天庭要员们向玉帝汇报工作的时候，顺便看望一下老前辈，那是很自然的事情。太上老君理论水平高，写过《道德经》这样的经典著作。这样的老前辈，一肚子的理念无人倾听，成天办公室门大开着，巴不得有人来，见到部下来了，一高兴，指点江山，点评玉帝这件事办得好，那件事办得不妥，让玉帝的面子往哪里搁？

（五）业余爱好：热衷于制造兵器

实践证明，玉帝的担心是有道理的。老领导太上老君从来就不甘寂寞，一心想发挥余热。除了炼丹，太上老君还以极大的热情投身于兵器制造。孙悟空的金箍棒、猪八戒的九齿耙都倾注了老君的心血。西天路上，稍微有点头脸的妖怪都自称用的是太上老君造的兵器。这说明，老君在兵器制造方面已经形成了自己的品牌。一个已经退了很久的老同志，不好好修身养性，却源源不断造出各种兵器来玩，有些还流失到妖怪的手中，成为妖怪对抗天庭的武器，严重威胁到天庭神仙的生命财产安全，这对天庭的和谐安宁构成了严重威胁。

除了制造兵器，太上老君还以满腔热情开发法宝。法宝都是大杀器，《西游记》中最厉害的法宝，基本上是太上老君造出来的。金刚琢既能够用作暗器砸孙悟空一个跟头，也能套取各路神仙的兵器。其他法宝如芭蕉扇、捆仙绳、紫金红葫芦、玉净瓶、七星宝剑，也都是好东西。老君身边的坐骑、童子之类，拿着这些法宝占山为王，当起了车匪路霸，给取经途中的孙悟空和人世间的民众带来了极大的威胁。

总的来说，玉帝把太上老君的办公地点安排在远离天庭行政中心的边缘地带，绝非心血来潮或者粗心大意，而是经过深思熟虑的正确选择，其根本出发点是为了维护天庭秩序的稳定和神仙群体的生命财产安全，站得高，看得远，其领导艺术值得大家认真学习和体会。

《西游记》中的太上老君，与现实生活中百姓崇拜的道教教主是不一样的，笔者采取戏谑的笔法，对神圣存在进行解构，把他写成了一个退休老领导的形象。这种解构在《西游记》中有时候很激烈，在虎力大仙的故事里，孙悟空怂恿猪八戒把三清塑像扔进了厕所。猪八戒还做了一番祷告：

三清三清，我说你听：远方到此，惯灭妖精，欲享供养，无处安宁。借你坐位，略略少停。你等坐久，也且暂下毛坑。你平日家受用无穷，做个清净道士；今日里不免享些秽物，也做个受臭气的天尊！

【拓展阅读·狐狸精冒充太上老君】

阿胡是一只狐狸，喜欢穿一身黄裙子。她没有像同类那样通过魅人来采气炼形，而是拜一个人类为师学起了道法，在将自己师父的法术全都学到手以后，直截了当就要告辞，师父苦留她，她干脆地对师父说："我是狐狸，跟着你就是为了学法术的，现在已经没有什么法术可学了，没有再留下去的道理。"而师父一听阿胡原来不是人类，顿时心生恶念，决定用法术困住阿胡，结果一番斗法下来，这师父没打过阿胡，还是让她走了。

受此奇耻大辱的师父不甘心，于是跑到了嵩山顶上设坛作法，召唤太上老君，苦求老君为自己报仇。良久，只见法坛四角蓦地冒起缕缕烟雾，俄然间聚成一片紫云，云中现出了太上老君的真身，师父见状赶忙拜倒在地，陈说："正法已经被妖狐学跑啦，请教给我新法术以降服她！"

老君于是在云中作法，须臾，有一神将提着一只狐狸从云中冒出来，之后一刀将狐狸斩成了两截，师父看到后不胜欢呼雀跃，喜出望外。

过了一会儿，只见老君慢悠悠地从云头下到了地上，之后变成了一个穿黄裙子的姑娘，离开了。(《广异志》)

第三节
天庭武将

天庭是一个非生产组织，也没有科技创新的任务，神仙中数量最多的是战斗型神仙。十万天兵天将、八万天河水军、一千二百草头神、三十六员雷将等等，都是战斗型神仙。我们讲三个出场次数比较多的天庭武将。

一、李天王

（一）人物来历

李靖，又称李天王、托塔天王、托塔李天王、李总兵、李将军，是中国古代神话人物，道教神仙，人物原型来源于唐朝名将李靖。记载主要出自《封神演义》《西游记》《南游记》等诸多古典文学作品以及民间传说。李天王乃殷夫人之夫，是金吒、木叉、哪吒三太子和李贞英之父；为地涌夫人（金鼻白毛老鼠精）的义父。

在明代神魔小说《封神演义》之中李靖是商朝人物，家住陈塘关李府，在凡间曾任陈塘关的镇关总兵，本是商朝纣王部下的关口守将之一，后反商伐纣，参与殷周大战，原为西昆仑度厄真人的弟子，后另拜燃灯道人为师，是阐教的第三代弟子。修道成圣后，晋升仙班成为灵山护法神。府邸居于天庭的云楼宫（出自《西游记》）和昆沙宫（出自《南游记》）。因其左手上常托着一座黄金玲珑宝塔，故被称为托塔李天王。与身边的幼子哪吒同为玉皇大帝座下的护驾大神，经常奉天庭的命令斩妖伏魔。在《西游记》中，他领命讨伐孙悟空时被加封为“降魔大元帅”。手下神将为巨灵神、鱼肚将、药叉将等。之后还曾相助唐僧师徒大战过独角兕大王（太上老君的青牛坐骑），领兵捉拿牛魔王、地涌夫人等妖怪。

他的形象特征是：身穿盔甲，头戴金翅乌宝冠，左手托塔，右手持三叉戟，腰系宝剑，有六陈鞭、天罡刀（降伏红孩儿），还会骑战马。

除了名将李靖以外，李天王的另一个来源是西域崇拜的佛教护法军神“毗沙门多闻天王”。唐玄宗以后，毗沙门多闻天王被奉为军中保护神，各处城楼、军营设有天王庙堂，出征的时候旗帜上和印章上都有天王图像，人们也喜欢把天王像文在身上。这一习俗一直延续到宋、金时期，到了元、明时期开始衰退。而在民间，毗沙门多闻天王逐渐中国化为“托塔天王李靖”。[①]

（二）天庭鹰派

如果说太白金星擅长和稀泥，是天庭的鸽派。那么，军权在握的李天王就是天庭的鹰派。在《西游记》中，李天王两度出征花果山镇压孙悟空，协同西天佛国解决牛魔王势力，多次出手帮助取经团队对付各种妖怪，为维护天庭的和谐与安宁忙忙碌碌，虽然不见得每战必胜，但是工作态度还是无可挑剔的。

李天王是天庭武装力量的领导人，手下有十万天兵天将，在天庭有独门独院的别墅云楼宫，玉皇大帝授予他先斩后奏的特权。此外，天庭的高科技军事装备也主要掌握在李天王手里。二郎神在对付孙悟空时要借助李天王的照妖镜和十八架天罗地网，观音菩萨为了降伏红孩儿也曾借用李天王的三十六把天罡刀。东西天联合镇压牛魔王，李天王的照妖镜也起到了关键作用。

① 栾保群.中国神怪大辞典（修订版）[M].北京:人民出版社,2018:411.

（三）李天王的特权：家庭生活

李天王的特权还表现在他是天庭中极个别有家庭的神仙。有些研究者说，李天王有家庭是在做凡人的时候，做了神仙以后就打光棍了。这是不准确的，书中分明写道：有一次，李天王的二儿子木叉碰到弟弟哪吒，还要他回去问母亲好。这说明李天王的夫人当时也住在天庭。在孙悟空状告李天王时，李天王说自己除了三个儿子，还有一名七岁的女儿。作为在西游时代之前就走上领导岗位的资深神仙，他的仙龄肯定不是短短的七年。女儿七岁，说明李天王在天上还是有正常的夫妻生活的。这说明，一般神仙不得结婚、不得生育的规定管不了李天王这样的高级领导。

在子女的工作安排方面，李天王解决得很好。西游时代的大背景是佛派势力的崛起，李天王的两个儿子安排在西天工作，大儿子金吒在如来那里做前部护法，二儿子木叉给观音菩萨做徒弟，都是很有前途的职业。这些事情耐人寻味，说明李天王绝非一介莽夫，他对于其时的政治形势有着清醒的认识，把儿子安排在西天工作，正是未雨绸缪，向如来佛祖和观音菩萨等西天实权人物表示友好。在书中，李天王把天罡刀借给观音菩萨收服红孩儿，帮助如来捉拿偷吃香烛的老鼠精，对于西天的事情做得很卖力，在某种意义上都是官场老手的政治投机行为。尽管玉帝对此颇有不满，但是李天王做得无可挑剔，每天在玉帝面前唯唯诺诺，一有战斗任务就带着哪吒冲锋陷阵，在天庭武将中他出场次数最多，堪称劳模级战将。

（四）李天王与四大天王

天庭的天王很多，除了李天王还有四大天王。但同样是天王，此天王非彼天王。相比而言，四大天王就太寒碜了。他们不像李天王可以指挥十万天兵天将，可以动用高科技军事装备，充其量只不过是天庭东西南北四个大门的保安队长，平时无事把门，有事跟随李天王一起出征。这也和人间的司令类似，有指挥千军万马的司令，也有指挥七八个人十来条枪的司令，名同而实不同。

（五）父与子

李天王动不动就率领十万天兵天将讨伐妖魔，看起来很神气。但从书中的记载来看，他主要是靠着资历老混口饭而已。就其武功来说，在书中，李天王没有直接与人动过手，我们不知他究竟是高还是低。李天王手里的宝塔在《封神演义》里被吹得神乎其神，但在《西游记》里好像也装不了孙悟空，是不是时间长了，宝物失灵了？反正从书里的描写来看，这宝塔基本上就是一装饰。从李天王两次征讨孙悟空的经历来看，他的军事指挥能力也一般。第一次，派出先锋官巨灵神对战孙悟空。结果，巨灵神的宣花斧被打断。李天王马上喝令处斩巨灵神，理由是挫了天兵天将的锐气，还是哪吒及时出面，认为没有搞清楚孙悟空的道行深浅，不宜处置巨灵神。这说明，儿子比父亲高明，知道知己知彼的兵法奥妙。第二次，天兵天将全部出动，仍然对付不了孙悟空，观音菩萨推荐了二郎神。二郎神根本不把李天王放在眼里，公然说，要跟孙悟空单挑，李天王只要打开照妖镜就行了。这说明，在二郎神的眼里，李天王资格虽老，威望却未必高。

李天王身为天庭武将之首，表面上看，一身戎装，手里整天托着宝塔，人称托塔李天王，好像很威风。实际上，李天王有难言之隐。原来，哪吒生下来就是个顽童，曾经闹东海，杀死了龙王三太子。其时的李天王还是凡人李靖，屈服于龙王的威势想杀死儿子谢罪。哪吒不得已，剔骨还父，割肉还母。从此父子之间结下了梁子。哪吒死后，得到如来的帮助，碧藕为骨，荷叶为衣，起死回生，要找李天王复仇。没有办法的李天王，只能请求如来帮忙，如来赐了一座玲珑剔透舍利子如意黄金宝塔。哪吒只要有忤逆之心，就会被关在宝塔里。

当然，这是《西游记》中的说法，《封神演义》中另有说法。这说明，李靖比较懦弱，不太敢于承担责任。在父子关系方面，哪吒处于强势，李靖处于弱势。孙悟空状告李天王的故事中，李天王刀劈孙悟空，被哪吒用剑架住，吓得大惊失色，原因是宝塔没在手中，直到在塔架上取到了宝塔，托在手中，才缓过神来。

李天王成天生活在恐惧中，而恐惧感的来源就是自己的亲生儿子。中国文化的传统是“以孝治天下”，儿子怕老子是天经地义，老子怕儿子的事情出现在李靖身上，说明这位领导信任、群众敬佩的天王确实活得不怎么样。这一点，李天王还不如牛魔王。儿子红孩儿胆敢向土地、山神收保护费，胁迫这些基层公务员到妖洞里服劳役，可以说是无法无天，但在老爸牛魔王面前，还是恭恭敬敬的好孩子。可见，李天王是个失败的父亲。

（六）义女之谜

一个高级领导，每天日理万机就够紧张的了，还要年复一年承受家庭生活不和睦的重压，很值得我们同情。当然，李天王也不是没有放松的时候。曾经有一回，金毛白鼻老鼠精偷吃了灵山的香花宝烛，西天请求天庭派员破案，捉拿案犯。李天王带着哪吒成立了专案组，很快破案，结果发现案犯是个美少女。奇怪的是，专案组组长李天王不但没有带走案犯，反而把案犯收为义女，放了。李天王身为执法人员，收自己捉拿的案犯为干女儿，这事做得有点过分。这件事，直到取经路上，金毛白鼻老鼠精抓了唐僧要强行成亲时才为外人所知。当时的场面很尴尬，毛手毛脚的孙悟空拿了鸡毛当令箭，自以为抓住了李天王的把柄要去告御状。太白金星两边调和，说是如果耽误了时机，不赶紧救唐僧，小和尚都生下来了，要求私了。其实，大闹天宫以后的玉皇大帝，最关心的并非领导干部的生活作风问题，而是忠诚问题。再说，天庭有那么多土地爷、夜游神之类的情报人员，李天王这点猫腻玉帝未必不清楚。但玉帝也知道，李天王号称鹰派，实际上也不过是个连儿子都害怕的胆小鬼，并没有实质性的投敌叛变之事。

二、二郎神

（一）二郎神的来历

二郎神，即灌口二郎，国祀称号郎君神，儒释道三方和古代官方尊奉的神祇。他又称二郎真君、灌口神、川主、惠民大帝等，尊号清源妙道真君、护国灵应王、川主帝君、英烈昭惠灵显威济王、英烈昭惠灵显仁祐王、承绩广惠显英王、圣烈文昭宣灵忠仁王等。

二郎神妇孺皆知，但究竟来历为何人，历来说法不一。主要有以下几种：

1.李冰

南宋朱熹在《朱子语类》中说蜀中灌口二郎庙，当时是李冰因开离堆有功，立庙。南宋曾敏行在《独醒杂志》卷五中说："蜀道永康军（今四川灌县）城外崇德庙，乃祠李太守父子也。太守名冰，秦时人，尝守其地。有龙为孽，太守捕之，锁孽龙于离堆之下，有功于蜀。人至今德之，祠祭甚盛；江乡人今亦祠祭之，号曰灌口二郎。"

2.李冰之子李二郎

蜀地按照大郎神李冰的秩序排定而谓神名二郎神。神话传说中，二郎母亲尊天为大，故为唯一的孩子取名二郎。《都江堰小传》中另有说法："二郎为李冰仲子，喜驰猎，与其友七人斩蛟。"

3.道教的清源妙道真君赵昱

《神异典》卷三九引《常熟县志》："神赵昱立庙灌江，呼灌口二郎神。"

4.杨二郎杨戬

明代许仲琳《封神演义》中的说法，也是影响力最大的一种说法。

5.二郎独建

佛教中毗沙门多闻天王的第二个儿子。

（二）《西游记》中的二郎神

书中的二郎神是一场人神之恋的产物。

当年，玉帝的妹妹与一位姓杨的小伙子谈恋爱，偷偷结婚，生下了二郎神。这场恋爱违反了天条，玉帝妹妹被压在华山之下，二郎神劈山救母，在神仙的世界里闯下了赫赫声名。这种劈山救母的行为在神仙世界里不止一次出现，在宝莲灯的故事里，二郎神的外甥沉香为了救出母亲三圣母，把华山又劈了一次，不过这一次反抗的对象换成了二郎神。

论家庭背景，二郎神是玉帝的亲外甥。论个人能力，二郎神还要超出孙悟空一点。但在神仙世界中，二郎神混得很糟糕，他在天庭没有职务，在天上也没有自己的办公室和别墅。玉帝让他在灌江口的一座小庙里管理香火，因此大多数时候二郎神很寂寞。寂寞的二郎神最大的快乐就是领着手下的兄弟一起打猎，这根本就不是一个神仙应该做的事。也许，对于二郎神来说，打猎是一种对抗寂寞的消遣。

（三）二郎神镇压孙悟空

当孙悟空大闹天宫，无人能够收拾残局时，观音菩萨推荐了二郎神。二郎神到前线与孙悟空一番大战，又利用七十二变碾压孙悟空，最终在太上老君的帮助下活捉了孙悟空。但在此过程中，二郎神处处突出自己，在玉帝心中留下了不好的印象。二郎神擒获孙悟空后，玉帝改变了主意，并没有兑现高升重赏的承诺，只不过是“赏赐金花百朵，御酒百瓶，还丹百粒，异宝明珠，锦绣等件，教与义兄弟分享”。赏赐完毕，玉帝就把二郎神打发到灌江口。

（四）二郎神的性格缺陷

可见，尽管二郎神立下大功，玉帝还是对他很冷淡，这其中的原因是二郎神太傲了，根本不考虑天庭的面子。这样的神仙留在天庭，不利于领导班子的团结。让二郎神更为失落的是，当孙悟空从八卦炉里逃出来时，天兵天将无人抵挡，天庭竟然不请二郎神，而是舍近求远，去西天请如来佛祖。这说明玉帝对自己的亲外甥很失望，二郎神短期之内不可能高升到天庭。

我们换一种思路，也许玉帝把二郎神安排在灌江口，是为了磨炼二郎神，“天将降大任于斯人也，必先苦其心志，劳其筋骨，饿其体肤”，二郎神虽然只有一半的神仙血统，但毕竟和玉皇大帝打断骨头连着筋。玉帝只有七个女儿，二郎神是与他最亲近的男性下一代。

二郎神的优点是武艺高强，但他的缺点很明显，那就是易骄傲、自我中心主义突出，过早地把他放到主要领导岗位上，只能害了他。所以，玉帝要冷落他，把他放逐到远离天庭的地方，让他悄悄地成长壮大。

这样的事情如来也干过。唐僧是如来的二弟子金蝉子转世，金蝉子因为听课不认真，被佛祖批评为轻慢大教，罚他十世转世为凡人。有人说，如来太小题大做了，不就是上课开小差，用得着这么动真格吗？

笔者不这样认为，上课不认真，对于一般同志可能无所谓，对于即将走上主要领导岗位的金蝉子就是大缺点了。现在还没有任命就不认真听如来作报告，要是真上任了，如来还怎么指挥你。

【拓展阅读·灵显真人】

南宋建炎四年，魏国公张浚在四川领兵，听属下汇报说陕西前线作战失利，担心国家安危。他偷偷到阆州灵显庙去祈祷，梦到神灵对他说："我曾经受享王爵，信奉的百姓比较多，所以吉凶成败都由我来执掌。自大观以后，朝廷把我的封号改为真人，名义上清高，实际上已经被边缘化了。从此，我对人间的事情不再留意。地方上的人们还一直来祭拜，我深感惭愧。国家大事，哪里敢再说什么？"魏国公醒来以后，感叹不已，立即请示朝廷，请求恢复其王爵，并且举行祭拜仪式告知神灵。从此神灵有求必应。这位神灵，就是民间所说的二郎神。故事出自《夷坚志》，可见即使贵为神灵，也离不开平台。二郎神在王爵的位置上比在真君的位置上灵验，某种程度上说明平台比能力更为重要。

三、天蓬元帅

（一）天蓬的来历

天蓬，天神名。话说远古时代，紫薇大帝统御人、神、鬼三界（紫微大帝即北极星君），而其手下有一位生于周时的首席爱将，姓卞名庄，被封为九神之首天蓬。后来因天蓬表现极佳，深得紫微大帝的信任，于是被提拔为“天蓬元帅”，居四圣之首。故“天蓬”一名，为星宿神之称。

天蓬最早出现在晋代道士所写的《真诰》中，里面记载着“北帝煞鬼之法”——先叩齿三十六下，然后祝道：“天蓬天蓬，九元煞童。五丁都司，高刁北公。”在上面各位神灵的名字中，领头的就是天蓬。“北帝煞鬼之法”又叫《天蓬咒》，据说能够驱鬼降妖，走夜路时念一下，邪物不敢近身。

天蓬因为在北方，北方为水地，所以天蓬元帅在《西游记》中成了天庭水军的负责人，是猪八戒的前身。

（二）天河水军的建立

天庭的常规军事力量，除了十万天兵天将，还有天蓬元帅控制的八万天河水军。这一支部队建立得比较晚，因为天河的开挖是王母娘娘用来隔开董永和七仙女的。从逻辑上看，首先要有天河，然后才有天河水军。

天蓬元帅是猪八戒的前身，天蓬元帅的前身是一个一身毛病的凡人，估计是玉皇大帝看中了他，又是成仙，又是提拔，成了天上的水军司令。

玉皇大帝为什么要在十万天兵天将之外再搞一支部队？这是一个值得研究的问题。

阴谋论的解读是为了制约李靖的力量。因为在西游时代，李请掌握天庭的兵权，其时西天佛国的势力迅猛扩张，李天王竟然把自己的儿子送到如来和观音那里去工作，玉帝对此不能不防备。另一种可能是为了对付四海龙王。龙族虽然法力低微，但是他们掌管天下所有的水域，在西游时代势力已经很大，几乎是无水无龙王，龙王扩张的能力很强，哪怕一口普通的水井里都有龙王，这也是值得注意的新动向。

唐僧取经之前，泾河龙王之死未必不是玉帝对于龙族的一次警告。泾河龙王虽然是一条河里的龙，但是他是西海龙王的妹夫，而且能够把自己的儿子安排到西天去工作。玉帝此举纯粹是杀鸡儆猴。

（三）天蓬犯天条受到严惩

可惜，天蓬元帅辜负了玉帝的栽培和提拔，竟然在蟠桃会上喝多了，趁醉调戏了嫦娥。天规森严，天蓬作为一个天庭高级领导干部，这种行为说明他生活作风糜烂，甚至有些道德败坏。要不是太白金星求情，天蓬的脑袋早就被咔嚓掉了。可怜的天蓬元帅，被打了两千锤，投胎成了一头猪，再怎么整容也恢复不了往日的英俊潇洒。

玉帝统治天庭亿万年，智商之高，我们凡人难以想象，他当然明白不能把鸡蛋放在一个篮子里的道理，所以他在十万天兵天将之外，又搞了八万天河水军，目的是让天蓬元帅来制衡李天王。

曾经有一段时间，天蓬的地位很高。如来佛祖把孙悟空压在五行山下，前来接洽的就是天蓬。天蓬元帅说道：“请如来少待，我主大驾来也。”至于后来天蓬元帅烂泥扶不上墙，变成了猪八戒，那倒出乎玉帝的预料。

所以，天蓬被免职，《西游记》中没有再出现八万天河水军，估计全部转业，部队被撤销建制了。本来嘛，神仙都会腾云驾雾，水军的存在完全没有必要。

第四节
基层神仙

《西游记》中，有许多基层神仙，如弼马温手下的马夫、力士，齐天大圣府的属吏，太上老君炼丹房的看炉、架火，取经路上负责监督的六丁六甲、五方揭谛，最为普遍的是无处不在的土地和山神。

一、土地爷

（一）土地爷的来历

土地爷是中国古代传说中负责掌管一方土地的道教神仙，住在地下，靠着香火供奉吸收能量，是神仙中级别最低的，俗话说，“别拿土地爷不当神仙”。在民间，土地爷的形象千姿百态，性格各异。土地爷崇拜流行于全国各地，旧时凡有人群居住的地方就有祀奉土地的现象存在。田间路边，土地庙随处可见。

很多地方，土地爷都是历史名人。最早的土地爷是汉代的秣陵尉蒋子文，他后来还成为十殿阎罗第一殿的秦广王。北宋文学家韩愈是北京的土地爷。唐朝的书法家、草圣张旭是江苏常熟的土地爷。北宋文学家苏轼是杭州的土地爷。南宋抗金英雄岳飞是临安的土地爷。

土地爷既跟天庭打交道，又跟人类打交道，还受地府的领导。但他和专门与鬼魂打交道的地府冥官有所不同，所以放在基层神仙里面加以讨论。

（二）《西游记》中的土地爷

在《西游记》中，除了玉皇大帝、太上老君、太白金星等顶级神仙以外，出场最多的基层神仙是各个地方的土地。取经路上，有的土地提前报信，让唐僧师徒及时了解当地的风土人情乃至妖怪的情况；有的在孙悟空等不在的时候，担任唐僧的临时保镖，负责唐僧的个人安全；还有的为取经团队提供一些物资的补给，通常是带着一名小鬼，小鬼头上顶一个铜盆，盆里放几块糕点。

这些土地爷的相貌彼此差不多，清一色的矮个子小老头。土地不同于西方民间故事中的小矮人，小矮人是一个物种，他们结婚生育，奇异的本领生来就有。土地不是一个物种，土地公公和土地奶奶不会生出小土地。属于天庭系统的阴间人事部门选拔这么多矮矮胖胖的白胡子小老头担任土地爷，工作量一定很大，也真难为他们了。

按照《西游记》中的神仙分类法，在天仙、地仙、散仙、鬼仙中，土地属于最为低下的鬼仙。人死了，暂时不投胎转世，被阴间留用，担任判官、城隍之类的职务，就成了鬼仙。土地是地位最低的鬼仙。地底下的鬼仙，本身也有级别高低。十殿阎王属于领导层，各类判官和各地城隍是中层干部，土地是各个基层社区的负责人。

（三）土地爷的困窘

地藏王手下的谛听曾经说："幽冥之神，能有多大法力。"这是一句大实话。在神仙和妖怪的世界，有多大法力，就能得到多少尊敬。在鬼仙中，土地法力最小，谁也得罪不起。取经路上，孙悟空让土地出来，要么是念咒语拘来，要么是用金箍棒打出来。初见面，孙悟空往往威胁土地说伸出孤拐来打两下解闷。事情办完了，还要大声喝退。不要以为只有没有教养的孙猴子这个样子，其他领导也好不到哪里去。观音菩萨到长安城选拔取经人，要征用土地庙。土地爷马上到城隍庙去打地铺，还要被威胁不得泄露领导的影踪。本来，观音是西天佛国的领导，土地是天庭系统的基层工作人员，彼此毫不相干。但是对于法力低微的土地来说，官场上步步是陷阱，只要上面来的，都是得罪不起的大人物，除了恭恭敬敬赔小心，还能有什么更好的选择？

唐僧是个谦谦君子，取经路上对各个系统的人马都很尊重。一开始，唐僧对前来帮忙的土地还要拜谢。随着取经路渐行渐远，唐僧了解到，自己原来并非凡夫俗子，前世是如来佛祖的二弟子，还是内定的后备领导干部，也就不把土地当回事，对天遥拜之类的礼仪没有了，有时候也要在土地面前打打官腔。

不仅各路神仙不把土地当回事，一些有实力的妖怪也对土地呼来喝去。平顶山莲花洞的金角大王和银角大王，本来是太上老君身边的烧火童子，带着五大法宝到地上为妖，准备为难取经团队。这两个家伙法术高强，经常念咒语真言把土地拘在洞里轮流当值。这一幕是很荒唐的，土地爷虽然法力低微，但毕竟也是天庭系统的正规工作人员，竟然被妖怪强行胁迫去打杂跑腿。当向来无法无天的孙悟空了解到这一情况后，也不由得高声大叫道："苍天！苍天！自那混沌初分，天开地辟，花果山生了我，我也曾遍访明师，传授长生秘诀。想我那随风变化，伏虎降龙，大闹天宫，名称大圣。更不曾把山神、土地欺心使唤。今日这个妖魔无状，怎敢把山神、土地唤为奴仆，替他轮流当值？天啊！既生老孙，怎么又生此辈？"

更加过分的是六百里钻头号山火云洞的红孩儿，仗着他爹牛魔王的势力，竟然把土地、山神之类的基层神仙捉到洞里来烧火顶门，提铃喝号，还纵容小妖怪向他们收保护费。土地、山神交不出来，只好起早带晚捉几个山獐野鹿代替，要是交不出来，就要被拆庙剥衣裳。当孙悟空把这些土地拘出来时，发现这些家伙竟然一个个"披一片，挂一片"，衣服没有袖，裤子没有裆。

看来，西游时代，土地等基层神仙的生存状态堪忧，不仅要受上级领导的气，还要屈辱地苟活于妖怪的淫威之下。

究其原因，一是整个天庭系统结构老化。我们知道，神仙是不会死的，神仙世界能上不能下，老神仙不让出位置，新神仙就没法安排。孙悟空这么大能耐，只能安排一个弼马温的位置，不是玉皇大帝不尊重人才，而是天上实在没有位置。在这种情况下，土地的上升空间很有限，干好干坏一个样。在取经路上，有的土地帮助唐僧师徒，也有的土地站在妖怪立场上，但最后论功行赏的时候，有功不赏，有过不罚，上级领导根本无暇顾及这些小角色。

二是天庭系统机构臃肿。区区一个钻头号山，竟然有三十名土地，三十名山神。基层神仙太多了，天庭就没有能力保障他们的待遇，也没有办法通过一些培训来提高他们的业务能力。民间有句俗语："别把土地爷不当神仙。"之所以有这样的说法，是由于土地爷法力低微，职业素养不高。与天庭相比，西天佛国显得充满活力。西天在以如来为核心的几十位佛的集体领导下，有四金刚、八菩萨、五百罗汉、三千揭谛，走的是少而精的组织发展模式。所以，唐僧师徒一旦通过考验，马上就能身居高位。

（四）较牛土地爷

当然，不是每一位土地都活得这么卑微。珞珈山的土地，同时兼任山神，大概从观音菩萨那里得知，唐僧是西天内定的接班人，就买了马鞍和马鞭，变成一个老汉前来送礼，跟唐僧师徒说话的时候出语幽默，态度不卑又不亢，显得很另类。另一位，火焰山的土地，在围剿牛魔王的时候，曾经带着几万阴兵前来助阵，三次给孙悟空出点子，每次都言之有理，令孙悟空很佩服。火焰山土地曾经是太上老君的烧火道人，犯了错误下来挂职，毕竟原来是领导身边的人，政策水平高，底气也足，容易作出成绩来。

值得指出的是，吴承恩先生把土地写得如此不堪，只是相对于法力高强的神仙和妖怪而言，与人类相比，他们还是很有身份的。过去，每个地方都有土地庙，老百姓有个头疼脑热或是七灾八难，少不了要准备猪头或香火之类的东西去通融一下。礼物轻了，土地爷照样可以降灾为难老百姓。所以，真正活得卑微的是我们亿万芸芸众生。

【拓展阅读·土地的来历】

无极，本是天地未成前的宇宙；开天辟地之后，无极化为一神，正是土地。一日，土地前去拜访玉帝，想探寻永存不朽之法。在天庭中，土地遇到了元始天尊，天尊说："你我同出一源，算是骨肉至亲，我把手上的如意送给你，当成一根拐杖吧！"土地拄了如意，来到南天门前，想要参观灵霄殿，被守门天将无礼阻止。土地咽不下这口气，挥动拐杖，将天兵天将打得大败。元始天尊对玉帝说："土地神原是无极化身。没有天地，先有无极；天地生成，才有神仙洞天。对他只能尊敬，不可冒犯啊！"玉皇大帝设法安抚土地，委派使者遍游天下，在各处遍设土地神位，土地便成了立庙最多的神。

二、门神

《西游记》中，李世民因泾河龙王之事被鬼魂索命，把秦叔宝、尉迟恭、魏征的画像贴在门上，用来驱除恶鬼，于是就有了门神。这一故事最早来源于民间说话人的话本，《永乐大典》所收集的话本中就有类似故事。

《三教源流搜神大全》中说，门神是秦叔宝、胡敬德二将军。据说唐太宗得了邪病，寝门之外抛砖弄瓦，鬼魅呼叫，三十六宫、七十二院都被搅得夜里无法休息。唐太宗与群臣商量对策，秦叔宝说："我们这些人，杀人如切瓜，区区几个小鬼，怕他干什么。"于是，唐太宗让秦叔宝和胡敬德在门外守夜，果然不再有鬼魅活动的痕迹了。太宗担心两位将军身体吃不消，就让画工给他们画像。二人画像一身戎装，手执兵器，怒气冲冲，贴在门上，从此鬼怪就不来了。

这里的胡敬德与尉迟恭有关。尉迟恭为什么变成了胡敬德？

1.尉迟恭是胡人。

2.秦叔宝封胡国公。

3.古代有专门"驱逐疫鬼"的胡公神。

上述说法，在民间习俗中杂糅传播，以讹传讹，尉迟恭就变成了胡敬德。

其实，在中国文化中门神众多，有些是起源比西游故事要早很多的门神。沈平山先生在《中国神明概论》里面总结说，常见门神有九类，比较著名的有以下几类：1.神庙、民宅门神神荼、郁垒；2.佛寺门神四大天王；3.帝庙门神“双护太监”。

在民间习俗中，凡是戏文小说之中，成对出现的文臣武将皆可作为门神，比较随意，如孙膑、庞涓，张良、韩信，李元霸、裴元庆等，甚至近代有把岳飞、郑成功作为门神的。

在民间习俗中，门神是比较亲切的神。

【拓展阅读·门神】

浮梁画工胡生，常年在市场上卖画，画技却一般。县里修城隍庙，给他一笔钱，请他画一对门神。胡生嫌钱少，画得也不认真，不过寥寥数笔，有点水墨影子而已。夜里，胡生梦到两人，身长七尺，威风凛凛，只是衣服破烂，同声说：“我二人靠着您能够享受香火，只是衣服不像样子，难免为人轻视，恳请您再辛苦加工一下，我们肯定有所回报。”胡生在梦里恍恍惚惚地答应了，醒来后却没有马上落实。过了几天，胡生经过城隍庙，远远看到门神像，仿佛就跟老朋友一样，想起了梦中之事。第二天，他自己出钱购买了各种颜料和金箔，给神像画上黄金甲，冠带也画得很好，神像手执金钺，人们看了赞叹不已。两位门神再次到梦里来感谢胡生，从此他的画技越来越好，运气也越来越好，求画的人接踵而至。后来，他的女儿嫁人，嫁妆全都是画。当地老百姓遭受瘟疫，家家都有病人，只有胡生家安然无恙。

邻居以为他有秘术，胡生才把门神托梦的事情说了出来。（《夷坚志》）

故事中的门神，很在意衣着和颜值，还知恩图报，颇有民间百姓的人情味儿。

总的说来，《西游记》中的神仙，各有等级高下，也有各自的岗位和职责。其岗位和职责，在体制和规模上类似于人类社会的封建朝廷的官制。神仙按照身份和级别享受一定的待遇，如蟠桃会的参会资格、坐骑配备等。因为神仙的身份相对固定，寿命极长，所以基层神仙上升的可能性非常小。神仙主要分为两类——行政管理型神仙和战斗型神仙，只有少量生产型神仙存在于蟠桃园等部门。

第三章 妖怪的多重视角解读

妖怪文化是中国文化绵延至今的一条重要动脉，妖怪文学是中国古代文学的半壁江山。[①]《西游记》中，妖怪的世界丰富多彩，有野心勃勃的政治妖怪，跨界经营的经济妖怪，爱好艺术的文化妖怪，纵横江湖的社会妖怪。这些妖怪，有的拉起队伍挑战天庭，有的霸占山头抢劫杀人，有的对唐僧肉孜孜以求，有的沉浸在艺术世界里。按照所处等级来分，有顶级妖怪，有中层妖怪，还有基层小妖怪，多种多样，各具个性。

---

① 张云.中国妖怪故事(全集)[M].北京:北京联合出版公司,2020:19.

第一节
妖界大佬

一、何谓妖界大佬

所谓“妖界大佬”，是指那些寿命长、神通广大、势力强大的妖怪。

在《西游记》中，老资格的神仙动辄上亿岁。按照如来的说法，玉皇大帝自幼修行，经历了一千七百五十劫，每劫十二万九千六百年，算一算有两亿多岁。太上老君是开天辟地之祖，比起玉皇大帝不知资格又老了多少。元始天尊、镇元子都是和太上老君平辈的神仙，年龄应该也很大。

妖怪的寿命就要短得多。按照《西游记》中的说法，妖怪的寿命掌握在阎罗王手里。阎罗王将妖怪的寿命设置得比较短。

宇宙间的能量和资源都是有限的，妖怪的寿命短一点，节省下来的资源就可以让那些高层神仙多活一些年。

按照阎王簿上的记载，像孙悟空这样的天生石猴只能活三百四十二岁。我们知道，孙悟空的身体素质很好，生下来就目射金光，而且惊动了玉皇大帝。玉皇大帝在得到手下情报人员的详细汇报后，还说了一句话："下方之物，乃天地精华所生，不足为异。"这一类的妖怪，在《西游记》中比比皆是，或几十岁，或几百岁，到了期限阎王会派阴差来勾魂，无须天庭最高领导操心。

如果没有阴差来勾魂，这些妖怪可能会活得很久。因为妖怪一般生活在深山老林或荒郊野外，这些地方空气清新水质好。妖怪在无污染的环境中自由自在地生活，本来有机会活得久一点。可是阴间的规定很严格，"阎王叫你三更去，谁敢留人到五更"，不仅对于人类如此，对于妖怪也如此。

但是阴间的武装力量有限，对于一些武艺高强的妖怪基本上无可奈何。孙悟空之所以能够长生不老，还是靠着一身好武功把阎罗王打怕了。孙悟空大闹冥府以后，不仅自己长生不老，还帮助整个猴类脱离了阴间的控制。

后来在西天路上，孙悟空遇到不少千年老妖，如黑熊怪、牛魔王。他们都没有遭到冥府勾魂，恐怕也是学着孙悟空搞了一些闹地府之类的活动，延长了本该早就结束的生命。阴间那些阎王、判官，法力有限，向来欺软怕硬，这些厉害角色一闹，只好援引对待孙大圣的先例，对他们的寿命问题睁一只眼闭一只眼，不再派手下去勾魂。

妖怪的自然寿命一般只有几百岁，千年老妖很罕见。西游世界中的妖怪，超过千岁的很少。按照菩提祖师的说法，妖怪每隔一段时间要经历三灾之难，像孙悟空这样能够侥幸逃脱的少之又少。孙悟空早年结拜的七大圣兄弟，五百年后除牛魔王外都销声匿迹，可能就有人没能逃过三灾劫难。

【拓展阅读·菩提祖师论三灾】

祖师道："你既通法性，会得根源，已注神体，却只是防备着'三灾利害'。"悟空听说，沉吟良久道："师父之言谬矣。我尝闻道高德隆，与天同寿；水火既济，百病不生，却怎么有个'三灾利害'？"祖师道："此乃非常之道：夺天地之造化，侵日月之玄机；丹成之后，鬼神难容。虽驻颜益寿，但到了五百年后，天降雷灾打你，须要见性明心，预先躲避。躲得过，寿与天齐；躲不过，就此绝命。再五百年后，天降火灾烧你。这火不是天火，亦不是凡火，唤做'阴火'。自本身涌泉穴下烧起，直透泥垣宫，五脏成灰，四肢皆朽，把千年苦行，俱为虚幻。再五百年，又降风灾吹你。这风不是东南西北风，不是和熏金朔风，亦不是花柳松竹风，唤做'赑风'。自囟门中吹入六腑，过丹田，穿九窍，骨肉消疏，其身自解。所以都要躲过。"（《西游记》第二回）

当孙悟空在取经路上向遇到的妖怪显摆大闹天宫的辉煌历史时，大多数妖怪很茫然，好些根本不知道孙悟空是谁，也不知道大闹天宫是怎么回事。这其中的原因就在于，和孙悟空平辈的同时代妖怪大多早就已经死掉了，孙悟空遇到的是年龄小得多的新生代妖怪。

说到神通广大，主要是能打能变化。《西游记》中，能打的妖怪很多，如黑熊怪、青牛精、红孩儿、九头狮子、九头虫；能变化的只有牛魔王、六耳猕猴。说到势力强大，主要是人脉广，结识高层神仙，如九头狮子、狮驼岭三怪等。

二、妖界大佬中的代表性人物

（一）九灵元圣

九灵元圣，是地位仅次于三清的东极青木（华）太乙救苦天尊的坐骑。整部《西游记》中，九灵元圣是极少数对唐僧肉不感兴趣的妖怪之一。

看守九灵元圣的狮奴偷喝了天尊的轮回琼液，醉了。九灵元圣乘机下凡，在玉华州竹节山九曲盘桓洞落草为妖三年，并收下黄狮子精等七位徒孙和无数小妖怪。道教常说的九头狮子就是他，可以说是《西游记》里最厉害的妖怪之一。九头狮子象征“九思”，孔子曰：“君子有九思。”[①]一个人如果做到了九思就可以成圣，所以叫九灵元圣。在道教里，九字、灵字、元字、圣字，带哪个字都意味着很厉害，四个字加一起那更厉害。

九灵元圣本事很大。他吼一声，上通三圣，下彻九泉，很多神仙都不敢招惹。孙悟空在他眼里就是个后生小辈。同样带个“圣”字，九头狮子的九灵元圣名号是货真价实的，孙悟空那齐天

① 论语·季氏.

大圣是自己叫出来的，跟人家根本没法比。书中，九灵元圣对付孙悟空基本上轻而易举就能获胜。

（二）孙悟空

在《西游记》中，孙悟空一出世就引起了天庭方面的注意，玉帝就此还发表了一通评论。孙悟空武艺高强，无论是大闹天宫，还是西天取经，不依靠法宝能够与他真刀真枪硬打的神仙和妖怪不太多。他的兵器分量重，七十二种变化速度快。孙悟空管理能力也比较强，手下得力干将众多，马、流二元帅，崩、芭二将军，七十二洞妖王，独角鬼王等，还有四万七千名小猴妖。孙悟空曾经在天庭任职，取经以后被封为斗战胜佛，堪称“历代驰名第一妖”。

对于齐天大圣的信仰，明清以后的民间颇为推崇。清代焦东周生《扬州梦》卷四云：《西游记》有齐天大圣、鹿力大仙，扬州旧城竟建祠同祀。清人尤侗在《艮斋杂记》中说：福州人以孙行者为家堂，又立齐天大圣庙甚壮丽。蒲松龄《聊斋志异》中记载闽中大圣祠“猴首人身，盖齐天大圣孙悟空云”[①]。

（三）狮驼岭三魔

青毛狮子：狮驼岭老怪。原是文殊菩萨的坐骑青毛狮，成精下凡。据他自己说，曾经一口吞下十万天兵。与孙悟空、猪八戒打斗时，又一口将孙悟空吞下，结果吃了大苦头。青毛狮子是狮

① 栾保群.中国神怪大辞典(修订版)[M].北京:人民出版社,2018:419.

驼岭名义上的老大，即使是大鹏老巢狮驼城的小妖，也是听从青毛狮子的命令。

大象精：狮驼岭二怪。本是峨眉山普贤菩萨的坐骑六牙白象。二魔与八戒打斗中，七八回合打败八戒，伸开象鼻，轻轻一卷，捉住了八戒。二魔卷住悟空，悟空用金箍棒往二魔鼻孔一捅，使二魔现出本相，答应护送唐僧师徒过狮驼岭。无奈三怪贼心不死，又经多次打斗，普贤菩萨奉如来佛祖之命，收回老象骑着回到峨眉山。

金翅大鹏：狮驼岭三怪，比黑熊怪、牛魔王资格更老。大鹏怪是混沌未分时的产物，应该有几亿岁。如来佛祖在修炼时曾经被大鹏怪的姐姐孔雀一口吞下，后来在孔雀身上挖了一个洞跑了。孔雀被封为佛母孔雀大明王，金翅大鹏也就成了如来的舅舅。但是金翅大鹏好像对如来并不买账，当如来带着西天的佛祖、菩萨、五百罗汉和三千揭谛一起来镇压狮驼岭三魔时，狮子精和大象精立刻现原形束手就擒，大鹏竟然叫嚣："大哥休得悚惧。我们一齐上前，使刀枪搠倒如来，夺他那雷音宝刹！"如来把追求绝对自由的大鹏封印在头上的光焰之中，还承诺给他好吃好喝。失去了自由的大鹏只好默默无言地跟随如来回西天。

（四）牛魔王

牛魔王，自身实力较为强大。火焰山土地曾经说："牛魔王神通广大，法力无边，正是孙大圣的敌手！"书中，牛魔王师承来历不明，从他有弟弟如意真仙、儿子红孩儿可以推测，牛魔王来自一个颇为兴旺的妖怪家族。另外，牛魔王交友广泛，名气颇大，在妖怪中可算一位名副其实的绝世枭雄。

三、准大佬

《西游记》中，除了一众妖界大佬，还有一些准大佬。准大佬和大佬相比较，差距主要是缺乏足够强大的势力，手下小妖不够，没有足够的人马，也没有拉起影响力较大的山头。

（一）黑熊怪

黑风山的黑熊怪有千年道行，虽然是个傻大个，但是文化修养高。黑熊怪喜欢论道、炼丹、吃斋，对于一般妖怪孜孜以求的唐僧肉没有任何兴趣，他在偷了锦襕袈裟以后，准备开个“佛衣会”，请一班朋友来鉴赏一下。黑熊怪的请柬很别致，全文是地道的古文，火灾说成“回禄”，喝酒说成“花酌”，里面典故很多，显示出主人风致高雅。黑熊怪的洞府门口有一副对联：“静隐深山无俗虑，幽居仙洞乐天真。”而黑风山的风景也是“万壑争流，千崖竞秀。鸟啼人不见，花落树犹香。雨过天连青壁润，风来松卷翠屏张”。这样的生活环境简直是神仙的洞天福地，哪有一点妖洞的阴森恐怖，所以连孙悟空也暗自佩服：“这厮也是个脱垢离尘，知命的怪物。”黑熊怪因为文化程度高，后来被观音菩萨收编，成为普陀山的守山大神，负责园林绿化和治安。

（二）九头虫

九头虫是碧波潭万圣龙王的上门女婿。因下血雨盗取祭赛国佛宝舍利子，而和孙悟空师兄弟发生冲突，后被二郎神和孙悟空联手打败，被哮天犬咬掉一颗头颅后，受伤逃往北海，不知所踪。

九头虫在中国民间文化中影响深远，又称九头鸟，还有一个更凶恶的名字：鬼车鸟。相传此鸟有十个脑袋，能收人魂，其中一个脑袋被狗咬掉了。之所以叫鬼车鸟，是因为它的叫声像鬼车经过门前时发出的声音。据说，鬼车鸟经常在阴天的时候出现，是一种不吉利的鸟。

宋朝淳熙年间（1174—1189年），长沙有一个地方官李寿翁抓到过一只九头鸟，周密在《齐东野语》中专门作了记载：九头鸟身子圆圆的，像个簸箕，十个脖子环簇，有九个头，唯独一个脖子上没有，而鲜血点滴。每个脖子上都长着两个翅膀，飞起来，十八个翅膀噼里啪啦地一起扇，错落不齐，还有可能碰折受伤。

从这个记载来看，与《西游记》描述有所不同，它是十个头被咬掉了一个头，还剩下九个头，并且每个头上有两个翅膀，全身的翅膀一起扇起来，可能风力相当于一架直升机。

总之，关于九头虫，有两种说法：一种说法是原本是十个头，被咬掉以后，剩下九个头；另一种说法是，原本是九个头，被咬掉以后剩下八个头。

（三）青牛精

青牛精号称独角兕（sì）大王，本是太上老君坐骑青牛，趁着牛童瞌睡之际，偷走老君的宝贝金刚琢下界为妖。独角兕大王使一根丈二长的点钢枪，又凭借太上老君的宝物金刚琢在金兜山称王称霸。

独角兕大王是孙悟空遇到的最难缠的妖怪之一，也是孙悟空为了救师父而四处找人帮忙最多的一次。孙悟空不但求玉帝查找此人的来历，还请了李天王、哪吒、雷公、火德星君、黄河水伯、十八罗汉等仙佛两界众多高手来相助。不过这些人都没有帮上忙。最后还是如来告诉弟子降龙伏虎，降龙伏虎两罗汉又转告孙悟空，孙悟空才知道独角兕大王的来历，于是去找独角兕大王的主人太上老君。这才解了围，过了关。

（四）酒肉朋友七大圣

《西游记》中的七大圣，由牛魔王、蛟魔王、鹏魔王、狮驼王、猕猴王、猸狨王、美猴王组成。孙悟空在花果山遍访英豪之时，结识了牛魔王等六大魔王，七人结拜为兄弟。后孙悟空大闹天宫，自称齐天大圣，其他六大魔王也都各称大圣。

其中，牛魔王称“平天大圣”，蛟魔王称“覆海大圣”，鹏魔王称“混天大圣”，狮驼王称“移山大圣”，猕猴王称“通风大圣”，猸狨王称“驱神大圣”。

这六位是孙悟空早年结交的朋友，从后来牛魔王表现出来的惊人功力来看，其他几位应该也是资格老、功夫高的顶级妖怪。这些顶级妖怪经常聚会，一起饮酒作乐，消磨时光。

孙悟空大闹天宫，十万天兵天将围剿花果山时，牛魔王等六位兄弟都躲得远远的，并无一人站出来支持孙悟空。这一帮兄弟功夫不在猴子之下，却无一加以援手，这是为什么呢？

原因之一，孙悟空当年掌管蟠桃园，没有设法用蟠桃解决六大圣的生死问题。对于任何妖怪来说，长生不老是梦寐以求的最终目标，地上的草根妖精不可能有机会参加蟠桃会。也许，牛魔王等兄弟都希望孙悟空也弄两个桃子给大家吃吃，但是孙悟空的表现令其很失望。只因几个桃子，孙悟空得罪了众兄弟。孙悟空早早地偷吃仙桃、仙丹拥有金刚不坏之身的时候，这些结义兄弟还在天天练功打坐。直到几百年后，牛魔王还在刻苦研读道教丹书，探索长生之道。

原因之二，大闹天宫时，孙悟空不关心盟军的生死。大闹天宫时的孙悟空是个铁石心肠的冷酷家伙，当手下的四健将汇报说花果山七十二洞妖王与两个独角鬼王都被天兵天将捉拿时，孙悟空竟然说："'杀人一万，自损三千。'况捉了去的头目乃是虎豹、狼虫、獾獐、狐狢之类，我同类者未伤一个，何须烦恼？"

两个独角鬼王是孙悟空的超级粉丝，为了加入孙悟空的阵营还奉献了一套赭黄袍。七十二洞妖王也是猴子的重要同盟军，他们作为孙悟空的粉丝，冒死与天庭对抗，猴子却说出这么没有良心的话，多么令人寒心啊。

六大圣作为万妖之王，其阅历远远胜过一般小妖，也非七十二洞妖王和独角鬼王能够相较，他们早就看透了孙悟空不讲义气，一心只想往上爬的野心。所以，大闹天宫时，六大圣远走高飞，不愿多管闲事惹麻烦。

第二节
妖怪世界的中层骨干

妖精王国的中层干部是指妖精组织内部的军师、先锋之类的骨干分子。他们能够给魔头出出主意，甚至独当一面，与孙悟空、猪八戒战上几个回合。

妖怪王国的社会结构相对比较简单。一般的小山头，只有一个魔头，手下数十名或者数百名小妖怪，没有中层骨干。有些大山头，比如狮驼洞，只有狮子精、大象精、大鹏怪三位主要领导，而没有中层干部。妖怪平时的工作内容比较单一，以抢劫为主。有中层干部的妖精组织，在西游世界中不多。我们一一道来。

一、花果山四猴和七十二洞妖王

孙悟空领导下的花果山是书中结构最复杂的妖精组织。势力最大时，花果山七十二洞妖王都接受孙悟空领导，另外有四万七千猴子猴孙。为了管理这么大的摊子，孙悟空任命了四个老猴为健将，提拔了两个赤尻马猴为马、流二元帅，两个通臂猿猴为崩、芭二将军，把安营扎寨、赏罚诸事交给他们管理。这样，孙悟空作为一把手就从烦琐的日常工作中解放出来，每天腾云驾雾，遨游四海，结交了牛魔王等一批神通广大的魔头。后来，又有两位独角鬼王敬献赭黄袍，孙悟空大喜之下，任命他们为前部总督先锋。孙悟空的花果山至少有七八十位中层干部。在第二次大闹天宫时，孙悟空能够与十万天兵天将抗衡，这些中层干部起到了不可忽视的作用。

大闹天宫失败后，孙悟空被压在五行山下，二郎神带着手下捣毁了孙悟空的老巢，一把火把花果山烧成了焦土，连降生孙悟空的那块石头也被毁掉了。此后几百年间，花果山猴群遭到猎户的长期捕杀，等取经路上孙悟空开小差回花果山时，只剩下千把猴子。这个时候，孙悟空手下的中层干部就只剩下马、流二元帅，崩、芭二将军了。这四位，经历了闹天宫和取经时代两个阶段，年龄有五六百岁。他们之所以活这么长，要感谢孙悟空大闹地府，销毁了猴类的生死簿。孙悟空也要感谢他们，没有他们收拾残局，孙悟空就不可能重建花果山。

这四位之所以这么能干，与他们的特殊出身有关。在“六耳猕猴”的故事里，见多识广的如来佛祖谈到“四猴混世”时说：“第一是灵明石猴，通变化，识天时，知地利，移星换斗；第二是赤尻马猴，晓阴阳，会人事，善出入，避死延生；第三是通臂猿猴，拿日月，缩千山，辨休咎，乾坤摩弄；第四是六耳猕猴，善聆音，能察理，知前后，万物皆明。”由此看来，马、流二元帅，崩、芭二将军，他们和孙悟空、六耳猕猴一样，都是猴类中的珍稀品种，遗传基因特别好，经过修炼都可以具有大神通，难怪他们有那么强的管理能力。

二、虎先锋

虎先锋是黄风岭黄毛貂鼠精的手下。一只老虎，却在老鼠手下混饭吃，不是老虎无能，而是老鼠太厉害。这只老鼠精具有灵山户口，曾经偷听如来讲经，能够口吐沙尘暴，具有巨大的破坏力。

虎先锋比较敢想敢干，巡山时遇到了取经队伍，在与猪八戒、孙悟空动手的过程中发现这两位不好惹，就用了一个“金蝉脱壳”之计，脱下虎皮盖在石头上，真身却驾长风把唐僧摄走了。虎先锋本以为立下奇功一件，没想到貂鼠精却很谨慎，害怕孙悟空上门来找麻烦，主张先把唐僧养一段时间再吃。虎先锋很不高兴地顶了一句：“见食不食，呼为劣蹶。”用现在的话来说，就是“有吃的不吃，简直有点二”。这对领导是很不礼貌的，同时说明在妖精王国里，领导和下属的关系相对比较平等。

接下来，孙悟空、猪八戒打上门来，貂鼠精非常害怕，把虎先锋喊来批评了一顿：“我教你去巡山，只该拿些山牛、野彘、肥鹿、胡羊，怎么拿那唐僧来！却惹他徒弟来此闹吵，怎生区处？”虎先锋不得已，表态说自己愿意出门迎战，摆平这件事。貂鼠精也许下诺言，只要虎先锋拿住孙悟空，愿意与虎先锋结为兄弟，并且共吃唐僧肉。最终的结果是，虎先锋战败，又不敢回洞，被猪八戒一钯打死，“筑得九个窟窿鲜血冒，一头脑髓尽流干”。

三、鳜鱼婆

鳜鱼婆原本是东海龙王的手下，跳槽成为通天河灵感大王金鱼精的下属。金鱼精在陈家庄吃童男童女时吃了孙悟空的亏，逃回去后思量要复仇，还想吃唐僧肉。正在无计可施的时候，鳜鱼婆出来献计，让金鱼精作法刮风下雪，把通天河冰冻，引诱唐僧踏冰过河，然后迸裂寒冰，捉拿唐僧师徒。鳜鱼婆的这一招，是中国神怪小说中比较经典的气象战。金鱼精听了很高兴，表示如果计划成功，愿意与鳜鱼婆结为兄妹，共享唐僧肉。接下来，金鱼精依计而行，抓住了唐僧。金鱼精抓到唐僧的第一时间就高呼鳜妹何在，准备举行结拜仪式，同时吃唐僧肉。鳜鱼婆不愧是东海大码头来的，非常沉得住气，表示要等事情完全搞定后再吃。结果，观音菩萨来了，一只花篮收走了金鱼精。孙悟空、猪八戒救唐僧时，把金鱼精的手下全部打死了，估计鳜鱼婆也难以幸免。

四、铁背苍狼精

铁背苍狼精是隐雾山折岳连环洞艾叶花皮豹子精的手下。苍狼精原本在狮驼岭混饭吃，狮驼岭势力被剿灭以后，苍狼精侥幸逃过一死，参加了隐雾山妖精组织。豹子精的道行不深，连猪八戒都打不过，胆子却不小，想吃唐僧肉，召集了一班小妖开诸葛亮会，苍狼精就在这时脱颖而出。苍狼精献出一计叫作“分瓣梅花计”，让三个小妖分别变成豹子精的模样缠住孙悟空师兄弟，老妖乘机在半空中伸手捉拿唐僧。隐雾山魔头豹子精本领平平，手下小妖却颇有实力，三个小妖竟然能够抵挡孙悟空、猪八戒、沙和尚一阵，豹子精果然一阵风摄走了唐僧。豹子精也是位赏罚分明的领导，马上与苍狼精结为兄弟，并且任命他为前部先锋。孙悟空当然不肯善罢甘休，面对找上门来的孙悟空，豹子精埋怨苍狼精说：“都是你定的甚么‘分瓣分瓣’，却惹得祸事临门！怎生结果？”苍狼精又献出了“假人头计”，先是用柳树根变成假人头，被孙悟空识破。后来又用吃剩下的真人头来冒充唐僧的人头，虽然骗过孙悟空，却招来了杀身之祸。愤怒的孙悟空以为师父被害死，联合猪八戒消灭了豹子精、苍狼精以及手下数百名小妖。

五、先锋、虎将、熊师、豹头、彪帅

这五位是麒麟山獬豸洞赛太岁金毛犼手下的中层骨干。最先出场的是先锋，书中没有写明是何动物修炼而成，奉命到朱紫国要两名宫女去服侍金圣宫娘娘，在与孙悟空交手时所用长枪被打断，逃命而去。孙悟空第一次盗紫金铃时，没有得手，虎将上前说：“大王的洪福齐天，我等的气数不尽，故此知觉了。”熊师则建议说：“大王，这贼不是别人，定是那战败先锋的那个孙悟空。想必路上遇着有来有去，伤了性命，夺了黄旗、铜锣、牙牌，变作他的模样，到此欺骗了大王也。”一般来说，老虎比黑熊要聪明，书中黑熊作为军师能够帮魔头出出主意，比较特别。

几乎上述所有妖精王国的中层干部都是靠给领导出主意而获得提拔，他们在魔头吃唐僧肉的事情上特别卖力，有的甚至一手包办。事情办好了，领导对他们又是结拜，又是升官，显得特别讲义气。事情办砸了，特别是孙悟空打上门来的时候，魔头往往会把气撒在他们身上，勒令他们去对付孙悟空。这些中层干部往往会不自量力地硬撑，上面又没有大神仙罩着，最终结果无一例外，通通死在孙悟空或猪八戒的手下。比起一般小妖来，他们能力要强一点，也想做一点事情，但是道行不够深，所谓“小有才而未闻大道，适足以害身而已”[①]。

第三节 小妖怪

《西游记》中的小妖很快乐。他们不用承担高难度的工作，孙悟空看到他们的时候，他们大多在巡逻、捡柴火。这些简单的劳动都是类似休闲的有氧运动，不用动脑子，还能锻炼身体。风和日丽时，妖怪们在妖洞旁边荡秋千、玩蹴鞠。

① 孟子·尽心下.

小妖怪为什么这么快乐？主要原因是妖怪世界里上下级关系比较平等，大魔头管理得比较宽松。魔头们有的来自天庭，有的来自西天，也有的自行修炼出了大神通，都在唐僧取经的时候拉起了队伍，准备轰轰烈烈地大干一场。小妖则都是土生土长的，他们加入了各个魔头的组织，开开心心地为魔头巡山，为魔头拾柴准备蒸唐僧肉，一个个忙得不亦乐乎。

当魔头们回到主人身边，或者被招安到体制内时，小妖们大多难逃一死，极少数机灵一点的逃出去，重新加入新的山头，最终还是难逃一死。

尽管如此，小妖们还是很快乐的。与神仙世界的等级专制不同，妖怪的世界相对比较民主，大小妖怪一起住在山洞里，吃饭、喝酒、打打闹闹，一片不分彼此的热闹景象。

在神仙的世界里，犯了错的神仙受到酷刑惩罚的事情经常发生。猪八戒调戏嫦娥，被打了两千锤，转世投胎成一头猪。这惩罚还算轻的，因为有太白金星为其求情。沙和尚失手打碎了琉璃盏，处罚就要重得多，每日被飞剑穿身七次，在流沙河里忍受饥饿。

而在妖的世界里，我们没有看到哪个魔头伤害小妖，最多只是骂两句而已。金角大王、银角大王的手下精细鬼、伶俐虫拿着法宝去装孙悟空，结果法宝被骗了。两位大王一不打，二不骂，只是吩咐以后小心就行，接下来就是一起饮酒作乐。试问，天庭哪个神仙有这样的胸怀和度量？

一、精细鬼和伶俐虫

精细鬼和伶俐虫，是平顶山莲花洞里的两个小妖怪，为金角大王和银角大王的手下。银角大王抓了唐僧、猪八戒和沙僧，又将孙悟空压在山下，便没把孙悟空放在眼里，派了手下的两个小妖怪精细鬼和伶俐虫，拿了紫金红葫芦和羊脂玉净瓶去捉拿孙悟空。

书中说：

> 老魔笑道："贤弟好手段！两次捉了三个和尚。但孙行者虽是有山压住，也须要作个法，怎么拿他来凑蒸，才好哩。"
>
> 二魔道："兄长请坐。若要拿孙行者，不消我们动身，只教两个小妖，拿两件宝贝，把他装将来罢。"
>
> 老魔道："拿什么宝贝去？"
>
> 二魔道："拿我的'紫金红葫芦'，你的'羊脂玉净瓶'。"
>
> 老魔将宝贝取出道："差那两个去？"
>
> 二魔道："差精细鬼、伶俐虫二人去。"吩咐道："你两个拿着这宝贝，径至高山绝顶，将底儿朝天，口儿朝地，叫一声'孙行者'！他若应了，就已装在里面，随即贴上'太上老君急急如律令奉敕'的帖儿。他就一时三刻化为脓了。"
>
> 二小妖叩头，将宝贝领出去拿行者不题。

从名字看，这两个小妖怪精明机灵得很。紫金红葫芦和羊脂玉净瓶是金角大王和银角大王两位魔头下界时携带的宝贝，很放心地交给他们，说明对他们很是信任。如此看来，精细鬼和伶俐虫定是莲花洞里的骨干，深得两个魔头的信任和喜爱。

可是，接下来的剧情只要是看过1986年版《西游记》的人都知道，两个小妖怪聪明反被聪明误，被孙悟空用一个所谓能够装天的假葫芦换走了两件宝贝。

精细鬼和伶俐虫聪明机灵，最终却上了孙悟空的当，归根结底在于一个“贪”字。两个小妖见识了能“装天”的宝贝，觉得用两个只能“装人”的宝贝去换，不仅不亏，还大赚特赚。

聪明人犯傻，是因为太过贪婪，自以为聪明，却陷入了“反被聪明误”的怪圈。

二、奔波儿灞和灞波儿奔

奔波儿灞和灞波儿奔是低级的脊椎动物成精，一个是鲶鱼，一个是黑鱼，都是我们淡水里常见的鱼类。他们在书中的地位很重要，被九头虫派去祭赛国偷国宝，还差点把白龙马给毒死，不料双双被孙悟空擒住。

奔波儿灞的名字，从发音上来看，应该是西域的语言。书中祭赛国的位置，就是古代的吐蕃。吐蕃是唐朝时青藏高原上建立的一个政权，我们在《天龙八部》里也见过这个国家的王子宗赞和国师鸠摩智。奔波儿灞的意思是本地人，翻译过来就是吐蕃的一条本地鲶鱼。灞波儿奔是发音前后颠倒过来。有人认为，奔波儿灞、灞波儿奔是拟声词，形容鲤鱼跃龙门时起跳的声音和落水的声音，奔——波儿——灞……有一朝得道鸡犬升天之意。作者暗讽小人得志的嘴脸，但他们的名字生动活泼，倒也充满谐趣。

这哥俩虽然没有在《西游记》中成名，在当下可是很火的存在。如今到处是这哥俩的表情包，而且《奔波儿灞与灞波儿奔》这首歌，成为很多人翻唱的网络神曲。

【拓展阅读·《奔波儿灞与灞波儿奔》歌词】

我是灞波儿奔
他是奔波儿灞
灞波儿奔波儿灞
两个快乐小妖怪
人见人爱美如花
我是奔波儿灞
他是灞波儿奔
灞波儿奔波儿灞
两个快乐小妖怪
宝塔里面藏起来
喝喝酒　吹吹牛
快活似神仙
唐僧真讨厌
扫塔到身边

孙猴子法力无边

唐僧唐僧救命啊

快把紧箍咒儿念

三、有来有去

有来有去是麒麟山獬豸洞赛太岁的心腹小校，但是有来有去戏份不多，只一露面说了几句话就被孙悟空打死了，后面都是孙悟空变化成有来有去做的事情，有来有去是个善良的小妖，所以显得十分可爱，因为他既不想伤害生灵，又想富贵，但是又怕天理难容。赛太岁让他去朱紫国下战书的时候他在那里自言自语：

> 我家大王，忒也心毒。三年前到朱紫国强夺了金圣皇后，一向无缘，未得沾身，只苦了要来的宫女顶缸。两个来弄杀了，四个来也弄杀了。前年要了，去年又要；今年还要，却撞个对头来了。那个要宫女的先锋被个什么孙行者打败了，不发宫女。我大王因此发怒，要与他国争持，教我去下什么战书。这一去，那国王不战则可，战必不利。我大王使出烟火飞沙，那国中君臣百姓等，莫想一个得活。那时我等占了他的城池，大王称帝，我等称臣——虽然也有个大小官爵，只是天理难容也！

行者听了，暗喜道：“妖精也有存心好的，似他后边这两句话说，‘天理难容’，却不是个好的？”

内心纠结暴露无遗，但最终因为心地善良而死，后面孙悟空变成书童问有来有去问题，结果有来有去像多年老友一样知无不言，言无不尽，最后被孙悟空打死了。也许，在《西游记》里，善良的有来有去死了才能解脱吧。

四、倚海龙与巴山虎

倚海龙与巴山虎是金角大王、银角大王的心腹，平时经常带在身边，倚海龙奉命前往压龙洞请妖怪干娘九尾狐狸来吃唐僧肉，却不料悟空想出了个妙计，飞出洞外，变成一个小妖，追上那两个妖怪，说是奉命一起去压龙洞。孙悟空将两个小妖一顿骗，把所有信息都套出来了，在离洞很远的地方，他一棒打死了两个小妖，然后拔了根毫毛变成了巴山虎，自己则变成了倚海龙，然后和假巴山虎去请九尾狐狸吃唐僧肉。

巴山、倚海有仗势欺人，攀附权贵的寓意。现实中的巴山虎也称作爬山虎，是一种植物，有攀缘依附的意思。文中的小妖应该是龙虎成精。作者如此命名则是对官场黑暗腐朽的一种无形鞭挞。

五、刁钻古怪与古怪刁钻

刁钻古怪和古怪刁钻是一组奇葩搭档，他们是豹头山虎口洞黄狮精手下的两个小妖。这两位都是狼精，奉黄狮精之命拿二十两银子去买牲口，在路上被孙悟空使定身法定住，不久与众狮精和孙悟空师兄弟大战，黄狮精被打死，他们反而走脱。后来孙悟空被九头狮子所擒，脱困之后，这两个小妖被打成了肉饼。其实，他们也没做坏事，吃牛羊还要拿银子买，过冬都没有厚袄穿，堪称《西游记》中最寒酸可怜的妖精，只可惜惹了不该惹的人，终至命丧黄泉。

这对兄弟虽说是妖怪，但是丝毫不像妖怪的作风，他们的主人是黄狮精。黄狮精是一个有艺术品位的妖怪，平生没有作恶并且也不想吃唐僧肉。作为他的手下，刁钻古怪和古怪刁钻相对比较善良，最后被孙悟空打成了肉饼，作者显然有讽刺之意。

第四节
妖怪的不同追求和命运

西游世界既是神仙的世界，也是妖的世界。

与神仙世界的刻板、无趣相比，妖怪的世界更加丰富多彩。

这些妖怪的来源各不相同。魔头们有的来自天庭，有的来自西天，也有的自行修炼出了大神通；小妖们则都是土生土长的。

同样是妖，彼此的性格各不相同，追求也各不相同。西游里的妖怪，有尚无任何追求只是混碗饭吃的底层妖怪，也有一批在政治、经济、文化等各个领域追求卓越的妖怪。他们野心勃勃，非常执着地把妖怪当作一种很有前途的职业在做。

一、妖怪的分类研究

（一）按照妖怪的原形和来历，可以分为动物妖怪、植物妖怪、非生物妖怪和类人型妖怪

1.动物妖怪

动物妖怪，是由动物修炼而成的妖怪。天上飞的，有金翅大鹏等鸟类以及蜘蛛精的干儿子小蜜蜂、小蜻蜓等昆虫类。地上跑的最多，尤其以狮子精和牛精为主。其他的还有老虎精、苍狼精、豹子精、黑熊怪、黄毛貂鼠精以及兔子精、蟒蛇怪、大象精等。水里游的，有蛟魔王、小白龙、小鼍龙、金鱼精、奔波儿灞、灞波儿奔等。《西游记》之前，动物妖怪有很多，讲一个志怪小说中山魈的故事。

【拓展阅读·喜欢恶作剧的山魈】

宜兴山中有一户姓赵的人家，主人每天晚上都要封好炉子，里面放上煤，预备第二天复燃用。有一天，主人发现炉子里的煤都被扒拉在地上，之后连续几夜都是如此。主人就找来几个人，夜里悄悄侦查，结果发现原来是一个独脚鬼在煤炉里搞破坏，还一边笑一边弄。大家准备一起痛打

独脚鬼，结果它一跳就不见了。有人说，这是山魈，它最怕爆竹。于是，人们等它来的时候，就点燃爆竹扔向它。这次，独脚鬼被吓得趴在地上，人们趁机抓住了它，并在它脚下发现了一面小鼓。独脚鬼又黑又丑，也没有什么本事，对着人不停叩头。有人拿来水和食物，它也不敢吃。只有看到小鼓的时候，它才咧着嘴傻笑。人们把鼓扔给它，它狂笑不已，奋力一跳，就不见了。《抱朴子》里说："山魈是山精的一种，长得像小孩子。一只脚，脚后跟向后，夜里喜欢捉弄人。只要叫出它的名字，就不用担心受到伤害。"

2.植物妖怪

植物妖怪是由植物修炼而成的妖怪。在《西游记》中，主要集中出现在第六十四回，他们是松树精十八公、柏树精孤直公、桧树精凌空子、枫树精赤身鬼、杏树精杏仙等。其中，最为著名的是杏仙，类似于现代社会的女文青，与唐僧谈了一夜诗词，后被猪八戒打死了。

【拓展阅读·植物妖怪柳秀才】

明末，青州、兖州一带蝗虫成灾，沂水县县令非常忧心。睡梦之中，一位秀才来拜访他。秀才身材高大，身着绿衣，戴着高帽子，自称有办法对付蝗虫。县令询问方法，秀才说："明天西南道上有一位骑着驴的妇人，她就是蝗神，你可以去向她祈求。"第二天，县令准备美酒和祭品，来到西南道上，果然发现了骑驴的妇人，向其哀求道："请放过小县吧！"妇人说："一定是柳秀才多嘴，坏了我的事情。看来只有让他受点苦，才可以使蝗虫不吃庄稼。"妇人喝下三杯酒后，就不见了。不久，蝗虫遮天蔽日而来，没有吃庄稼，却把柳树的叶子都啃光了。县令这才想到柳秀才可能是柳树精。(《聊斋志异》)

3.非生物妖怪

非生物妖怪是由自然之物或器物沾染精气或者灵气修炼而成的妖怪。《西游记》中的非生物妖怪主要是孙悟空，由顽石吸收天地灵气而成。白骨精由骷髅幻化而成。在古代志怪小说中，这一类妖怪有很多。日本文化中的付丧神也是这一类妖怪，民间说这一类妖怪的形成原因主要是"物老成精"，所以家里的古旧之物，应该经常清理。

【拓展阅读·石龟】

胶东王德广，晚年游历蜀地，在山间得到一块石头，看上去像一只小乌龟。王德广从小敬奉灵应真君，每日里香火不断，便把石龟放在神像前。王德广的表兄卢仲甫大夫，最喜欢石龟，每次来了，必定拿在手里把玩不已。有一天，趁王不在家，卢大夫偷偷把石龟带了回去，放在案上欣赏。过了几天，王德广骑马从外回来，看到路边泥泞之中有东西在爬，下马一看，正是那只石龟，感到非常惊奇，急忙拿回家，重新放在神像边。夫人说：“石龟给卢家表兄拿走，怎么又回来了？”王德广告诉夫人在路上遇到的事情。一会儿，卢大夫也来了，说起石龟，都感慨这神奇之事。(《夷坚志》)

4.类人型妖怪

这一类妖怪，分不清原形是植物还是动物。因为其外表看上去像人，所以叫作类人型妖怪。《西游记》中最为著名的类人型妖怪是沙和尚，书中说他是流沙精。叶之秋在小说《西游天殇》中说，上清道祖的弟子赤明老祖以流沙捏成小人，小人沾染灵气，就成了流沙精。其他如黄眉老怪、金角大王、银角大王，以及红孩儿相貌接近人类，但其父母又不是人类。

上述几类妖怪，动物妖怪形态上半人半兽，比较残忍凶猛。植物妖怪不能离开原地，对于人类的伤害比较小。这些妖怪多数具有类似于人的感情和社会交往。

（二）按照妖怪的追求目标和生存状态，可以分为政治类妖怪、文化类妖怪、经济类妖怪和草根妖怪

1.政治类妖怪

《西游记》中，公开反抗天庭政权的妖怪，主要是花果山孙悟空团伙和狮驼岭团伙，他们都曾向天庭政权宣战。孙悟空曾打败李天王率领的十万天兵天将，狮子精也曾吹牛一口吞掉十万天兵天将。

高级一点的妖怪会有自己的追求。“官本位”思想在妖的世界里同样流行。孙悟空在花果山做猴妖时，已经是小有成就的山大王，但还是想到天庭去发展，天庭给他一个弼马温的小官，照样干得不错。过了一段时间，嫌官小，不干了，继续到花果山当大王。第二次上天，天庭方面给了一个齐天大圣的虚名，孙悟空也觉得很受用。到蟠桃会召开前夕，孙悟空发现自己不在与会名单中，才觉得受到了愚弄。做妖做到孙悟空这个份儿上，如果只想安安稳稳地混碗饭吃，是不成问题的。孙悟空不好吃、不好色，就是想出人头地，有点官儿迷，所以观音招揽他进取经队伍，他想也没想就答应了。孙悟空是个幸运儿，取经路上吃了不少苦，多少次死里逃生，最后成为西天的斗战胜佛，政治上算是很成功。

狮驼岭的三位魔头，他们建立了庞大的妖精组织，手下有四万七千小妖，还把狮驼国一国君臣全数吃掉，建立了妖精王国，大鹏怪更是发出了“推翻如来”的口号，他们的行动虽然失败，但是也轰轰烈烈。

文殊菩萨的坐骑狮子也是一位政治妖怪。为了替自己的主人文殊菩萨出气，狮子精变成一位道士，取得乌鸡国国王信任，把国王推下井，自己变成国王，窃取了江山。这只狮子下界的时候已经被阉割，所以他不能享受国王的后宫佳丽，只能把全部精力放在国家大事上。狮子精当国王，比真国王干得好，三年时间，把乌鸡国治理得风调雨顺，国泰民安。文殊菩萨在佛派中号称智慧第一，大概狮子精在领导身边也学了不少治国之道吧。

除此之外，还有一些妖魔役使天庭基层官员，侮辱天庭基层组织。例如，平顶山莲花洞的金角大王、银角大王，六百里钻头号山枯松涧火云洞的红孩儿，泾河龙王的第九子小鼍龙，观音菩萨莲花池里的金鱼，这些妖怪一身反骨，公然侮辱和奴役天庭政权的基层官员。

2.文艺类妖怪

黑熊怪和黄狮精都喜欢艺术，也比较能够享受生活。他们把自己的山洞装潢得很有品位，不像一般的妖洞那么阴森森，那么脏乱差，而是像神仙的洞府一样洁净和幽美。黑熊怪要为锦襕袈裟开佛衣会，黄狮子要为猪八戒的上宝沁金钯开钉钯会，说明他们在艺术鉴赏方面有一套。但两者的结局却不一样，黑熊怪被观音菩萨收编成了正果，黄狮精却被孙悟空打死。原因在于，黑熊怪把洞府设在观音禅院附近，有机会得到观音的赏识。而黄狮精拜了一位干爷爷，只不过是太乙救苦天尊的坐骑而已。还有，黄狮精的特长和黑熊怪基本上是同质性的，黄狮子出道晚，注定了他不会有黑熊这么好的运气。

荆棘岭的一班植物妖精爱好文学，也许是千百年来一直待在老地方，天天面对几张老面孔，觉得厌了。当他们得知大唐圣僧唐三藏路过时，先是变成土地给唐僧送来一些土特产，在被孙悟空识破后干脆一阵风把唐僧刮到了木仙庵。植物妖精们并非为了吃唐僧肉，也不是为了采取元阳，只是寂寞了，想找一位高层次的文化人交流思想。这一夜文学交流的结果是整个家族全部被猪八戒打死。

艺术类妖怪一不反抗天庭政权，二不吃人作祟，三不危害社会。他们自得其乐，自谋生路，但在取经路上最终成为斩妖除魔的对象。西天取经的这一部分功果，多少有点名不副实。

3.经济类妖怪

不是所有的妖怪都喜欢做官，有的妖怪就只喜欢钱。整个牛魔王家族都爱钱，铁扇公主靠着芭蕉扇搞有偿服务，牛如意靠垄断公共资源落胎泉发横财，红孩儿专门勒索基层公务员，玉面狐狸继承了数百万遗产。这些钱能够保得住，估计都与牛魔王的强大武力有关。这种经济类妖怪还有金平府的三只犀牛精，他们的胆子很大，敢于冒充西天的佛爷来勒索香油钱。一般的妖精都是穷鬼，孙悟空他们清理妖洞打扫战场时一般不会有什么收获，唯独在犀牛精的山洞里缴获了大量的珊瑚、玛瑙、珍珠、琥珀。猪八戒随便藏了一些在袖管里，便能够在接受招待时大手大脚地给小费。猪八戒是师兄弟中最有经济头脑的一个，曾经积攒了四分七钱银子做私房钱，可惜在狮驼国一役中被孙悟空逼出来充了公。猪八戒在高老庄期间能够发财致富，与他的经济头脑是分不开的。

4.草根妖怪

最低级的妖怪，如大名鼎鼎的白骨精，除了会一点变化，其他好像没有什么能力，管辖的范围也只有四十里，手下一个小妖都没有。白骨精连土地、山神一类的基层神仙都对付不了，只能在自己的山洞附近活动，这样的妖怪你不可能指望她有什么大的作为，弄出什么大的动静。比白骨精更加卑微的是蟒蛇精，连话都不会说，但也很努力地学着做一个合格的妖精，吃人吃家畜，先后吃了一个捉妖的和尚与一个捉妖的道士，最终在吞掉孙悟空后被活活折磨而死。

二、妖怪集团及其地域分布

（一）妖怪集团的规模及保护伞

《西游记》中的妖怪，不同于传统志怪小说中的妖怪，孤零零地单打独斗。他们拥有自己的组织，拉起了山头，抢劫、吃人，以及阻碍取经大业。

《西游记》中的妖怪集团有很多，人数从几百到几万不等。有些集团具有强大的保护伞，历经几百年不衰。有些集团则属于草根妖怪抱团取暖，关系简单，存在时间很短。

狮驼岭小妖数量最多，有四万七千名，集团保护伞比较硬。三魔金翅大鹏鸟是如来佛祖的舅舅。大魔青毛狮子是文殊菩萨的坐骑，二魔大象精是普贤菩萨的坐骑。书中说："那妖精一封书到灵山，五百阿罗都来迎接；一纸简上天宫，十一大曜个个相钦。四海龙曾与他为友，八洞仙常与他作会。十地阎君以兄弟相称，社令城隍以宾朋相爱。"

平顶山莲花洞有五百多名小妖，魔头金角大王、银角大王来历不凡，是太上老君看守炼丹炉的两位童子，携带五件宝物下界，被孙悟空骗走宝物化成了水，最后又被复活。

黄眉童子在小雷音寺纠集了四五千名小妖怪，冒充如来佛祖戏弄唐僧师徒。他的后台是东来佛祖弥勒佛。

草根集团中规模比较大的是六耳猕猴集团，有假唐僧、假猪八戒、假沙和尚等骨干，有小妖怪四五千名，因为没有靠山，最后被镇压了。隐雾山折岳连环洞集团也是草根集团，魔头南山大王艾叶花皮豹子精手下小妖比较少，也没有什么见识，最后全部被消灭。

（二）妖怪的地域分布

据康江峰先生的研究，在《西游记》一百三十二名主要妖怪中，有七十三名分布在东胜神洲，五十四名分布在西牛贺洲，一名分布在北俱芦洲，四名分布在南赡部洲。①其中以东胜神洲和西牛贺洲为最多。而大唐帝国所在的南赡部洲由于经济发达，文明昌盛，百姓安居乐业，妖魔很少，一片天地清泰的景象，与如来佛祖所说并不一致。书中，如来说："但那南赡部洲者，贪淫乐祸，多杀多争，正所谓口舌凶场，是非恶海。"其实，妖怪最少。而佛祖盛赞西牛贺洲"不贪不杀，养气潜灵，虽无上真，人人固寿"，主要妖怪却有五十四名。东胜神洲"敬天敬地，心爽气平"，主要妖怪却有七十三名。作者这样写，大有讽刺意味。

（三）妖怪的主要罪行及其下场

在一百五十名主要妖怪中，犯有造反、吃唐僧肉、抢夺东西、绑架、非法拘禁、残害生灵等重大刑事罪行的有一百一十七名，

① 康江峰.西游记新论［M］.北京：中国社会科学出版社出版,2014:106.

无罪的三十三名，大多数妖怪都是有罪在身，对社会危害极大。就其下场来说，被天庭、道派、佛派留用的有二十七名，被打死的有三十五名，其他未交代结局。那些有背景、有关系、从领导身边来的妖怪都被救走了，而没有背景、没有关系的都被打死了，成了取经团队的功果。这非常耐人寻味。

每一个中国人印象中的妖怪都不一样。[①]人与人的命运各不相同，妖与妖的命运也各不相同。喜欢做官的孙悟空成了斗战胜佛，同样喜欢做官并且追求绝对自由的大鹏怪却被永远囚禁在佛祖头顶的光焰中。同样是爱财，三只犀牛精诈骗香油，最终掉了脑袋，而专门拦路抢劫甚至勒索基层公务员的红孩儿却成了善财童子。爱好艺术的黑熊怪被收编为守山大神，同样爱好艺术的黄狮精却只能被打死。这里面有各自的选择，但更多的是命运的选择。

① 愚木.中国精怪故事集［M］.陕西人民出版社,2018.

第四章 神仙和妖怪的比较研究

在前面两章中，笔者主要是对神仙和妖怪进行个案研究，本章将对神仙和妖怪进行比较研究，探讨神仙和妖怪的根本区别以及在衣食住行各方面的具体区别，进而研究妖怪如何上升到神仙世界以及神仙如何堕落到妖怪世界的原理和规律。

第一节
神仙和妖怪的根本区别

一、原形论

过去主要有两种说法，一种说法是“原形论”。原形为人，修炼有了神通，就成了神仙。例如，在八仙的故事中，李凝阳、吕洞宾等人原先是凡人，经过自己的努力以及前辈神仙的引导，得道成仙，进入了神仙队伍。《西游记》中，猪八戒原先是个懒汉，因为有师父引路，吃了九转大还丹，一跃而成为大罗神仙。

原形为动物或者植物或者无生命的器物，修炼出法力，就是妖怪。民间传说中的白娘子和小青，原先是两条蛇，多年修炼，有了道行，但因为她们原先是动物，所以在法海眼里是蛇妖。《倩女幽魂》里的“姥姥”修炼千年，是神通广大的树妖。《西游记》中，杏仙、十八公、赤身鬼等也都是植物妖精。《西游记》中，器物类妖怪基本上没有出现。而在志怪小说中，日常使用的簸箕或者坛子，因为沾染了人类的精气，都有可能变成妖怪。日本有一种抹布妖怪，女主人因为家务劳累，经常在厨房叹气，抹布就会变成妖怪在夜间出来自行抹灰尘。[①]

上述说法大多数情况下是对的，但是也有例外。八仙中的张果老，就有一种说法，说他是开天辟地时的一只蝙蝠精。《西游记》中，天庭的二十八宿是一群武将类型的神仙，负责保卫斗牛宫，他们的原形都是猛兽。西游路上，奎木狼吃宫女，井木犴吃犀牛，身上动物性犹存，但他们都是如假包换的正牌神仙。而猪八戒、沙和尚犯了错误被逐出天庭后，一个在福陵山吃人，一个在流沙河吃人，被牛魔王称为猪精和流沙精，但他们的老底子却是人。所以，以来源于人或来源于动物来区分神仙和妖怪，不太合理。

【拓展阅读·叶法善与张果老】

唐朝人张果身骑白驴，能日行万里。唐玄宗请他入宫，说："先生是得道之人，为何牙齿、头发显得如此衰老呢？"张果回答："我已到了衰朽的年龄，所以弄得这般模样，实在觉得羞耻，不如将它们全部除去。"说完立刻拔去须发，敲落牙齿，片刻后却长出满头乌发，一口白齿，脸色红润，精力充沛。玄宗请教叶法善天师，问："张果究竟是什么人？"答道："臣知道他是谁，如果讲出来，立刻会死，所以不敢说；除非陛下能除下冠戴，向他求情。"玄宗答应了他的请求，叶法善才说道："他是混沌时分的白蝙蝠成精。"说完，立刻七孔流血，

① 日本人把这一类的妖怪称为付丧神，指器物放置不理一百年，吸收天地精华、积聚怨念或感受佛性、灵力而得到灵魂，化成妖怪。

僵倒在地。玄宗急忙跑到张果处谢罪，张果慢吞吞地说："不惩罚他，恐怕还要败坏天地间的大事。"玄宗再三恳求，张果朝地上喷了口水，叶法善立即就活了过来。

二、道德论

第二种说法是"道德论"，认为神仙是好的，妖怪是坏的。[①]有人说，二者之间的界限并不是完全绝对的，神佛一旦有了歪念贪欲，就会具有妖性，而妖怪如果有诚心善念，就能成神成佛。[②]大多数情况下的确如此，但是也有例外。奎木狼、金角银角都是天庭系统的神仙，下界为妖，抢劫杀人的坏事却做了不少。

基层神仙如此，高层神仙也有类似情况。玉帝因为凤仙郡守祭天时推翻了桌子，让此地三年大旱，饿死了三分之二的老百姓。佛派系统安排狮子下凡为妖，杀害了乌鸡国国王，取而代之。这种行为方式，说明神仙做事未必符合人类的道德要求。

唐僧取经时，阿傩、迦叶勒索贿赂，对唐僧说："圣僧从东土到此，有什么人事送我们？快拿出来，好传经与你去。"孙悟空威胁要到如来佛祖那里去举报，结果阿傩、迦叶把无字真经传给了他们。官司打到如来那里，如来还说了一通"经不可轻传"的大道理。

---

① 成云雷.趣味《西游记》[M].山东人民出版社,2020:10.

② 饶眺.基于《西游记》中妖怪的社会学赏析［J］.大庆师范学院学报,2014(2).

孙悟空大闹天宫以后，二郎神和梅山六兄弟去花果山抓孙悟空，孙悟空的手下大多数被打死，四万七千名小猴子只剩下了千把猴子。这表明，若以人类道德来衡量，神仙未必重视道德，也未必符合道德。

另一方面，伤天害理的妖怪也不少。不少妖怪吃人，或拦路抢劫，或绑架勒索，甚至公然造反，如狮驼国三大魔头、红孩儿等等。白鹿精吃小孩子心肝，金鱼精吃童男童女，更是罪大恶极。小偷小摸的更多，犀牛精偷香油，黑熊怪偷袈裟，黄狮子精偷钉钯，等等。这些行为也都是不道德的，但妖怪有时候也做一些好事，如虎力大仙、鹿力大仙、羊力大仙和铁扇公主就是这一类。虎力大仙等运用法术呼风唤雨解除旱灾，铁扇公主在火焰山灭火帮助百姓恢复农业生产，这些都是有利于当地百姓的事情。他们以此获得官位或者得到一些礼品，也是理所应当的。书中，有些小妖怪痛恨大魔头作恶，私下里咒骂魔头。有些妖怪，捉到唐僧，首先想到的是邀请家人一起享用。这些行为都显得具有人情味儿。此外，植物妖精喜欢赏月吟诗，是爱好艺术的表现，也谈不上不道德。

所以，以是否道德来区分神仙和妖怪，也不合适。

三、天箓论（编制论）

那么，神仙跟妖怪的根本区别是什么呢？笔者认为神仙和妖怪的根本区别在于有没有授天箓。天箓即天庭的正规编制，授了天箓，就在天庭有工作岗位，享受与之相配套的所有待遇。这些待遇包括拥有办公室，有自己下属的工作人员，乃至参加蟠桃会等高端活动的资格。

孙悟空获得了天庭的正规编制，成为弼马温，他就是神仙。第一次大闹天宫，孙悟空挥舞金箍棒打出南天门，放弃天庭编制，就又成了妖猴；而后又上天，被封为齐天大圣，分管蟠桃园，又成了神仙；二次大闹天宫后，失去了天庭编制，又成为妖猴，被压在了五行山下；后来保护唐僧取经，得了正果，成为西天的斗战胜佛。黑熊怪、红孩儿最初都是妖精，因为本事大，被观音菩萨认为是可用之才，被收编成了南海普陀山的守山大神和善财童子。孙悟空、黑熊怪、红孩儿，一会儿是妖怪，一会儿是神仙，主要看他有没有编制，为谁服务。

有编制和没有编制大有区别。神仙有编制，就有固定的工作岗位和职责。李天王降妖伏魔，张天师出谋划策，纠察灵官负责纪检，每天点卯，工作繁忙。但是他们有大福利，可以定期吃到蟠桃，长生不老，甚至与天地同寿。

妖怪没有编制，不像神仙那样需要每天工作，但是比神仙快乐。妖怪出场的时候都在玩，有时是荡秋千，有时是踢球。给大王做事也都是简单的活儿，有时是巡逻，有时是烧开水准备蒸唐僧肉，但都是开开心心地忙，乐观又积极。这一点在神仙身上是看不到的，难怪牛魔王的弟弟牛如意不愿意红孩儿去给观音做善财童子。当孙悟空讨功时，牛如意说了一句话：“我舍侄还是自在为王好，还是与人为奴的好？”一句话把孙悟空问傻了。做妖怪图的就是开开心心，这一点天庭里面的神仙无论如何是享受不了的。

我们凡人都很羡慕神仙，说什么“神仙过的日子”，其实做神仙的压力是很大的。神仙每天都要点卯，哪一天旷工就要受处分，要是打碎个把杯子之类的小玩意可能就会被判死刑。神仙不能谈恋爱，奎木狼爱上了披香殿侍女，在天上谈恋爱被认为违反天规，结果只能相约到人间来恋爱。

妖怪的世界里就宽松得多，精细鬼和伶俐虫拿着金角大王、银角大王的紫金红葫芦和玉净瓶去装孙悟空，结果反而被孙悟空把宝贝给骗走了。要是在天庭，哪个神仙要是犯了这种错误，不被处死，也要被打上几千锤，或者遭受飞剑穿身的酷刑。而在妖精的世界里，两位大王只是说了句“罢了，罢了”，这件事就算结束了。

妖怪快乐不假，但是寿命有限，最多不过几百年，千年就成为老妖了。所以，有志气的妖怪总想挤到神仙队伍里，孙悟空就是一个成功转型的例子。前西游时代奎木狼等二十八宿，估计也是由地上的妖精升格为神仙的。孙悟空取经途中遇到的黑熊怪、红孩儿，更是直接被观音菩萨收编为神仙。我们只知道神仙本是凡人做，其实在更多时候神仙也可以本是妖精做。

妖精能够做神仙，这是进步。反过来，一个神仙如果不努力，也可能堕落为妖精。比如，天蓬元帅调戏嫦娥，结果就变成了猪精。沙和尚犯了错误，就成了专门吃人的流沙精。太上老君的烧火童子、弥勒佛的司磬童子，厌倦了天上的枯燥生活，跑到人间寻开心，也就成了妖怪。

所以，神仙和妖怪都有超越凡人神秘的法力，基本上是同一类的存在。他们的区别在于有没有天庭的正规编制。妖怪获得了天庭的编制，就成了神仙。神仙失去了天庭的编制，就成了妖怪。说得透彻一点，神仙是体制内的妖怪，妖怪是体制外的神仙。

第二节
从衣食住行看神仙和妖怪的区别

一、穿着

《西游记》第四回写到神仙的衣着打扮时说："玉簪珠履，紫绶金章。"可见，神仙穿衣风格偏向于豪华。民间传说中，织女在天上织布，神仙题材的绘画里面，衣服大都大袖飘飘，材质应该非常轻盈。《月令广义·七月令》引南朝梁殷芸《小说》："天河之东有织女，天帝之子也。年年机杼劳役，织成云锦天衣，容貌不暇整。"在《西游记》里，织女没有出现。但在蟠桃园的故事里，出现了红衣仙女、青衣仙女、素衣仙女、皂衣仙女、紫衣仙女、黄衣仙女、绿衣仙女，似乎神仙都喜欢穿纯色的衣服。

在文人笔记、民间传说或者石刻、壁画中，神仙穿羽衣也是一种传统。这大概跟神仙飞行的需要有关系。在早期志怪小说中，羽化登仙和乘龙、乘风一样流行。

而妖怪的穿着则相对简陋，主要是兽皮，如孙悟空的虎皮裙之类。不少妖怪只穿犊鼻裤，类似现代人的三角内裤，如果能够有一件豹皮裤就很拉风了。穿不起兽皮的只能以树叶、树皮遮羞。当然，也有些妖怪比较讲究穿着，如孙悟空的结拜大哥牛魔王，"头上戴一顶水磨银亮熟铁盔；身上贯一副绒穿锦绣黄金甲；足下踏一双卷尖粉底麂皮靴；腰间束一条攒丝三股狮蛮带"。身穿黄金甲，脚踩麂皮靴，浑身都是名牌。牛魔王是《西游记》中穿着最为讲究的妖怪。他有资格穿得好，也有能力穿得好。这有两个原因：一是有钱，万岁狐王死后，把女儿玉面狐狸拜托他照顾，留下百万家产供其挥霍；二是牛魔王有两个老婆为他张罗，铁扇公主得道很久，玉面狐狸品位很高。书中，牛魔王显得比孙悟空高大上是有原因的。

二、饮食

（一）神仙吃什么

《西游记》中，写了好多神仙。关于神仙吃什么，我们凡人的第一感觉就是：不食人间烟火。庄子就曾说神仙吸风饮露，也有人觉得神仙不吃荤，专门吃素。之所以这么想，主要是凡人觉得神仙心地善良，不杀生。事实真是这样的吗？

我们只能说，这样的理解还停留在常识上，如果仔细阅读《西游记》原文，就不会有这种似是而非的误解。西游世界的太上老君，在人间留下一部著作《道德经》，其中有"天地不仁，以万物为刍狗"。网上喜欢打游戏的人，喜欢说一句"圣人之下皆蝼蚁”，这句话来自《封神演义》。《西游记》里没有这么说，但在神仙的眼里，动植物乃至人类的生命确实微不足道。

《西游记》中，两次大型宴请都有菜谱留下。一次是蟠桃会，一次是安天大会。蟠桃会上，除了吃桃子，还有八珍八鲜等配菜，龙肝、凤髓、熊掌、猩唇等主食，另有珍馐百味、异果佳肴。安天大会安排得比较匆忙，但也有龙肝、凤髓、玉液、蟠桃。神仙没有生态伦理，对珍稀动物不怎么爱惜。黑熊和猩猩也就罢了，龙和凤那可是不容易见到的灵物。在人间，龙、凤都是皇室的象征。皇帝被称为龙，皇后被称为凤。孔子曾经感叹：“凤鸟不至，河不出图，吾已矣夫。”①他老人家一辈子盼望见到凤凰，认为凤鸟出来天下就太平了，但是在天庭的蟠桃会上，龙、凤却被屠宰了，作为一道菜而出现。

上述记载表明，所谓神仙吃素的说法不太准确。这其中的原因在于，龙肝凤髓之类的东西，都是向高层神仙特供的稀缺物资，根本不可能让广大的中下层神仙一起享用。一般的中下层神仙为了显示自己与人类的区别，不愿意食用牛肉、猪肉、羊肉之类很容易得到的肉食。由于神仙队伍中，跟人类打交道的一般是中下层的小角色，所以我们就有了一种印象：神仙不吃荤。其实正确的说法应该是神仙可不是吃素的。

奎木狼是二十八宿里面的一个将军，起码是个中将级别的神仙。在下界为妖期间，奎木狼掳走了宝象国的百花羞公主，变成

① 论语·子罕.

俊俏之人去见国王，招待宴席上酒喝多了，现了原形，抓住一个宫女就啃食起来。奎木狼在天庭做神仙期间碍于身份不敢吃人，开小差来到人间做山大王，每天喝酒吃人肉，无法无天。

三打白骨精那一回，孙悟空劝唐僧等人不要被美女诱惑，现身说法：“老孙在水帘洞里做妖魔时，若想人肉吃，便是这等：或变金银，或变庄台，或变醉人，或变女色。有那等痴心的，爱上我，我就迷他到洞里，尽意随心，或蒸或煮受用；吃不了，还要晒干了防天阴哩！”①

沙和尚犯了错误，被贬下界，在流沙河里，三两天就要吃一个人。猪八戒下界后，也是以吃人为生。观音菩萨动员他参加取经队伍，他的积极性也不高。在他看来，跟着唐僧取经受罪，还不如抓个把人，肥腻腻地吃了爽。须知，沙和尚、猪八戒都曾经在天庭身居要职，犯了错误受惩罚，总不至于连吃饭的习惯也改变了吧。

综上所述，神仙是吃荤的，甚至在失去编制变成妖怪时还要吃人。所以，祭神要用三牲或者四牲，无非是牛羊猪鸡鸭鱼等动物而已。这说明，古人经常跟神仙打交道，在这个问题上比现代人看得清楚。

与神仙相比，妖怪吃饭比较随意，有啥吃啥，平时主要是吃自己猎来的獐子、兔子、野鹿之类。少数罪大恶极的妖怪吃人肉，如狮驼岭的三个大魔头、通天河的小金鱼、七绝山的红鳞大蟒

---

① 关于孙悟空是否吃人肉，是否真干过这一类坏事，一直是争论不休的问题。笔者认为，孙悟空以这样的说法吓唬唐僧，可能是故作大言，未必真有其事。

等。少数妖怪的饮食习惯接近人类，如黄狮子精，为了开鉴宝大会“钉钯会”，所需要的食材都是手下小妖到市场上采购的。顶级妖怪牛魔王到碧波潭赴宴，吃的东西跟基层神仙万圣老龙并没有什么两样。这说明，神仙和妖怪吃东西都是为了补充能量，神仙吃的妖怪都能吃。只不过妖怪由于身份低微，吃不到金丹、蟠桃、人参果以及龙肝凤髓、玉液琼浆等高级食品而已。

【拓展阅读·魏伯阳炼丹】

东汉人魏伯阳，不慕名利，四处访师问道，后得高人指点，获取载有炼丹术的奇妙经书，与弟子隐居炼丹。一天，神丹炼成，魏伯阳想试探弟子对俗世是否还有留恋，便对他们说：“丹药应该先给狗吃，看是否有效。”狗吃下丹药后立刻倒下了。看到弟子们犹豫不定，伯阳说：“我没能得到仙道，耻于回去，我决定服下它。”说完服下丹药后，也倒了下去。一位弟子说：“师父不是一般的人，这其中必有原因。”这位弟子也将丹药服下，倒在了一旁。剩下的两位弟子商量道：“吃金丹是为了追求长生，现在服用者都已逝去，我们不能再吃了！”于是二人一起出山，寻找棺木安葬几人。两位弟子离开后，伯阳立即活了过来，将真的丹药放入弟子和白狗口中，一起成为神仙，并修书一封请熟人带给两位弟子。两位弟子看到师父手书，悔恨不已。

（二）神仙和妖怪的饭局

《西游记》中，神仙的饭局政治色彩浓厚。

为了天庭和谐，蟠桃会定期召开，来的都是有头有脸的大人物，商量三界大事，顺便吃点蟠桃之类的高级东西延年益寿。安天大会是天庭为了感谢如来佛祖降妖有功而召开的，这次饭局标志着佛派势力地位的上升。盂兰盆会是西天定期组织的饭局，道派人物镇元子也曾经应邀参加。上述饭局里面充满了权谋和博弈，是通过吃饭来改变局势的一种高层政治活动。中国民间在评价这一类活动时说“酒无好酒，宴无好宴”。项羽招待刘邦的鸿门宴就属于这一类，搞不好会出大事情。孙悟空之所以大闹天宫，就是因为蟠桃会的名单没有安排好。

妖怪的饭局就要轻松得多。三五个处得比较好的妖怪，有好吃的或者好玩的，都要搞聚会。

黑风山的黑熊怪是孙悟空在取经路上遇到的第一个硬手，修行千年，能够与孙悟空打成平手。黑熊怪平时就喜欢与三五好友小酌一顿，交流一下修行和炼丹的心得。黑熊怪的语文学得好，能用文言文写请柬，句句都用典故，是《西游记》中最会写文章的妖精之一。

【拓展阅读·黑熊怪的请柬】

黑熊怪给老和尚的请柬，很是文雅：

侍生熊罴顿首拜，启上大阐金池老上人丹房：屡承佳惠，感激渊深。夜观回禄之难，有失救护，谅仙机必无他害。生偶得佛衣一件，欲作雅会，谨具花酌，奉扳清赏。至期，千乞仙驾过临一叙。是荷。先二日具。

黑熊怪在偷到唐僧的锦襕袈裟后，就曾举办佛衣会，邀请好朋友苍狼精凌虚子、花蛇精白衣秀士等妖怪来赴宴，准备一边吃喝，一边鉴赏，结果被孙悟空搅了局。

豹头山的黄狮精和黑熊怪一样具有艺术细胞，在偷得孙悟空等人的兵器后，准备请爷爷九头狮子和雪狮等一些兄弟来赴宴欣赏。黄狮精成为文化人后，已经失去了捕猎能力。他举办宴会要用牛羊，就派小妖到市场上买。黄狮精把山洞装饰得很讲究。他的所作所为彻底颠覆了那种粗糙、凶残的妖怪形象。很可惜，黄狮精在乱战中被孙悟空打死，家业尽毁。

聚会就要吃东西，古语说“有酒无肴不成请”。至于吃的东西，过去一直有一种观点，认为妖精以吃人为生。从《西游记》中的记载来看，这也不太准确。

真正吃人的妖精并不多，主要是狮驼国的三个大魔头，他们背后有佛祖、菩萨撑腰，才敢这么放肆的吃人，最后把附近的人都吃光了。

大多数妖精为了长生不老咋咋呼呼要吃唐僧肉，其实平时的饭局上无非是小妖打猎所得的獐子、野鹿之类的普通野味，什么龙肝凤髓估计看都没有看到过，更不要说蟠桃、人参果这种高级东西了。所以，就是从饭局上也可以看出神仙高出妖怪何止千万倍。

实力强一点的妖怪喜欢偶尔跟神仙小聚一下，笼络一下感情。牛魔王在跟孙悟空交手时曾经叫暂停，说是要到碧波潭龙王那儿赴宴。牛魔王是东西天接合部的大佬，碧波潭龙王是天庭系统派驻水域的基层公务人员。他们之间的饭局说明体制外的妖怪要混得好，必须要结交体制内的掌权者。

值得指出的是，《西游记》中，神仙不怎么爱美食。神仙的几次重要聚会都有着政治目的。人类需要不断补充能量，长期不吃东西就会饿死。神仙可以超越生理学的规律，不吃东西也能活。神仙如果在人类面前吃东西，很大程度上是为了显示其优越性。

【拓展阅读·东方朔偷仙桃】

汉武帝喜好仙道，七月七日夜，西王母乘紫云车降临九华殿，青气缭绕。西王母拿出七个只有弹丸那么大的桃子，给了汉武帝五个，自己吃了二个。汉武帝吃完桃子，留下桃核，没有扔掉。西王母说："你留下桃核打算做什么？"汉武帝说："此桃甘美，想种几棵桃树。"西王母笑着说："此桃三千年才结一次果。"汉武帝与西王母对坐，其他人都不能上前。当时东方朔在大殿的窗户外偷窥西王母，西王母回头看，对汉武帝说："这个偷看的小儿，曾经三次上天偷我的桃子。"汉武帝大为惊奇，才知道东方朔是神仙。

三、居住

神仙住在高高的天庭。《西游记》中的天庭，有三十三座天宫，乃遣云宫、毗沙宫、五明宫、太阳宫、化乐宫……另有七十二重宝殿，乃朝会殿、凌虚殿、宝光殿、天王殿、灵官殿……以上皆虚写。书中的天庭，气派非凡，装潢及配套设施非常高档。

【拓展·天庭景观】

初登上界，乍入天堂。金光万道滚红霓，瑞气千条喷紫雾。只见那南天门，碧沉沉，琉璃造就；明幌幌，宝玉妆成。两边摆数十员镇天元帅，一员员顶梁靠柱，持铣拥旄；四下列十数个金甲神人，一个个执戟悬鞭，持刀仗剑。外厢犹可，入内惊人：里壁厢有几根大柱，柱上缠绕着金鳞耀日赤须龙；又有几座长桥，桥上盘旋着彩羽凌空丹顶凤。明霞幌幌映天光，碧雾濛濛遮斗口。这天上有三十三座天宫，乃遣云宫、毗沙宫、五明宫、太阳宫、化乐宫……一宫宫脊吞金稳兽；又有七十二重宝殿，乃朝会殿、凌虚殿、宝光殿、天王殿、灵官殿……一殿殿柱列玉麒麟。寿星台上，有千千年不卸的名花；炼药炉边，有万万载常青的瑞草。又至那朝圣楼前，绛纱衣，星辰灿烂；芙蓉冠，金璧辉煌。玉簪珠履，紫绶金章。金钟撞动，三曹神表进丹墀；天鼓鸣时，万圣朝王参玉帝。又至那灵霄宝殿，金钉攒玉户，彩凤舞朱门。复道回廊，处处玲珑剔透；三檐四簇，层层龙凤翱翔。上面有个紫巍巍，明幌幌，圆丢丢，亮灼灼，大金葫芦顶；下面有天妃悬掌扇，玉女捧仙巾。恶狠狠，掌朝的天将；气昂昂，护驾的仙卿。正中间，琉璃盘内，放许多重重迭迭太乙丹；玛瑙瓶中，插几枝弯弯曲曲珊瑚树。正是天宫异物般般有，世上如他件件无。金阙银銮并紫府，琪花瑶草暨琼葩。朝王玉兔坛边过，参圣金乌着底飞。猴王有分来天境，不堕人间点污泥。(《西游记》第四回)

玉皇大帝住的是九重天的灵霄宝殿，属于高档别墅群。李天王的云楼宫也在九重天，离灵霄宝殿很近，汇报工作、商量事情很方便。太上老君住的兜率宫在三十三层天，远离行政中心。元始天尊的弥罗宫没有说在哪一层天，大概也很高吧。

妖怪住在山洞里。狮驼岭的三大魔头，势力这么大，所住的地方依然是山洞，名字就叫狮驼洞。猪八戒做妖怪时，住的地方是福陵山云栈洞，黄袍怪奎木狼住的地方是碗子山波月洞。绝大多数妖怪住的是山洞，也有一些妖怪住在水里。例如，小白龙加入取经队伍前住在鹰愁涧，沙和尚住在流沙河，小鼍龙住在黑水河等。

山洞里黑暗、潮湿，显然不能跟天庭的宫殿相比。水里面的问题是照明难以解决。小白龙被惩罚与破坏夜明珠有关系，九头虫犯罪也是为了解决碧波潭的照明问题。

四、飞行

神仙和妖怪的根本差别在于有无天庭的编制，但要搞清楚谁有编制、谁没有编制，需要到天庭去查阅档案，难度很大。青牛下界为妖那一回，玉帝命令各部门彻查有无神仙私自下凡，查遍了三十三层天，还是没有结论。可见，查档案是个笨办法。

那么，有没有比较方便的办法呢？笔者认为，通过飞行姿势区分神仙和妖怪，简易可行。

神仙和妖怪作为有别于人类的异类，其重要特点就是会飞行。飞行是对于地球重力的摆脱，也是对于自由的追求。日本动漫大师宫崎骏的电影中，几乎每一部都有飞行，有骑着扫把的魔法飞行，有依据自身天赋的飞行，有运用机械原理的飞行，还有依靠飞行石特殊力量的飞行。由于有了近代物理学知识的基础，宫崎骏笔下的飞行，往往头手在前，呼啸而过，很有速度和激情，不像中国神仙踩着云慢吞吞地站着飞。

《西游记》中，妖怪的飞行姿势比较难看，一般是飞沙走石，裹挟一团黑气，既不环保，也不文明。神仙的飞行姿势就高雅多了。顶级神仙们的飞行高度在九霄之上，一般是乘着七彩祥云，所到之处还带着阵阵香气，大老远人们就知道是观音菩萨来了，还是太白金星来了，赶快下跪行礼。

顶级神仙飞行不像孙悟空那样翻筋斗，姿势很难看，他们有专用的飞行工具。比如，佛教的佛祖、菩萨有莲花宝座，道教的太上老君有玉局宝座，这些宝座都是遥控的，不用的时候，可以自动缩小，隐形携带，危急的时候紧急启动，很方便。

除了这些宝座，高级神仙还有坐骑，太上老君的青牛，太乙救苦天尊的九头狮子，观音菩萨的金毛犼，文殊菩萨的青毛狮子，都是有名的坐骑。

之所以要有坐骑，主要倒不是飞行速度快，而是这些会飞的动物凶猛能打。配有坐骑的天尊、菩萨们，道行很高，一般不再与人动手，有坐骑代劳就足够了。为了增加这些坐骑的战斗力，神仙们还给他们装备了高级法宝，青牛精靠着金刚琢打败了满天神佛，金毛犼的三个紫金铃弄得孙悟空束手无策。

妖怪大多低空飞行，神仙一般高空飞行，平时互不照面。

在特殊情况下，妖精要跑到天上闹事，也会高空飞行。菩萨要处理人间事务，也会低空飞行。

观音菩萨组建取经团时，如来佛祖指示："这一去，要踏看路道，不许在霄汉中行，须是半云半雾：目过山水，谨记程途远近之数，叮咛那取经人。"观音此去，要为未来的取经团队绘制路线图，必须贴近地面飞行才看得清楚，当然不能高空飞行。这是执行特殊任务时的安排，一般情况下神仙还是高来高去。

唐僧前世是金蝉子，也是属于有宝座、坐骑这个级别的，让他在取经路上坐筋斗云，跟猴子一起翻跟头，是有失体面的事情，所以他打死也不干，宁可慢慢走路。

神仙和妖怪都能飞，从飞行的高度和飞行的设备，我们能看出神仙拥有的资源要比妖怪多得多。孙悟空的筋斗云再厉害，也飞不出巨大无比的如来神掌。

总而言之，神仙比妖怪高大上，看飞行姿势就足以说明一切。

【拓展阅读·卢琼升天】

王世贞《列仙全传》记载，姓张的一户人家，有一位叫卢琼的使女。某日，张家人全部外出。葛洪仙师化作一名浑身长满疥癞的道人，要求在张家的酒缸中洗个澡。卢琼满足了他的要求。张家人回来时，觉得酒香异常，主仆八十多人都忍不住喝了酒，全部飞升成仙。卢琼因为亲眼看到疥癞道人坐在酒缸中，嫌脏没有喝，升天的时候，到半空中就掉了下来。后来，卢琼被任命为土地神，为葛洪守护仙坛。

第三节
妖怪的上升通道

《西游记》中，神仙高高在上，在各个方面全方位碾压妖怪。对于不少妖怪来说，成为神仙是一种梦想，也确实有少数妖怪因为种种机缘成为神仙队伍中的一员。

一、神通广大才能被招安

（一）有利用价值才能被招安

西游中的妖怪，可以分为两类：一类是有背景的妖怪，比如青牛精和黄眉怪，前者的后台是太上老君，后者的靠山是弥勒佛；另一类是没有背景的草根妖怪，比如七绝山的蟒蛇精、西天路上的牛魔王家族等。

有背景的妖怪，犯了错误，往往在被教训一顿后，重新回到领导身边继续工作。没有背景的妖怪，绝大多数直接被孙悟空、猪八戒等打死，极个别的因为能耐特别大或者有一技之长，也会被招安，成为神仙队伍的一员。

我们知道，成为神仙队伍的一员，是绝大多数妖怪的理想，但是实现这一理想并不容易。西游世界，遍地是妖，孙悟空在花果山为妖时，手下小猴有四万七千名，外围势力还有七十二洞妖王。二次大闹天宫时，七十二洞妖王全数被歼灭，猴子猴孙被二郎神打得只剩下千把。狮驼岭的四万七千名小妖也大多数被打死，像铁背苍狼精这样能够死里逃生的妖怪是极个别的。但是铁背苍狼精，在逃到豹子精手下后，还是被取经团打死了。其他妖怪手下没有这么多小妖，或数百，或数十，也基本上被打死。

在这些成千上万的妖怪里，能够被天庭或者西天看中，成功接受招安的屈指可数，只有少数大魔头，如孙悟空、黑熊怪、红孩儿、牛魔王、多目怪、大鹏怪等。这些妖怪的共同特点是神通广大，有利用价值。

（二）成功招安的案例

如来在命令观音到东土寻觅取经人时，曾经交给观音三个箍儿，并且说："此宝唤做'紧箍儿'；虽是一样三个，但只用各不同。我有'金紧禁'的咒语三篇。假若路上撞见神通广大的妖魔，你须是劝他学好，跟那取经人做个徒弟。他若不伏使唤，可将此箍儿与他戴在头上，自然见肉生根。各依所用的咒语念一念，眼胀头疼，脑门皆裂，管教他入我门来。"

其时，西天跟天庭的竞争非常激烈，如来正是用人之际，如来用人的标准主要是神通广大，只要神通广大，哪怕用金箍强行拉进佛门也行，至于觉悟，可以慢慢提高。这也是大闹天宫时，如来只是把孙悟空压在五行山下而不取其性命的原因。如来用五行山压住孙悟空是一种保护性措施，道派的神仙在孙悟空大闹天宫时大跌面子，不排除会暗中对孙悟空下黑手。道派也不是没有能力结果孙悟空的性命。在大闹天宫时，与孙悟空交手的道派神仙中，级别较高的只有九曜，排在前面的三清、四御、五方五老除太上老君外都没有出场，没有出场的原因大概与道派内部的权力之争有关。

佛祖大概觉得孙悟空人才难得，在安天大会结束后，又来到五行山，贴了"唵、嘛、呢、叭、咪、吽"的封印，喊来一位土地神，会同五方揭谛，住在山上看管孙悟空。饿了，给他铁丸子吃；渴了，给他喝铜汁。等他灾愆满日，再安排人来救他。可见，如来要把孙悟空拉进佛门，在安天大会上就已经开始布局了。表面上，那一次宴会，如来和天庭众神喝得“众各酩酊”，但如来的心思却不在吃喝上，他念念不忘的是孙悟空。

接下来五百年，如来的主要工作就是研制金箍。因为他深知，像孙悟空这种神通广大的妖怪，仅仅靠思想政治教育是不行的，需要用暴力胁迫的办法，才能让他服服帖帖地皈依佛门。所以，发展孙悟空进取经队伍是如来的决策，观音不过是执行者而已。

取经路上孙悟空遇到的第一个比较难缠的妖怪是黑熊怪，黑熊怪能够和孙悟空战个平手，最后由观音出面降伏。观音在降伏黑熊怪的过程中，发现黑熊怪把黑风山的园林绿化整治得赏心悦目，就动用了如来的禁箍儿，把他带到南海普陀山，让他做了守山大神，负责安全与环保。

红孩儿年龄不大，三昧真火的神通差点要了孙悟空的命。为了降伏红孩儿，观音还跟天庭系统借了天罡刀。能打不是红孩儿最大的特长，红孩儿还是少数极具经济头脑的妖精之一。这是他们牛家人的共同特征。红孩儿的娘，靠着芭蕉扇，在火焰山一带控制气候，大赚其钱。红孩儿的叔叔牛如意，以武力霸占女儿国的公共资源落胎泉，也赚得盆满钵满。红孩儿更狠，竟然让山神、土地交保护费。小小年纪，就知道不择手段地捞钱。所以，观音就动用了“金紧禁”三箍中控制力最强的金箍儿，胁迫红孩儿做了普陀山的善财童子。

黑熊怪和红孩儿，要武能武，要文能文。观音菩萨把他们收入门下，普陀山一定能够香火兴旺。

多目怪的特长是浑身都是眼睛，这样的妖怪适合当保安，所以毗蓝婆菩萨让他做了保安。多目怪堪称《西游记》里最冷酷的妖怪，为了吃唐僧肉，他眼睁睁看着七个蜘蛛精干妹妹被孙悟空打死。

牛魔王作为孙悟空的大哥，品德、能力都不在孙悟空之下，应该说一直是各方势力拉拢的对象。但老牛有自己的产业，娇妻美妾，名牌坐骑，聪明儿子，啥也不缺，过得是小康以上的生活，所以一直游离在体制外。在孙悟空借芭蕉扇时，西天最能打的四大金刚全数出动，摆明了就是要强迫牛魔王加入佛门。

大鹏鸟是最具个人能力的妖怪，如来亲自出动才制服了他，最终安排他做如来的护法也就是保镖。

上述妖怪，哪一个的能力都不在孙悟空之下，他们在西天路上都有自己的一块地盘，都能独自撑起头上的一片天空。

是不是只要能力强的妖怪，就有机会被招安？也不是。

妖怪要被招安，除了要求神通广大，还要有机遇。黑熊怪会布置洞府，刚好遇到了爱美的观音菩萨，这就是他的运气。后来出现的黄狮精也有这方面的特长，遇不到品位比较高的大牌神仙，就只能被没有文化的孙悟空打死。九头虫够狠，但他碰到的是孙悟空与二郎神，没有碰到佛祖、菩萨之类有人事权的高级神仙，所以在被哮天犬咬掉了一个头后，落荒而逃。

至于六耳猕猴，是孙悟空的一个完美的克隆体，本事一般无二，最后却被打死。原因是，六耳猕猴的本领和孙悟空的同质性太强。对于佛派来说，有其一就可以了。由此看来，具有独到的技能和独立的知识产权很重要。下面笔者专门来谈谈六耳猕猴之死。

二、六耳猕猴为什么没有机会上升到体制内

（一）六耳猕猴的自身状况

六耳猕猴是妖怪中的另类。

一个妖怪，不好好做妖怪，却要学人家取经，准备成佛作祖，这样有志气的妖怪不多，可谓妖怪中的有志青年。

一部西游，写了好多有本领的妖怪，像狮驼岭的金翅大鹏怪、孙悟空的结拜大哥牛魔王、太上老君的坐骑青牛、元始天尊的坐骑九头狮子等，都是妖精中的前辈和高手。

六耳猕猴是如来佛祖所说的四猴混世之一，与这些前辈相比，在个人技能上毫不逊色。从书中的记载来看，六耳猕猴的模仿本领应该是所有妖怪和神仙中的第一名。六耳猕猴的易容术也很厉害，他模仿的孙悟空，朝夕相处的师父、师弟都分辨不出来，天庭的高科技仪器照妖镜也分辨不出来，观音菩萨的慧眼也分辨不出来。只有如来佛祖和地藏王座下的神兽谛听能够区分真假美猴王，为此如来佛祖还给观音菩萨上了一课，如来说：“汝等法力广大，只能普阅周天之事，不能遍识周天之物，亦不能广会周天之种类也。”除了易容技术，六耳猕猴的仿制技术也很高明。孙悟空头上戴的金箍儿是如来佛祖给观音菩萨的，手上拿的金箍棒是

东海的定海神针，原本出自太上老君之手，而六耳猕猴自己能够造出一身与孙悟空一般无二的行头，这种聪明才智在草根妖精中是独一无二的。

就武功来说，六耳猕猴能够用一根仿制的金箍棒与孙悟空打个平手，说明武功不在孙悟空之下。谛听识破了六耳猕猴，却不敢戳穿，原因在于忌惮六耳猕猴的武功。如果没有如来佛祖的高级法宝金钵盂，凭孙悟空的本事要干掉六耳猕猴是很困难的。与神兽谛听一样，六耳猕猴具有神奇的听力。听力与视力相比，更能反映一个人的聪明程度。中国人说的聪明，聪是听力发达，明是视觉发达，人的视力有视角限制，而听力则是360度全方位的，所以聪要排在明前面。听力发达是圣人的特征之一，“耳、口、王”组合起来是圣人的“聖”，孔子说“六十而耳顺”是很高的境界，汉儒说圣人的特征就是“耳入而心通”，六耳猕猴虽然是一只妖猴，但是天生的素质很高。可惜的是，他没有孙悟空那么幸运，有菩提祖师这样的高人传授他功夫，有如来佛祖、观音菩萨欣赏，能够进入取经团队。六耳猕猴的本事主要靠偷学、自学，达到这个程度是很不容易的。

（二）六耳猕猴的所作所为

六耳猕猴的命运很不好，最后死于如来的金钵盂和孙悟空的金箍棒下。在孙悟空一棒打死六耳猕猴的一刹那，如来面露不忍之色，口说“善哉！善哉！”，但并未出手阻止，事后也没有批评孙悟空，这说明在佛祖的眼里，六耳猕猴该死。

六耳猕猴为什么该死，我们要看看他究竟做了什么事才知道。孙悟空跟一般的妖精之间的矛盾，要么是妖精做坏事危害百姓，要么是妖精要吃唐僧肉，要么是女妖精要取唐僧十世修行的元阳。六耳猕猴跟一般的妖精不同。他的愿望是加入取经团队，一起到西天参拜佛祖，目的是修成正果。

在遭到唐僧拒绝以后，他打伤了唐僧，抢走了唐僧的行李和关文，自己找了几个小妖变成唐僧、猪八戒、沙僧的形象，组成了“山寨取经团”，准备自行往西天取经。六耳猕猴在孙悟空和唐僧发生矛盾后，准备乘虚而入，自以为是瞅准了时机，实际上暴露了他的幼稚，一只猴子再聪明也还是猴子，根本不可能理解取经事业的伟大意义。

取经是佛派东进与天庭支持的道派势力争夺地盘，取经团队的每一位成员除唐僧以外，都被天庭判过刑，不可能再回到天庭的体制之内，而六耳猕猴跟天庭没有过节，怎么可能进入唐僧的取经团队呢?

此外，取经是一件很艰苦的事情，需要有极大的耐心和吃苦精神，孙悟空在太上老君的炼丹炉里锻炼了四十九天，在如来佛祖的五行山下压了五百年，年轻的六耳猕猴没有上述经历，难免心浮气躁，受气了竟然打了唐僧一金箍棒。唐僧之所以没有被打成肉泥是因为有六丁六甲、五方揭谛等一大批神仙暗中保护。这一棒暴露了六耳猕猴脾气不好，容易冲动，一受气竟然想杀害唐僧。更为残忍的是，当沙僧一棒打死冒充自己的妖猴时，六耳猕猴竟然“回洞教小的们把打死的妖尸拖在一边，剥了皮，取肉煎炒，将椰子酒、葡萄酒，同众猴吃了”。看来，六耳猕猴身上有一种邪气，如来佛祖默许孙悟空干掉他自有道理。

（三）六耳猕猴之死的原因分析

1.政治上不成熟

六耳猕猴虽有小聪明，却缺少大智慧。[①]当沙僧到花果山讨要行李时，六耳猕猴竟然在大声背诵关文，准备自行取经。这说明在六耳猕猴心中，随便什么人，只要把文件背熟了，见到佛祖，把经书送到大唐就行了。六耳猕猴的这种幼稚心理暴露了他政治上的不成熟。取经是千秋万代少有的盛事，哪些人去取，什么时候去取，都很有讲究。取经团的领队唐僧，前世是如来佛祖的二弟子，是未来西天佛国的领军人物，取经的过程是给他升职、接班造声势的过程，也是宣传佛教的核心价值和扩大佛教影响的过程。取经团的成员孙悟空、猪八戒、沙和尚、小白龙都跟天庭有过节，如来佛祖可以放心大胆地使用，否则西天路上那么多本事高强的妖精尽可以收编，为什么非要这几个？

六耳猕猴自恃有一点本领，一副锥处囊中、不得不出的样子，急于出人头地，恰恰是不成熟的表现，也是取祸之道。“锥处囊中”语出战国时毛遂自荐的故事，说的是人才就像口袋里的锥子，不会长久被埋没，终能显露头角。实际上，毛遂自荐能够成功与平原君当时没有更好的选择有关。大多数情况下，自己跳出来要

① 英熊北游.天庭内幕［M］.中国青年出版社,2008:98.

做大事是不会成功的，一是风险大，二是整天摆出一种非我莫属的样子也很累，不利于身心健康。诸葛亮要三请才会出山，庞统藏起推荐信不拿出来，为的是压一压自己的急躁情绪。

像六耳猕猴这样的年轻妖怪，通过自学成才有了一技之长，不再甘心在体制外做妖怪，说是雄心也好，说是野心也罢，这都是无可厚非和值得鼓励的事。六耳猕猴的问题是心太急，从体制外进入体制内光有一点技能是不行的，还要看领导喜欢不喜欢。孟子曾经说过："居下位不获乎上，民不可得而治也。"[①]有时候，得到地位高的人信任与有真本事一样重要。除了领导的喜欢，耐心等待，积累资本也很重要。也许，六耳猕猴很不服气孙悟空，因为自己能够跟孙悟空打个平手，觉得孙悟空也不过尔尔。我们要知道，作为猴妖，孙悟空是前辈，通过大闹天宫已经建立了自己"历代驰名第一妖"的金字招牌，通过偷吃蟠桃、仙丹已经有了金刚不坏之身。孙悟空在三界的声望远非六耳猕猴所能相比。在仙界，天上的神仙都是他的老哥哥，见了面那种亲热劲儿可是没有说的，西天的佛爷都是他的大靠山，如来、燃灯、弥勒这些佛祖哪个没有帮助过他。在妖界，牛魔王、蛟魔王等顶级妖怪都是他的结义兄弟。在取经路上，孙悟空还结识了地仙之祖镇元子这种重量级的神仙。以六耳猕猴的资历，他要取代孙悟空基本上不太可能。

作为有实力的妖精，能打只是其中重要的部分，知名度和社

---

① 孟子·离娄上.

会关系也很重要。能打靠自学苦练就能达到，而知名度和社会关系需要积累。在这些方面，六耳猕猴显然还太嫩，一味迷信自己的暴力，以为靠自己惟妙惟肖的伪装就能取代孙悟空。跟孙悟空相比，六耳猕猴还有一个缺陷，就是自己原创性的功夫不多，筋斗云和七十二变都是模仿孙悟空的，有自己特色的就是窃听的本事。但是，窃听的本领在有关领导看来却很可怕。如果上级领导在讨论机密的人事问题或者绝密行动计划之类，六耳猕猴在千里之外就听得清清楚楚，那以后的保密工作怎么做？所以，六耳猕猴必须死。

2.机遇不好

六耳猕猴不得志还跟机遇有关，甘罗十二岁为相，姜太公八十岁遇文王，有人早得时，有人晚得时，都是机遇。《增广贤文》里“时来风送滕王阁，运去雷轰荐福碑”，说的是大诗人王勃。王勃走运的时候，本来来不及赶到南昌，结果一阵风助他乘船赶到。王勃淹死后，父亲给他立个碑，还给雷打掉了。毛主席喜欢晚唐诗人罗隐的两句诗“时来天地皆同力，运去英雄不自由”，也是这个道理。

六耳猕猴的机遇不是太好，他没有像黑熊怪、红孩儿一样被观音菩萨收编，也没有像多目怪一样被毗蓝婆菩萨收编，因为菩萨收编妖精属于小概率事件，连孙悟空都羡慕黑熊怪和红孩儿的机遇，不可能每个妖精都能有这样的机会，这属于可遇而不可求的事情。六耳猕猴不甘心做妖精，梦想成为佛教在南赡部洲的代理人，这个理想太大，不符合实际，怎么可能有机会呢？佛祖要派，也要派久经考验的老同志去才放心，像金蝉子，十世修行，吃了多少苦，又是佛派最高领导的二弟子，才是合适人选。作为妖精中的小字辈，六耳猕猴应该选择一些比较切合实际的小目标。比如，主动找到取经团队，恳切表示自己做师弟，从孙悟空的降妖助理或者替身做起，然后由唐僧请示观音菩萨和如来佛祖，先弄到一个正式编制脱离妖精身份再说。接下来，如果能够在取经路上好好表现，取到真经以后，论功欣赏，虽然入门晚一点，资历浅一点，成佛固然没有希望，但是混一个金身罗汉还是可能的，不也照样万代传名。

六耳猕猴之死是一个年轻妖怪追求进步却没有采取正确途径所引起的悲剧，这个悲剧教育我们，在任何组织中，无论是妖精还是神仙，要进步，就要有耐心慢慢积攒力量，不要整天一副锥处囊中、非我莫属的样子，那样，领导不喜欢，同事不顺眼，自己也很累，搞不好还要搭进去一条命。

第四节
神仙的堕落之路

为什么神仙热衷于下界为妖？

“高岸为谷，深谷为陵。”社会流动无处不在，西游世界也不例外。如果把孙悟空由妖而佛视为正向社会流动的话，那么天庭和西天那么多神仙纷纷跑到地上来做妖怪，则是逆向社会流动。

世上只有神仙好，做神仙或在天庭或在灵山，生活环境好，有体面的工作，还能够长生不老，大多数妖怪只要有机会，一般不会放弃做神仙的机会。妖怪变神仙叫作修成正果，需要历经千辛万苦。为什么又有那么多神仙一夜之间放弃神仙身份，跑到地上做起了妖怪？

一、天庭安排为妖

按照如来“经不可轻传”的指导思想，唐僧取经必须经过九九八十一难，所以，一些神仙主动报名，下界为妖，给取经队伍制造障碍。金角大王、银角大王就是观音菩萨央求太上老君派下来的。乌鸡国王喜欢资助佛派，如来想提拔他为罗汉，派文殊菩萨去考察。结果，该国王有眼不识泰山，竟然把菩萨捆起来，扔在臭水沟里泡了三天。青毛狮子身为文殊菩萨的坐骑，当然有义务为主人出气，变成了一位全真道士，前来夺取国王的江山。佛母孔雀大明王的孩子曾经被朱紫国国王射了一箭，要安排人手前去报复。金毛犼大概从主人观音菩萨那里听到这一消息，也下界为妖，变成了赛太岁。

这些童子、坐骑在神仙世界里地位低下，干的是打杂跑腿的苦活儿。平时的工作生活大概是吃苦在前，享受在后。干好了没有功劳，干砸了少不了一顿臭骂。对他们来说，下界为妖，招揽一批手下，大小不济也是山大王，每天饮酒作乐，都是小的们伺候，这种日子何乐而不为呢。运气好一点的话，挂职干上几年国王，更是名利双收。反正以后总要回到原位去的，奉命下界为妖作为一种经历，可能还是被提拔的重要条件。所以，碰到这种机会，童子、坐骑之类低级别的神仙难免会动心，乘机下界过过当大王的瘾，捞点油水，混点资本。这些因公安排下界为妖的家伙，既体验了妖怪们无法无天的生活，镀好了金又能够毫无危险地重返天庭，逆向流动是为了在体制内干得更好。

二、对现实不满为妖

有的神仙下界为妖可能是对现实不满。奎木狼是斗牛宫的二十八宿之一，二十八宿都是由动物修炼而成的神仙，里面不乏猛兽。我们知道，天上的神仙绝大多数是由人类修炼而成的，由动物修炼而成的神仙在天上算是少数派。核心部门和实权都掌握在由人类修炼而成的神仙手上，这些少数派难免受到多数派的歧视。奎木狼在下界为妖时基本上能够和孙悟空战个平手，他的猛兽兄弟们在取经路上援助孙悟空时也有不俗表现。但在天庭，他们的地位却很低下，只不过是守卫斗牛宫的一群保镖而已。正因为如此，孙悟空大闹天宫时，二十八宿基本上都出工不出力，消极怠工。如果他们齐心协力，让孙悟空对付二十八个奎木狼，估计要累垮他。

奎木狼自认为身怀绝技，干的却是看家护院的活儿，难免心怀怨恨。这个时候，披香殿侍女的惊鸿一瞥，让他下定决心，到人间谈一场轰轰烈烈的恋爱。下界后的奎木狼成了赫赫有名的黄袍怪，不再有人每天点卯，也不再需要看大神仙的脸色，他有了自己的山洞，有了自己的老婆，甚至生下两个人妖混血的孩子。这种日子何等自由自在，可惜天庭很快就查出他开小差下界为妖的犯罪事实，把他抓回天宫，发配到太上老君府负责烧锅炉。当然，不久以后他就被赦免了。

这种心怀不满的神仙，天庭有，西天也有。小雷音寺的黄眉老祖就是一例。说是黄眉老祖，其实不过是弥勒佛身边司磬的一个小童，老祖是自称的，这也反映出黄眉儿虽然地位卑下，但是在潜意识中也希望自己受人尊敬。在体制内，称呼就是地位，小字辈就是没有地位的闲杂人员。黄眉儿一身好武功，把天上地下的神仙都收拾了，在西天佛国主要的工作职责就是击击磬，难怪心态不平衡。黄眉儿组织了山寨版的西天佛国，幻化了一座小雷音寺，自己变成佛祖，一班小妖怪变成了五百罗汉、三千揭谛、四金刚、八菩萨，以及众比丘、比丘尼，等待唐僧师徒上钩。冒充最高领导是死罪，黄眉儿这么做的原因竟然是眼红孙悟空在取经团中的地位，他对孙悟空说："一向久知你往西去，有些手段，故此设像显能，诱你师父进来，要和你打个赌赛。如若斗得过我，饶你师徒，让汝等成个正果；如若不能，将汝等打死，等我去见如来取经，果正中华也。"黄眉儿也许偷看了内部文件，知道孙悟空取经后会成佛，觉得自己多少年的修行，竟然不如一只猴子。他一气之下，就溜出来为难孙悟空了。幸好，黄眉儿的主人弥勒佛撇开众神仙，趁黄眉儿没有显露原形的时候，把他弄到无人区，装到口袋里，表示先带回去好好教育。

在黄眉儿之前，六耳猕猴也曾想自己到西天取经，结果在如来的默许下被孙悟空一棍打死。黄眉儿比六耳猕猴的胆子更大，竟然冒充如来，犯下滔天大罪，却没有被处死。这就是体制内和体制外的区别。同样的错误，体制外的妖怪要付出生命的代价，而体制内的神仙只要写个检查，关几天就行了。

狮驼岭的三魔原本也在体制内。其中的狮子精是不是到乌鸡国谋朝篡位的那一位，一直有争论。有人说，像文殊菩萨这样的西天大神，有两头狮子做坐骑，不算过分。也有人说，两头狮子其实就是同一头。如果是同一头的话，这头狮子做妖精大概已经成瘾了。前面那些神仙变成妖怪可能还是临时客串一下，过了一把瘾还要准备回到体制内。而狮驼国三魔，则是铁了心要跟主人对着干，四百年把狮驼国一国君臣全部吃光，可谓罪大恶极。大鹏怪是书中最为穷凶极恶的妖怪，竟然要推翻如来的统治。让我们感到奇怪的是，如来并没有取他们的性命，仍然让他们回到体制内。

之所以有那么多低级别的神仙热衷于下界为妖，主要原因还在于神仙是长生不老的，神仙世界的位置就那么多，一个萝卜一个坑。旧的不去，新的不来。资历浅的神仙，不管你什么级别，只能千万年永远在同一个岗位上熬下去。时间长了，难免有人会抓住机会下界换一换生活方式。还有，神仙世界规矩很多，每天都要点卯，见了玉帝、如来之类的领导要下跪，说话还要文乎文乎得很得体，成千上万年下来，令人心力交瘁。妖精的生活就自由得多，也快乐得多。妖精的工作很简单，魔头无非安排小妖巡逻、拾柴、烧火，大多数时候妖精们白天都在踢球、荡秋千，晚上大家一起喝酒嬉闹，这种日子神仙一天也过不了。

当然，做妖怪虽然自由快乐，但是由于没有神仙的正规编制，享受不了特供物资，长生不老也就不再可能。所以，大多数神仙虽然疲惫至极，但还是不愿意放弃神仙的生活。何况，神仙为妖，最终还要受到来自天庭或西天灵山的严惩和镇压。所以，堕落为妖精的神仙相对于庞大的天庭和西天来说，毕竟还是少数。

三、犯错误被贬为妖

在《西游记》中，猪八戒前世是一个好吃懒做、贪图享乐的凡人，因为偶然的机缘遇到真仙老祖指点，从此走上了修仙之路。这位真仙大概地位超然，赠送给他一粒九转大还丹。这粒仙丹效果非凡，据猪八戒后来自己说："上至顶门泥丸宫，下至脚板涌泉穴。周流肾水入华池，丹田补得温温热。婴儿姹女配阴阳，铅汞相投分日月。离龙坎虎用调和，灵龟吸尽金乌血。三花聚顶得归根，五气朝元通透彻。"提携猪八戒前身的这位真仙势力太过强大，玉帝亲自组织大型宴会，招待猪八戒前身，任命他为天蓬元帅，成为天庭水军的负责人。

天蓬元帅有一次在参加蟠桃会时，喝醉了酒，调戏嫦娥，被纠察灵官堵在了广寒宫。天蓬狂性大发，一嘴顶翻了斗牛宫，还偷吃了王母娘娘的灵芝草，最终被打了两千锤，“谪官衔，遭贬临凡；错投胎，托生猪相。住福陵山，造恶无边”。

相比而言，沙和尚的错误比较小。他在担任卷帘大将的时候，不小心打碎了玉帝的琉璃盏，被罚每日飞剑穿身，而后在流沙河吃人为妖。

小白龙，西游记原著称为“玉龙三太子”，因纵火烧了殿上明珠，而被西海龙王表奏天庭，告了忤逆，玉帝将其吊在空中，打了三百，不日遭诛。后因南海观世音菩萨出面才免于死罪，被贬到蛇盘山鹰愁涧等待唐僧取经。

孙悟空因大闹蟠桃会，被如来佛祖压在五行山下，受了五百年牢狱之灾。

【拓展阅读·大鼋报恩】

五代时，江西军吏宋氏曾经买下一只大鼋放生。多年以后，他乘船经过龙沙，有人自称“元长史”的手下，请求见他。到了官邸，“元长史”对他说：“还记得放生的大鼋吗？那就是我。当年因为违反律令，被贬为水族，又被渔翁捕获，幸好你出手相救。我在九江为水神，与您相见，主要是报恩。你的儿子命中注定要淹死，名单我已经看到。几天以后，鸣山神去拜访庐山使者，行走时必有狂风暴雨，你儿子会在江中淹死。我已经找到一个与你儿子姓名相同的人，他也是命中注定要淹死的人，只不过晚几天。我把他的死期提前了，用来代替你的儿子。你马上让你的儿子上岸躲起来，不然也逃不掉。”几天之后，长江有大风浪，死了很多人，宋氏之子竟然躲过去了。

总的来说，神仙和妖怪都有超能力，神仙超能力大于妖怪。超能力主要表现为对于人类必须遵循的各种规律的突破。飞行是突破物理学重力的规律，饮食是突破生物学新陈代谢的规律，等等。神仙和妖怪的根本区别在于有无天箓。因为有无天箓决定身份高下有别，彼此拥有的衣食住行等各方面的资源悬殊。西游世界里，神仙和妖怪虽然有鸿沟，但是依然有上升和下降的通道。一部分妖怪上升为神仙，一部分神仙堕落为妖怪，社会流动虽然缓慢但并没有完全堵死。神仙掌握资源，妖怪相较于神仙，处于次要的、补充的、边缘的地位。

第五章 地府阎王与水域龙王

在《西游记》中，除了神仙世界和妖怪世界外，还有幽冥地狱里的鬼世界和广阔水域里的龙世界。孙悟空大闹地府，以及李世民入地府，说的都是鬼世界的事情。按照《西游记》作者的看法，人死为鬼。肉体没有了，灵魂还存在。人死后的灵魂变成鬼，鬼所生活的世界就是鬼世界。在《西游记》中，幽冥地府是死者亡魂中转和接受裁决的地方。龙王是水族的管理者，并且负责降雨。幽冥世界和水世界，都从属于天庭，并承担某一方面的职能。

第一节
西游阎王的文化渊源

一、西游阎王的本土文化渊源

《西游记》中的地狱之主是阎罗王，地藏王菩萨负有教化、指导的责任。而在前西游时代，地狱之主是酆都大帝。《西游记》中，魏征在李世民面前自称有一位朋友在冥司，任酆都判官。上述说法就是酆都城、酆都大帝神话留下来的痕迹。

古代汉族神话之中的地狱之主是酆都大帝，又称丰都大帝、北阴大帝，是地府冥界的最高神主。

传说酆都大帝居住在酆都山，那里是通向地狱的大门。酆都山又高又大，方圆三百里。人们认为酆都大帝生活在地底下，那里有众多地狱，全部由神负责。所以，酆都这个地方，历来被称为“鬼城”。

过去，各地有供奉酆都大帝的庙宇，庙里一般设七十二司，各司分别承担追逮鬼魂、搜捕鬼魂、生杀鬼魂、处治鬼魂等职能。阳间亲属如有为阴间鬼魂超度者，也由酆都大帝决断赦免，使鬼魂升天或转世。

可见，酆都大帝主要分管生死问题，其职责集中为收容、惩罚鬼魂，类似人间的司法人员。

酆都大帝信仰的形成，有四个阶段：

（一）战国初始阶段

酆都大帝信仰起源比较早。东汉张衡《论衡·订鬼篇》引《山海经》称："北方有鬼国……沧海之中，有度朔之山，上有大桃木，其屈蟠三千里，其枝间东北曰鬼门，万鬼所出入也。上有二神人，一曰神荼，二曰郁垒，主阅领万鬼。"《山海经》成书在战国至秦汉之际，"鬼国"和"北方"是这段文字中的关键词。

（二）汉代泰山阶段

鬼国究竟在什么山上呢？经过时间的推移，到了汉代，鬼国从海上转到陆地，并具体到了泰山上。《后汉书·乌桓传》记载："中国人死后魂归岱山（泰山）。"此时，泰山神主成为阴间的统治者，主掌生杀大权。那里的鬼都住在蒿里山。"蒿"是坟头草。"蒿里山"就是鬼魂山。

泰山之神，著名的有东岳大帝。从汉明帝开始，东岳大帝获历代加封，到宋真宗时被尊封为东岳天齐仁圣帝。

东岳大帝的来历总说纷纭，有人说他是盘古，有人说是盘古的后裔金虹氏，还有人说是太昊。道教经典《洞渊集》说："太昊为青帝，治东岳，主万物发生。"《封神演义》里，姜子牙封神，黄飞虎为五岳之首，被敕封为东岳泰山天齐仁圣帝，掌管人间吉凶祸福。他的儿子黄天化为泰山之神炳灵公。此外，其他的说法还有很多，总之东岳大帝来历不凡。

泰山府君是泰山之神的另一种说法，早期的笔记小说中有许多关于泰山府君的故事。

【拓展阅读·泰山府君】

民间称天帝为老天爷或天翁。《酉阳杂俎》里说，有一人姓张名坚，字刺渴，为人潇洒奔放，无拘无束。张坚曾张网捕得一只白雀，爱而养之。夜里梦到天帝刘天翁责怒，每次刘天翁想杀掉他，白雀就预先警示，张坚便设法应付，最终逃过一死。刘天翁亲自下界，准备找机会杀掉张坚。张坚设盛宴招待刘天翁，偷了刘天翁的龙辇上了天。刘天翁发现了，骑着龙在后面追，终究晚了一步。张坚来到天宫，更换了百官，自称天翁。刘天翁失去了帝位，在五岳间徘徊作乱。张坚为了安抚刘天翁，任命他为泰山府君，掌管生死问题。

泰山府君为冥府泰山之主，此为中国本土在佛教说法基础上所作的创造。府君为魏晋时期一郡地方长官之尊称，泰山府君则为天帝之属吏，专掌生死事。

泰山和阴间联系起来，与汉代以来翻译佛经的传统有关系。佛经中说，地狱在特别巨大的山之下，创造出“太山地狱”这样的说法，后来民间就认为太山为冥府所在之地。

（三）东晋罗酆山阶段

首先提出罗酆山这个名称的是东晋著名道士葛洪。葛洪在《枕中书》中说："张衡、杨云为北方鬼帝，治罗酆山。"南朝齐梁著名道士陶弘景撰《真灵位业图》，将道界神仙排座次。其中，酆都大帝位于第七阶阴间神的中位："酆都北阴大帝炎帝大庭氏，讳庆甲，天下鬼神之宗，治罗酆山，三千年而一替。"

（四）宋代酆都阶段

魏晋南北朝时，佛教地狱之说在社会上广泛流传，有所谓十八层地狱及十殿阎罗治鬼之说。道教汲取了这些思想，至宋代逐步形成了酆都鬼狱，塑造了酆都大帝的形象，并且以重庆酆都县为鬼城所在地，以之为酆都大帝的治所。

二、西游阎王与佛教教义

《西游记》的作者构建冥界地府、塑造阎王形象时，深受印度佛教经义的影响。阎王是印度佛教文化汉化后的产物。阎王在中国文化里出现的时间，与印度佛教传入中国的时间是相同的，都在东汉末年。佛教传入以前，中国完全没有"地狱"相关观念，更不曾有过"阎王"一词。北魏杨衒之的佛教史籍《洛阳伽蓝记》卷二《崇真寺》中最早出现了"阎罗"二字名号："崇真寺比丘慧嶷，死经七日还活，经阎罗王检阅，以错召放免。"

阎罗王在其"家乡"印度，原本是婆罗门教的传说中一个

“穿着血红色的衣服，头戴王冠，骑水牛，一手持棍棒，一手执索”（古印度诗歌集《摩诃婆罗多》），能为死者灵魂带来苦恼的恐怖之神。后来，这位印度的恐怖神灵被佛教继承，成为地狱里因果报应的执行者，起到警示世人、宣传思想、传播教义的作用。这样，阎王在中国经历了一番“本土化”的历程，最终取代本土的泰山之神或泰山府君坐上中国冥界管理者的宝座，在《西游记》里占得了一席之地。

两汉之际，佛教传教者将阎罗王信仰嫁接在泰山府君信仰上。他们宣称，佛教经卷里的“阎王”与中国的“泰山府君”是同一位神灵，还把泰山府君主管鬼簿、统辖灵魂的职能附会到了阎罗王身上。魏晋时期的战乱，加速了阎王被中国民众接受的过程，乱世的苦难促使百姓放下对当世生活的希望，转而向死后的来世寻找心灵的寄托。佛教因果报应和轮回转世等理念，正好符合了此时代民众的心理诉求，冥界管理者阎罗王因循善恶对死者灵魂进行审判和偿报，也得到了对现世不公充满愤懑却又无能为力的百姓们的认可。

《西游记》采用阎王有十殿的说法，首次出现于中晚唐时期的《佛说十王经》（也称《佛说阎罗王授记经》）里，北宋时期在《佛说十王经》的基础上产生的劝善经文《玉历至宝钞》，继承并发展了这部佛经的“十王”冥界体系。《西游记》中关于十殿阎王的内容与这两部作品基本一致，且对二者有所结合，基本可以确定正是来源于此。而《西游记》对阎王管理下的冥界地狱的描写中，提到了奈河、奈河桥、轮回六道、刀山剑树等，这些地狱元素，经学者考证，也基本沿袭自叙写佛家子弟目连入冥救母故事的敦煌写本《大目乾连冥间救母变文》。

《西游记》对上述有关说法进行了吸收和利用。阴间有事，通常是十位阎王共同商量，拿出处理意见。若商量了还拿不出结果，就要请地藏王菩萨定夺。地藏王菩萨是佛祖手下的四大菩萨之一。四大菩萨是观音菩萨、文殊菩萨、地藏王菩萨、普贤菩萨，分别代表佛教的悲、智、愿、行。地藏王菩萨的愿力最大，他曾经发愿："众生渡尽，方证菩提；地狱未空，誓不成佛。"也就是说，地藏王要等到一切生命乃至地狱中所有的鬼都脱离了苦海，他才肯成佛。如来佛祖听了很感动，就派地藏王菩萨去指导地狱的工作。阴间本来是天庭的下属部门，但在西游时代，西天势力已经渗透到阴间。阴间实行十加一模式，十位阎王负责处理行政，地藏王菩萨负责控制思想，政教合一。

第二节 《西游记》中的幽冥世界

一、《西游记》中的鬼世界

（一）鬼世界采取政教合一的治理模式

掌管行政权力的十代阎君是秦广王、楚江王、宋帝王、五官王、阎罗王、平等王、泰山王、都市王、卞城王、转轮王。

负责教化的是地藏王菩萨。孙悟空跟六耳猕猴打斗的时候，曾经来到地府，请地藏王菩萨分辨真假猴王。

阎罗王手下有判官、太尉、阴差、鬼卒等属吏。这些属吏都是人间官吏，死后在阴间留任。其中，牛头马面是阴间的基层公务人员。

（二）鬼世界的主要职能是掌管生死、收容留置鬼魂并根据因果报应的原理进行惩处

从《西游记》中的描写来看，阎罗王掌管的主要是档案，生死的设定可能由更高层次的神仙决定或者天意所注定，书中曾经说到“南斗注生，北斗注死”。

鬼世界的主要职能为道德教化和法律审判①，其他职能比较薄弱。鬼世界不具备物质生产能力，所需要的资源主要来源于人类的进贡。

（三）鬼世界是三维物理空间

阎王殿、地藏王住处犹如人间的宫殿，黄泉路、奈河桥除了凶险一点，和人间的路、桥并无两样。神仙世界也是如此，只不过所处的空间位置不一样。天庭在九天之上，人类在大地上，冥府在九幽之下。天地人完整地构成世界。但是，三界的时间规则

① 有鬼君.见鬼:中国古代志怪小说阅读笔记［M］.东方出版社,2020:2.

和空间规则有所不同。

时间上：天上一日，人间一年。但阴间主管人间灵魂收容和转世投胎的事情，时间节奏和人间一致。人间一日，阴间也是一日。

空间上：神仙和鬼可以穿墙而过，可以脱离地球重力飞行。凡人不能，经过修炼到达一定境界才可以。

（四）人和鬼的交流方式主要是托梦

鬼魂进入人的梦中和人进行交流。孙悟空喝醉了酒，两个勾魂使者进入他的梦中，宣布他的死期已到，要把他带到阎王殿去交差。李世民病重以后，身体躺在床上，灵魂来到阴间，受到李建成、李元吉等鬼魂的骚扰，并且在崔判官的帮助下延寿二十年。除了托梦以外，人和鬼还通过具有特殊技能的人进行沟通，如书中的魏征（人仙），他和崔判官经常在梦中联系。此外，民间的巫师也可以通过巫术实现与亡魂的沟通。

二、西游阎王与民间信仰

《西游记》中幽冥地府及阎王，主要源于本土文化资源和佛教思想，但是作者在创作中，更多地采用了民间信仰的说法。

《西游记》中的阎王，由“十殿阎王”构成。《西游记》第十回《二将军宫门镇鬼　唐太宗地府还魂》介绍地府人员构成时，写道：“十代阎王降阶而至。是那十代阎君：秦广王、楚江王、宋帝王、五官王、阎罗王、平等王、泰山王、都市王、卞城王、转轮王。”第三回（《四海千山皆拱伏　九幽十类尽除名》）中，十王自报家门时明确说过：“我等是阴间天子十代冥王。”从中可以明确看出，《西游记》中的“阎王”这一概念不是指一个人，而是指十代阎君共同组成的一个地府领导集体。《西游记》的作者对阎王并没有一个统一的称呼，“十代冥王”“十代阎王”“十代阎君”“十阎王”“十王”“阎王”等代称都在书中的不同回目中出现过，名称的不统一是作者的失误还是有意为之，我们不得而知，但是从作者对“幽冥界”“地府”“鬼门关”“森罗殿”的种种描写来看，十王就是指地狱之主阎王。

在民间信仰中，十殿阎王各有分工，据《玉历宝钞》《阎王经》记载：

第一殿，秦广王蒋。司人间夭寿生死，统管幽冥吉凶。

第二殿，楚江王历。司管伤人肢体、奸盗杀生。

第三殿，宋帝王余。司管忤逆尊长、教唆兴讼。

第四殿，五官王吕。司管抗粮赖租、交易欺诈。

第五殿，阎罗天子包，司管因冤屈死、还阳申雪。

第六殿：卞城王毕。司管怨天尤地、枉死涕泣。

第七殿，泰山王董。司管取人骸骨、离人至戚。

第八殿，都市王黄。司管在世不孝、违逆父母等。

第九殿，平等王陆。司管杀人放火、斩绞正法者。

第十殿，轮转王薛。司管各殿解到鬼魂，分别善恶，核定等级，登记造册。根据各鬼的表现，以便发四大部洲投生。

这些阎王已经汉化，每一位都有汉姓。阎王信仰在中国传播的初期，人们曾选择在现实世界里存在过的人物，为他们披上“阎罗”的外衣，“人鬼为阎罗”。只有刚正不阿、品行高洁的官员，死后才能被奉为阎王，继续在冥界审判鬼魂、替天行道。隋韩擒虎、唐杜黄裳、宋范仲淹、清王士禄等人都曾获此殊荣。

【拓展阅读·韩擒虎死为阎王】

韩擒虎为开隋八老之一，封上柱国。邻居老大妈经常看到他家里侍卫众多，堪比王府，就问他们是干什么的。侍卫们说：“我们是来迎接大王的。”另有一人，生了重病快要死了，突然狂奔到韩府，说：“我要拜见大王。”守卫人员问他拜见什么大王，这人回答：“阎罗王。”韩家子弟想揍这人一顿，韩擒虎喝止了，说：“我活着的时候是上柱国，死了以后做阎罗王，结局不错啊！”他没几天就生病了，不久便死去了，时年五十五岁。《历代神仙通鉴》中载，第五殿阎王姓韩，说的就是韩擒虎。当然，民间说包拯原为总阎王，后来主动要求担任第五殿阎王，又是一说。

阴间人力资源匮乏。官员任命宁缺毋滥，没有合适的人选，宁可借用阳间的官员，也不胡乱任命。在分工来看，十殿阎罗主要职责在于对于死者亡魂的司法审判，然后依据审判结果安排入地狱或重新投生。

阎王手里有“生死簿”，生死簿决定人的生死。但在《西游记》中，作者对于阎王的权力进行了弱化，生死簿的功能似乎主要是档案，阴间并没有足够的力量来保证生死设定的落实。在大闹地府时，阎王对孙悟空非常害怕。李世民魂游地府时，阎王毕恭毕敬，唯恐有所得罪。

在民间传说中，阎罗殿是比较公正的地方。第五殿阎王是人间第一清官包拯死后就任，阴间还有业镜等先进仪器，以及地狱里种种可怕的刑具，能够确保审判过程的公正无私。

【拓展阅读·林衡梦中兼任阎罗王】

林衡，字平甫，为官耿直刚正，在秀州担任知州。年过八十的时候，被提拔为敷文阁学士。不久，言官认为他年纪太大，提拔有误，被罢了职。回家后，林衡就生病了。病中看到，属吏抱来文件，文件上都有“阎罗王林”的字样，请林衡签字。林衡醒来，告诉家人：“这二十多年，夜里经常在梦中兼任阎罗王的差事，一直不敢告诉你们，这一次看来躲不过去了。”家里人很担心他，没几天他就死了。死的那一天，秀州精严寺十多位僧人，同时梦到出南门迎接阎罗王。车里面坐的，正是林衡。林衡住在秀州南门，这一年是乾道二年。

阴间在中国民俗文化中代表着百姓对于公正公平的向往，但《西游记》作者对此进行了颠覆，书中的阴间犹如封建时代的人间，充满了种种私情和潜规则。

《西游记》第十回唐太宗入地府，崔判官就做了手脚，书中说：

> 崔判官急转司房，将天下万国国王天禄总簿，先逐一检阅。只见南赡部洲大唐太宗皇帝注定贞观一十三年。崔判官吃了一惊，急取浓墨大笔，将“一”字上添了两画，却将簿子呈上。

这两画，让李世民多活了二十年。

《西游记》第三回，孙悟空闹地府把猴类的名字勾销了，书中说：“是我显神通，直嚷到森罗殿，与那十王争吵，将我们的生死簿子看了，但有我等名号，俱是我勾了，都不付那厮所辖也。”再如真假美猴王一节的查名册辨真伪：“阴君闻言，即唤管簿判官一一从头查勘，更无个假行者之名……”

在前后不同的西游故事中，生死簿一再出现。生死簿有着严格细致的分类，被存放于司房，由专门的判官掌管着，一旦幽冥地府有需要，即可随时查看和检阅。生死簿本身并没有神力，但簿子上规定的世间众生的阳寿，无论凡人、动物、妖精还是神仙都要遵守，皇帝和龙王也不能例外，可见生死簿在生杀大权上具有最高的权威性。《西游记》中的阎王也充满了世俗气息。虽然相较于其他角色，阎王参与的故事较少，但即使是在所占篇幅不大的相关情节里，作者也以不留斧凿痕迹的笔法，塑造出了与人世间贪官污吏无异的阎王形象。

《西游记》中，阎王的“上级”是隶属佛教势力的地藏王菩萨，十殿阎王听从地藏王的调遣。在六耳猕猴的故事中，阎王没法分辨真假猴王，最后把事情汇报到地藏王菩萨那里。地藏王菩萨坐下有神兽谛听，能够分辨，但是不敢说明，原因是地狱之神力量有限，唯恐得罪了两位。

三、烧纸钱：西游时代阎王的棋局

西游时代，阎王在下一盘很大的棋。

前西游时代，阎王及其所管辖的阴间无足轻重。阴间不过是灵魂转世的中转站，专门负责掌管生死档案和收容鬼魂。

阴间的自然条件很差，在地底下，终日不见阳光。人死了，变成鬼到阴间，转世投胎再回到人间，如此循环往复，阴间是鬼魂的栖身之地。有些鬼，机缘未到，不便马上投生，会很长时间待在阴间。有这样一个收容机构，地底下的鬼就不会随便跑出来干扰神仙和人类社会的正常秩序。

阎王的主要职能是掌管生死之事。但在西游时代，“南斗注生，北斗注死”。南斗北斗都是天庭的神仙，他们才是掌控生死的实权派，像孙悟空这样的妖精，泾河老龙这样的龙族，乃至我们这些凡人，何时生何时死，一切都由天上的神仙设定好，阎罗王只不过按照档案或者文件具体执行一下而已，权力极其有限。我们在读《西游记》时，发现阎王特别有礼貌，见到闹事的孙悟空一口一个上仙，比老龙王对孙悟空还要客气。李世民来到阴间后，十位阎王一起走出阎王殿的台阶迎接，搞得唐太宗有点过意不去。阎王不像传说中那么凶恶，主要原因还是那个时候的阎王手上没有多少权力。

识时务者为俊杰。佛派东进，给阎王提供了很好的机会。我们知道，无论是道教的神仙，还是佛派的佛祖、菩萨，都不直接从事生产，他们的生活资料全部来源于人类的进贡。神仙、佛祖、菩萨跟妖精不同，妖精主要靠抢劫，有时还吃人。猪八戒做妖精时，饿了就抓一个人肥腻腻地吃完。神仙不能做技术含量这么低的事情，神仙都是以德服人。神仙通过控制刮风下雨乃至生死，迫使人类建立起种种信仰，从而无怨无悔地拿出好东西主动进贡。人类世界是神仙的“殖民地”，殖民成功的标志是人类信仰神仙。为了自身利益最大化，无论道教的神仙，还是佛教的佛祖、菩萨，都需要人类的信仰。

这一点，阎王们看得很清楚，所以，他们使尽浑身解数协助天庭和西天解决人类对于神仙的信仰问题。首先是有关方面制造了泾河老龙案。泾河老龙之死，目的是把李世民弄到阴间来参观一下。

接下来，李世民在应邀参观地狱的途中，遇到了各种恶鬼勒索钱财。李世民在人间贵为天子，富有天下，在阴间却没有一点存款，没有办法，只得跟一个叫相良的人贷款。相良是一个小本生意人，赚钱后，除了维持两口子的生活外，稍有结余就烧纸钱在阴间搞储蓄。这样搞了一辈子，人间的穷人相良在阴间却是有钱人。李世民从阴间还阳后，马上从国库里拨了大量的真金白银还给相良。结果，相良不肯接受。没有办法，李世民只好命令尉迟恭督建大相国寺表示感谢。为了超度地狱中的孤魂野鬼，李世民海选出高僧玄奘，让他主持了一场规模盛大的水陆大会，这才引出了唐僧取经的事情。

上述每一件事情都是阎王精心布局的好棋，大唐皇帝死而复生，阳间的穷人相良在阴间却是有钱人，宰相魏征打了一个盹儿就砍下了泾河龙王的脑袋，每一件事都具有轰动效应。

过去，人类要孝敬神仙，必须去庙里。道教的观、佛教的寺，都是神仙在人世间的储蓄机构。道士、和尚是专职储蓄员，人类向神仙进贡必须经过和尚、道士。和尚念经、道士打醮，所得收入都是通过烧纸钱的方式结算，然后天庭、西天、地府三家分成。这样做，程序上很复杂。李世民进地狱起死回生，以亲身经历证明了因果报应千真万确，烧纸钱在阴间搞储蓄可以预防未来的不测之需，甚至无须通过和尚、道士，有结余就自己烧一点，有点像零存整取，最终积少成多，相良就是好榜样。

这样，阴间就成功地让每个人都自愿开了户头，向阴间进贡成了生活中的日常行为。从此，烧纸钱在大唐帝国蔚然成风，我们知道，大唐是当时世界上的发达国家。大唐家家户户烧纸钱，这对阴间GDP（国内生产总值）的拉动该有多大的作用啊。①

于是，阴间由原来的档案中心转型为天庭和佛国的金融中心。由于阴间掌握了三界的经济命脉，阎王的地位也就相应水涨船高，到了聊斋时代，那些阎王已经把北斗、南斗的生死大权夺过来，

① 旧时人死之后，灵柩停留在狭窄空间，尸体逐渐腐烂，疫气散发不利于健康，烧纸钱能够促使空气流通，暗合现代科学卫生理念，大概也算是“百姓日用而不知”的习俗吧。

显得有点不可一世了。

总的说来,《西游记》中的阎王，就其思想来源来说，一是与印度佛教思想的地狱设定有关系；二是与中国民间关于幽冥地府的设想有关系。在此基础上，作者进行了独具特色的创作。

这种现象既印证了中国本土文化在外来文化传入时，具有兼收并蓄的强大包容与同化能力，也反映了封建社会里百姓对公平正义的渴望，阎王因此成为主持公平正义的神灵。这一传统也被《西游记》的作者继承并发扬。

在《西游记》中，阎王作为地府世界的重要统治者，既有佛教经义的因素，又有华夏传说的渊源。在《西游记》的创作和形成过程中，现实社会的影子投射其中，人民和作者的愤世嫉俗或美好理想等感情投入其中。在中国文学史上，大量通俗小说作品中都出现过地狱和阎王，唯独《西游记》的作者在塑造阎王时，将不同的文化意义信手拈来，又充分调动笔力，将其接近完美地糅合起来，作为推动情节发展、抒发自己情感的辅助。

《西游记》中的阎王，正是当时社会中官场里所谓“大人”的映射；作者讲述阎王的种种作为，看似写神灵世界里荒诞不经的故事，实为笔笔讽刺现实的弊端。鲁迅所言“讽刺揶揄则取当时世态，加以铺张描写”。作者表面在地府这一特殊的环境下敷衍故事，实质却是将现实世界里的不平不公之事，置于另一个世界的舞台上，在幻想中进行延伸。作品中阎王的行为，完全与宗教宣传中铁面无私的形象相悖，不仅体现了作者对貌似神圣的宗教持有的嘲笑戏弄的态度，也充满了对现实世界官府里贪赃枉法行为的无情针砭。

第三节

地府冥官与阴差鬼卒

在《西游记》中，地府是天庭的下属机构，主要负责死者亡魂的收容和中转。在阎王身边有掌握实权的判官，计量功过，赏善罚恶。在各地设有城隍，犹如人间的一方诸侯，保护一方平安。为了沟通阴阳两界，地府拥有大量的阴差鬼卒，黑白无常和牛头马面是其中的著名人物。

一、一方诸侯城隍爷

城隍是古代神话中城池的守护神。后来为道教所信奉，道教认为，城隍能够“剪恶除凶，护国保邦”，是难得的保护神。同时，他还可以因人所请，旱时降雨，涝时放晴，以保谷丰民足。

在阴间的官职体系中，城隍是阎王的下级，又是土地的上级。《西游记》中，城隍出场次数较少，远远不及土地。观音到大唐物色取经人，来到长安，借住在土地庙里，土地急忙向城隍汇报，妥善安排了菩萨的居住问题。

城隍的权限是什么？级别怎么样？值得研究一下。

城隍，起源于古代的水（隍）庸（城）的祭祀，为《周宫》八神之一。“城”原指挖土筑的高墙，“隍”原指没有水的护城壕。为了保护城内百姓的安全，古人修建了高大的城墙、城楼、城门以及壕城、护城河。古人认为与其生活、生产安全密切相关的事物，都有神的存在，于是城和隍被神化为城市的保护神。道教将其纳入自己的神系，称其是剪除凶恶、护国保邦之神，并管领阴间的亡魂。

历史上关于城隍显灵的最早记载在南北朝。公元555年，北齐慕容俨镇守郢城，被南朝梁军包围。梁军切断了北齐军的粮草补给，形势十分危急。城中有城隍庙，官民经常祭祀。情急之下，北齐将领带着士兵到庙里祈祷，希望城隍保佑。不一会儿，狂风骤起，江中有惊涛骇浪，北齐军趁机打败了梁军。

唐朝以后，城市空前发展。[①]各地奉祀城隍神成为惯例，宋代纳入国家祭祀。

明代朱元璋封首都城隍为福明灵王，正一品，都、府、州、县各赐王、侯、伯之尊号。按照《大明会典》规定，新官上任，首先要到城隍庙报到，第一晚住在庙里，接受城隍老爷的托梦，表示主动接受城隍爷的监督。此后，每年中秋节要祭祀城隍，遇到大事主动向城隍请示汇报。

在民间传说中，城隍的上级是阎王，下级是土地爷。城隍与土地都属于与土有关系的神灵，但是城隍爷神职更广，护佑一方水土

① 栾保群.中国神谱［M］.天津:天津人民出版社,2009:135.

的安宁，而且世上官员善恶都归他管理评判，比土地的神职更大。

民间祭拜城隍分为三次，也就是一年之中城隍要出巡三次，届时人们要牵马、抬轿，让城隍老爷出巡。城隍爷出巡时一般是骑马，回巡时坐轿，所以在居庸关城隍庙山门殿里有城隍老爷的马和马夫，以及轿和轿夫。城隍出巡的日子第一次是在清明节前后，叫收鬼；第二次是在七月十五中元节，叫拷鬼；第三次是在十月初一或十月十五下元节，叫放鬼。届时各庙要举行隆重的法事仪式，一般以度亡法事为主。

中国文化有"功德成神"的传统，地方上的清官或者国之功臣在传说中会变成城隍，保护一方平安。明代清官海瑞死后，南京百姓为他盖城隍庙，苏州百姓也为他盖城隍庙。两边争得不可开交，后来朝廷封他为天下都城隍。海瑞这个都城隍究竟是国家级的还是省一级的，还有待考证。

朱元璋曾说："朕立城隍神，使人知畏，人有所畏，则不敢妄为。"这话说得很好。一个人如果无所敬畏，则会肆无忌惮，那么社会秩序也会令人担忧。古人神道设教，看上去是迷信，其实也是用心良苦啊。

【拓展阅读·翠云】

献县县衙有个小吏王某，精通刑律诉讼，经常利用职务之便巧取当事人的钱财。可是每当他有点儿积蓄时，必有意外之事发生，将这些不该得的钱财耗去。

城隍庙里有个道童，一天夜晚在走廊里漫步，忽然听见两个鬼吏拿着账簿核算项目。其中一个说："县衙小吏王某今年的积蓄比较多，该用什么办法给他消耗掉呢？"说完便低头沉思，只听另一个鬼吏即刻接道："给他一个翠云就够了，用不着费太多的周折。"这个庙里常常能遇见鬼，道童也司空见惯了，所以见到二鬼核账并不害怕，只是不知道翠云是谁，也不知道这个翠云到底有多大的本事。

时隔不久，有一位名叫翠云的小妓女来到县城，县吏王某特别宠爱她，在她身上耗费了自己的八九成积蓄；而之后翠云又染上了恶疮，看病吃药破费许多，等到她病疮痊愈，王某所有的积蓄都荡然无存了。有人曾对王某平生巧取豪夺的钱财做过估计，能算得上来的，就有三四万两银子，他竟然全部花在妓女身上。后来王某发疯病突然死去，竟然连装殓的棺材都没有。可见，靠强取豪夺，永远发不了家。（《夷坚志》）

二、实权人物崔判官

有关地府的故事中，很多时候都会出现一类人物，那就是地府里的判官。判官是古代民间传说中的阴间官名，能裁断人的轮回生死，甚至拥有惩罚坏人，奖励好人的权力。传说中，判官都在酆都天子殿中，负责审判来到冥府的鬼魂。

在古典小说《西游记》中有三个回目连续写到阎王殿前一位

手握生死笔、眼观生死簿的“酆都判官崔珏”，其在地府的地位仅次于阎罗王。

《三教源流搜神大全》对崔珏有详尽的记载。崔珏自幼学问过人，唐太宗年间，被朝廷召用，任潞州长子县县令、磁州滏阳县县令。他为官正直无私，洞察秋毫，属下百姓都说他“昼理阳间，夜断阴府”。崔珏任卫州卫县县令时，夏天洪水泛滥，淹没农田。崔珏于河上设坛，以词奏于天帝。一会儿，一条蛇死了，浮在水面上，洪水退去。于是，百姓为他建了生祠。

【拓展阅读·崔判官是怎么死的】

崔珏死得很神秘。一天，崔珏正在与一位老人下棋。忽然有几个黄衣使者手里拿着符令，自称奉命来宣布任职通知。接着，有一位骑白马的神将带着一百多名卫兵前来迎接。崔珏招呼他们稍等一会儿，对两个儿子说：“我要离开人世了，你们不必难过。”然后，写了一百字的铭文给儿子，便去世了，享年六十四岁。从此，崔珏成了阴曹地府的首席生死判官。

金代大诗人元好问曾题有《崔府君庙记》。《说岳全传》里有“泥马渡康王”的故事。宋高宗赵构为康王时，为躲避金人追赶，所乘之马累死，冒雨独行，遇到一匹白马引路。夜里来到一座庙里，觉得马好像是泥马，身上有汗迹。睡梦之中，有青衣方袍的老者催促他快跑，天亮时才知道庙是“磁州都土地崔府君之祠”，

又乘泥马前行。到了一个地方，马不见了，看到宋军人马来迎接，于是安然渡江，至杭州，为崔府君立庙，赐额“显卫”。这当然是宋高宗自我神话的塑造，但也说明了民间崔府君崇拜之盛。

在民间传说中，崔珏是阴律司的判官，除了崔珏以外，地府还有几位判官同样著名。《水浒传》中有催命判官李立。李立在揭阳岭开黑店，杀人越货，以此为绰号，是为了形容其凶残。

（一）赏善司：魏征

历史上的魏征是唐太宗的光禄大夫，历史上著名的谏臣，在神话传说中，魏征死后就在地府任职，担任赏善司的判官。《西游记》中也有提及，魏征得天神授权，在梦中斩杀泾河龙王；他为人刚正，勇于直谏，面折廷争，死后被阎罗收入麾下，当起了判官。

在神话故事中，赏善司魏征的形象一般是执掌善簿，身着绿袍，笑容可掬。而魏征的工作就是对生前行善的鬼魂进行安排，并根据其生前行善的大小进行奖赏。

（二）惩恶司：钟馗

大家都知道，钟馗就是捉鬼抓妖的，多以武判官的形象出现。对于钟馗的形象，一般是身着紫袍，长相凶恶，怒目圆睁。魏征专门负责处理善良的鬼魂，而钟馗专门负责处理那些生前作恶的鬼魂。据说，他主要是根据阎罗王的“四不四无”原则量刑并给出判决。所谓“四不”，即“不忠、不孝、不悌、不信”；“四无”，即“无礼、无义、无廉、无耻”。

（三）查察司：陆之道

看过《聊斋志异》的人，可能就知道陆判官，在书中，陵阳的朱尔旦与陆判官为友，切磋文章，陆判官直率地说朱尔旦作得不好。有天晚上，朱尔旦梦到陆判官为其易心，之后文思大涨，还中了魁元。后来，朱尔旦变得更加贪得无厌，还求得陆判为其妻子换头，从而引发了后来的一系列故事。

陆判官的形象都是双目如电，刚直不阿，一副大义凛然的样子。如此看来，他为朱尔旦徇私枉法几乎是不可能的。他的职责主要就是让善者得到善报，好事得到弘扬，使恶者受到应得的惩处，还有替冤者平反昭雪。

三、阴差与鬼卒

在《西游记》第三回中，两个被孙悟空打死的“勾死人”是被阎王派过来的，第十一回中进瓜果的刘全及其妻子李氏还魂时，也是阎王派遣鬼使送他们的灵魂还阳。《西游记》中，地府有大量的勾死人和鬼卒，他们大概是基层的鬼仙，兢兢业业地履行职责。其来源，主要是民间传说中的黑白无常和牛头马面。其中牛头马面，还与印度文化有关。

（一）阴差·黑白无常

在孙悟空三百四十二岁时的某一天，正在与其他六位结拜兄弟一起喝酒。就在喝的酩酊大醉时，地府的勾魂使者出现了，只见这勾魂使者拿一张批文，上有孙悟空三字，于是走近身，不容分说，套上绳，就要把孙悟空的魂魄给带走。此时的孙悟空虽然没有大闹天宫时那般强大，但也是很强的。他掣出宝贝，略举手，把两个勾死人打为肉酱。

在中国传统民俗文化中，有名的阴差是黑白无常。白无常面白如粉，身穿白衣，头戴白色的高帽，高帽上有“天下太平”四个字，手持白色哭丧棒，只有间或吐出来的长舌头是鲜红色的，相当诡异；而黑无常则全身是黑色，高帽上有“一见发财”四字。黑白无常的责任是负责拘魂，也就是夺取活人的生命，使之变成死人，再把人的灵魂带到阴间听候处理。

在民间传说中，白无常名叫谢必安，人称“七爷”；黑无常名叫范无救，人称“八爷”。据说，谢范二人自幼结义，情同手足。有一天，两人相偕走至福建福州南台桥下，天将下雨，七爷要八爷稍待，回家拿伞，岂料七爷走后，雷雨倾盆，河水暴涨，八爷不愿失约，竟因身材矮小，被水淹死。不久，七爷取伞赶来，八爷已失踪，七爷痛不欲生，吊死在桥柱处（所以很多白无常的形象是伸着长长的红舌）。阎王爷表彰其信义深重，命他们在城隍爷前捉拿不法之徒。有人说，谢必安，就是酬谢神明则必安；范无救，就是犯法之人必无救。

《西游记》中涉及的都是顶级神怪，阴差之类，出场次数很少。拓展阅读中的这两个阴差，虽小小违规，却救了两位同行的命，比较有人情味。

【拓展阅读·济南府阴差】

明朝末年，山东济南府历城县有两个差役，奉命到外地公干，路上遇到两位同样是差役打扮的人，他们自称是济南府的差役。历城那两位说："济南府是上司衙门，那里的差役，我们都认识啊，怎么从来没见两位？"对方回答："实不相瞒，我俩是阴差，要到东岳府去投递公文。济南府大难将临，这一次投的是死亡人员花名册。"两位差役吓了一跳，问究竟有多少人罹难？阴差说："估摸不会少于百万。"再问时间，阴差说："正月初一日城破。"两位差役吓得魂飞魄散，计算回济南的日子，正是年底，想开溜又担心丢了工作。阴差骂道："恁两个蠢货，工作重要，还是保命重要，赶紧逃吧！"差役听了他们的话，逃亡他乡。果然，到了来年初一那一天，多尔衮率领清军攻破济南城，死了无数人。(《聊斋志异》)

(二)鬼卒·牛头马面

书中记载，孙悟空大闹地府时，"唬得那牛头鬼东躲西藏，马面鬼南奔北跑"，可见，牛头马面是地狱鬼卒中的代表人物。[①]

据《铁城泥犁经》载，牛头又叫阿傍，其形为牛头人身，手

① 《西游记》主要是写高层神仙的事情，牛头马面之类只是抽象的概念，无姓名、无个性、无言语、无情节，作者对他们的描写还不如小妖怪。类似的角色还有满天星相、十万天兵天将等。

持钢叉，力能排山。阿傍为人时，因不孝父母，死后在阴间为牛头人身，担任巡逻和搜捕逃跑罪人的衙役。有资料说佛教中最初只有牛头，传入中国时，因中国民间文化讲究对称、成双，才又配上了马面。但也有资料说马面也称马面罗刹，同样来自佛家。

民间文化中，牛头马面是两个鬼卒，一个头像牛，一个头像马，是传说中的勾魂使者。后来，他们也被用来比喻各种丑恶的人。

“牛头马面”流传广泛，后来被道教吸收，成为阎罗王及判官的下属。我们在佛寺中很少见到牛头马面，但在道教的城隍庙、东岳庙、阎王庙等庙宇中常见到。

《五苦章句经》说：“狱卒名阿傍，牛头人手，两脚牛蹄，力壮排山，持钢铁叉。”有的佛经中牛头人又作“防逻人”，也就是巡逻访捕逃跑犯人的差官。

马面，据说又叫马头罗刹。“罗刹”为恶鬼，故马头罗刹即马头恶鬼。形象为马头人身，与牛头是老搭档。《楞严经》卷八有：“亡者神识，见大铁城，火蛇火狗，虎狼狮子，牛头狱卒，马面罗刹，手持枪矛，驱入城内，向无间狱。”

汉族民间传说中，牛头马面是阎王、判官的爪牙，他们偶尔爱占点小便宜，有时会做些违法乱纪的事，有时又很有同情心。这些也是人间差役的特点。

《西游记》中，有许多人身动物头的怪物，比如狮驼岭的青毛狮子、黄牙老象、金翅大鹏，在其他明清小说中，更有由不同动物特征组成的妖魔鬼怪。假设没有生殖隔离，或许这些怪物在现代生活中也有可能出现，正是由于生殖隔离的存在，才使地球上的生物维持良好的秩序。

与此相关的问题是，阴间的普通工作人员牛头马面是否为半人半兽的怪物？我们先来看一个故事。

【拓展阅读·牛头鬼】

清朝时，四川酆都县有个衙役叫丁凯，奉命到夔州送公文。路过鬼门关时，看到一个石碑，上边写着三个字“阴阳界”。他以前没有留意过，就盯着石碑上上下下看了老半天，不知不觉就过界了。结果就迷了路，想回可回不去了，只好往前走。

他走着走着，看到前边有一座破庙，里边没有人，旁边有一个牛头鬼的塑像，上面沾满了灰尘和蛛网。丁凯心中不忍，慢慢擦去了塑像上的蛛网和灰尘，然后继续向前走。又走了二里地，看到前边有条河，河边有个女子洗菜，丁凯赶紧上前问路。

丁凯走近了发现，那个女子是他故去的妻子谢氏。谢氏也看到了他，大惊失色：“你怎么到这里来了？这里不是你该来的。”丁凯诉说以往，又问谢氏住在哪里，过得可好？谢氏说：“我来到这里后，嫁给了阎王手下的牛头，就住在河西边槐树下。”

丁凯问自己是否还能回去，谢氏说：“我不清楚，先跟我回家吧，等牛头回来了商议商议。不过，你们俩见面，我总觉得有些害羞。”丁凯跟着她到了家里，两人聊着家常，和亲戚一样。这时，有人敲门，牛头回来了。丁凯害怕，躲到了床下。

谢氏开门，牛头进来，摘下面具放在桌上，明明就是个帅气的男生。牛头说："今天好累，阎王审了十几个案子，站得腿疼，把酒饭端上来吧！"说完，他感觉到家里有生人。谢氏把丁凯拉了出来，又把经过告诉了牛头。

牛头说："我会帮你的，不是妻子的原因，是因为你对我有恩。在破庙，我灰头土脸，是你帮我擦干净的。只是不知道你的寿数如何，明天我问问再说。"三人边说边饮酒，十分融洽。丁凯拿起筷子要吃肉，牛头和谢氏拦住了他，说："酒可以喝，肉不能吃。吃了，你就回不去了。"

第二天，牛头照常去上班。晚上下班回来，高兴地说："我找人问了，你阳寿未尽，我正好出差，带你出去。"然后他拿出一块肉，递给丁凯："把这个带好，这是河南开封张大户背上的。张大户做了很多坏事，阎王将他捉来，把他后背钩在铁锥山上以示惩罚。半夜，肉掉了，这家伙跑回去了。他现在背上生疮，大夫是治不好的。你回去后，到开封找他，把此物磨碎敷到疮上，病可痊愈。张大户肯定重谢你。"

丁凯把肉收好，拜谢了牛头。第二天，他跟随牛头出关后，牛头就不见了。后来丁凯到了开封，果然治好了张大户的病，得到了五百两银子。(《子不语》)

在上述故事中，牛头回到阴间的家中，首先把牛头样式的面具摘下来。由此可见，牛头马面也是暂不转世的鬼魂充当的。《夷坚志》中也有类似记载，阴间公差执行公务期间戴牛耳幞头，穿豹皮裤，大概是类似大盖帽、警服之类的标配。

阴差和鬼卒，是地府的基层工作人员。在《夷坚志》中有一个叫“张鬼子”的牛头鬼，为了完成任务，潜伏人间二十年之久：

【拓展阅读·张鬼子】

洪州张学正，天性刻薄，学生们对他很不满。学生请假五日，他只批准三日。请假三天，他就给改成两天。当地有个人，长得像城隍庙里的小鬼，人称“张鬼子”。大家请张鬼子扮成鬼卒，去吓唬张学正。张鬼子说：“我愿意。不过要做得真一点，带着阴曹地府的公文去找他。”大家问：“阴曹地府的公文是什么样的呢？你见过没有？”张鬼子说：“我知道格式，干脆我来起草吧。”他要了一张纸，用白矾仔细书写，写好后在文末签字画押，看着如同官府的公文。晚上，一帮人来到了州学门口。大门已关闭上锁，张鬼子竟然直接从门缝钻进了州学。张学正看见张鬼子很生气，就骂道：“你这个畜生，胆子不小。谁让你大半夜来吓唬我的？”张鬼子笑了，说：“我奉阎王的命令，带着公文来追你的！”张学正说：“你把公文拿出来我看看。”张鬼子拿出公文，头巾裂开，露出了两只牛角。张学正一看，大叫一声，当场给吓死了。这时候，张鬼子对大家说：“我是阴间的牛头鬼，奉阎王的命令来捉拿张学正。在过河的时候，不小心把公文弄丢了。至今二十年了，完不成任务就没法回去交差。多谢各位鼓励，我靠着假公文完成了任务！”说完，张鬼子给大家作揖示谢，一会儿就消失不见了。(《夷坚志》)

这个叫“张鬼子”的牛头鬼，不再是帅气男生的形象，比较机智，颇有心计，潜伏二十年，完成了几乎不可能完成的任务。作者以颇为欣赏的态度，描写了这一形象。

牛头鬼最初来源于印度文化里的牛头阿傍，但是在民间传说以及文人创作中进行了中国化的改造。这种改造的方向，主要是人文化、世俗化。牛头马面由原先的独立物种转变为死后亡魂留任的阴间基层工作人员，变成了戴着面具上班的阴差。

第四节
龙王的等级和职责

一、前西游时代的中国龙

(一)神话中的龙

龙，是中华民族的图腾，在古人心中，龙拥有巨大的神力，是传统农业社会的吉祥物和保护神，中国人对龙的崇拜源远流长，从秦始皇把自己称为“祖龙”开始，历代封建统治者都在不断强化自己与龙的联系，即所谓“真龙天子”。

但在上古神话中，龙的地位并不高。较早出现的应龙是黄帝属下，雷泽有雷兽龙身人首。

【拓展阅读·逐鹿之战】

蚩尤是炎帝的后裔。炎帝曾经败在黄帝手下，蚩尤为了报仇，纠集了八十一个兄弟举兵反抗，还集合了南方的苗族和许多鬼怪，双方在逐鹿展开大战。黄帝请来了应龙，让它行云布雨，准备水淹蚩尤的部队。蚩尤请来了风伯雨师，用神力创造出更大的风雨，比应龙布得更大。黄帝的军队被泡在了水中。后来，黄帝请来了旱魃，大雨立即停了。

早期的神仙，不少以龙为坐骑，有的甚至乘两条龙。传说有专门饲养龙的家族，叫“豢龙氏”。那个时候的龙，是一种牲口，还不能飞。龙与马类似，马驮着人在地上跑，龙驮着人在天上飞。

到了战国时期，阴阳五行学说兴起，龙与五行五运相结合，逐渐成为天命的象征。“黄帝得土德，黄龙地蚓见”之类的说法，就与此有关。《史记·高祖本纪》关于刘邦出生，有降生神话，说刘邦的母亲“息大泽之陂，梦与神遇。其时雷电晦冥，大公往视，则见蛟龙于其上”。后世帝王一直有以“龙子龙孙”自许的传统。

（二）民间传说中的龙

在民间，龙的地位参差不齐，有真龙天子、龙子龙孙、龙颜大怒的龙，这些大概尊贵无比；也有作为神仙的坐骑或者行云布雨的龙，属于专业技术类的龙，大概地位就要低得多；还有鱼龙混杂、龙蛇混杂的龙，大概就又更低一个层次了。《广雅》载：“有鳞曰蛟龙，有翼曰应龙，有角曰虬龙，无角曰螭龙。”这些龙，始终不能脱离动物形状。在后世的笔记小说之中，江河池沼中的龙，有的是蛇，有的是蜥蜴，有的是大鱼。民间还有龙生九子的说法，暗示龙性好淫，以道德层面的鄙视而喻。

【拓展阅读·龙生九子】

龙生九子，为什么能够各各不同？明人沈德潜在《万历野获篇》中说：龙性好淫，只要碰到雌性就要交配。龙跟牛生下麒麟，龙跟猪生下大象，跟马生下龙驹，跟野鸡生下蛋会孵化出蛟。有一种叫吉吊的龙首龟身的怪物，据说是龙跟鹿生下的。看来龙是能够打破不同物种的生殖隔离限制的。民间传说那么多龙母庙，大多是龙与民间女子结合后留下的建筑。《史记》记载，汉高祖刘邦就是其母梦与神交而孕后生下来的。看来，龙是不必遵守科学规律的。这也是神话的重要特征。人只要做了好事，或者吃了仙丹，就可以摆脱地球重力，白日升天，这不受物理学规律的制约。点石成金，把石头变成真金白银，这是不受化学规律的限制。吃了蟠桃或者仙枣，几年不吃饭不觉得饿，这是不受生物学规律的制约。

在中国文化中，龙和凤凰、麒麟、龟、虎都是著名的神兽。龙可以在大海中遨游，也可以在天空中飞行，还可以变化成各种外形。蛰伏的时候，小如蚯蚓；体形巨大的时候，可以变成几千里那么长。

龙可以变成人，鱼也可以变成龙。民间传说“鲤鱼跳龙门”，蛇经过修炼也能变成龙。据说，鱼化龙和蛇化龙的等级比起真龙要低一点。

（三）西方的龙

西方也有龙。在西方文化中，龙是邪恶的怪物，是圣者或者武士作战的对手。长着翅膀的喷火龙最为常见，这种外形如同鳄鱼，身上长着如同蝙蝠翅膀一样的翼膜，是一种黑暗而邪恶的动物。博物学家关于喷火龙如何喷火，有非常详尽的研究。其原理是，喷火龙的胃部有特殊的气体储藏室，胃内发酵产生的气体与空气接触，借助牙齿摩擦产生的火花开始燃烧。[①]

① ［法］让·巴普蒂斯特·德·帕纳菲厄.博物学家的神秘动物图鉴［M］.樊艳梅译.北京:北京联合出版公司,2016:24.

二、龙王的等级和职责

在一百回的《西游记》原著中，龙王是出场率颇高的神仙，涉及龙王的章节多达二十九回，近全书三分之一的篇幅。作者还构建了一个庞大的龙王家族谱系，如海龙王四兄弟、西海龙王之子小白龙、西海龙王的妹夫泾河龙王、泾河龙王的第九子小鼍龙等。庞大的家族谱系在不同回目的故事中相互呼应，增强了全书的整体性。

然而，《西游记》中提到的龙王似乎都法力低微。拿四海龙王（东海龙王敖广、南海龙王敖钦、北海龙王敖顺和西海龙王敖闰）来说，悟空从东海龙王处拿走大禹治水时使用过的天河镇底神珍铁——如意金箍棒，又让其他三位龙王凑了副披挂给他，龙王们敢怒不敢言，只能在其走后找玉皇大帝告状。

在神话传说中，龙王掌管兴云降雨之事，但其降雨必须严格遵守天庭的命令，稍有差池，罪罚极重。促成取经事件的关键人物泾河龙王就是因此而死的，他为了要与算卦先生袁守诚争一口气，擅自更改了下雨的时辰、数目，被判了死罪，去求唐太宗救他。唐太宗虽许诺救他，但他还是被魏征在梦里斩了。

唐僧的父亲陈光蕊某天早上在市场上救了一条会眨眼的金色鲤鱼，这条鱼就是倒霉的洪江龙王。堂堂龙王变成鲤鱼居然被捞到市场上卖了，真是让人唏嘘。另一个可怜的龙王是乌鸡国的井龙王。井龙王要猪八戒驮走乌鸡国国王的尸首，猪八戒向其索钱，但井龙王家徒四壁，什么都拿不出来。

乱石山碧波潭万圣龙王的女婿九头虫偷了祭赛国金光寺宝塔中的舍利子，其女儿万圣公主又偷了王母娘娘的九叶灵芝草。不料，他们遇上了除暴安良成癖的孙悟空，结果九头虫受伤逃走，万圣公主被悟空骗走了九叶灵芝草，后来被猪八戒一钯"筑倒在地"。万圣龙王被孙悟空打死，万圣龙王之妻老龙婆则被穿了琵琶骨，锁在金光寺宝塔中的塔心柱上看守宝贝，金光寺因此改名为伏龙寺。

为什么民间传说中地位尊贵的龙在《西游记》中的命运如此不堪呢？这是因为，"龙"与"龙王"是两个概念。据说，在中国本土的龙崇拜中，原来并无龙王一说。"龙王"这个概念是随着佛教经典从印度传入中国的。印度文化中的龙远远没有中国文化中的龙神圣，金翅大鹏鸟在印度的动物崇拜中地位很高，而龙经常是金翅鸟的猎物。金翅鸟每天以龙为食，一天需要一条大龙或五百条小龙。所以，从佛教经典中传入中国的龙王形象地位不高，也不难理解。

第一等级：四海龙王。他们负责下雨，但主要是技术方面，行政权力仍然在天庭。

为了扑灭红孩儿的三昧真火，猴子去找东海龙王帮忙：

那龙王道："大圣差来。若要求取雨水，不该来问我。"行者道："你是四海龙王，主司雨泽，不来问你，却去问谁？"龙王道："我虽司雨，不敢擅专；须得玉帝旨意，吩咐在那地方，要几尺几寸，甚么时辰起住，还要三官举笔，太乙移文，会令了雷公、电母、风伯、云童。俗语云：‘龙无云而不行’哩。”

从这番话看，所谓“龙王司雨”，只是一个苦力。从理论上说，天要下雨，龙王说了完全不算。那么，民间用猪头三牲去龙王庙求雨，岂不是走错了门路？

但是，龙王具有一定的自主权、灵活性。在凤仙郡，因为累年干旱，搞得“大小人家买卖难，十门九户俱啼哭。三停饿死二停人，一停还似风中烛”。猴子找东海龙王敖广降雨，龙王不敢擅专，要猴子自己去找玉帝请示。到了灵霄殿下，才弄清无雨的缘由：

玉帝道：“那厮（凤仙郡郡守）三年前十二月二十五日，朕出行监观万天，浮游三界，驾至他方，见那上官正不仁，将斋天素供，推倒喂狗，口出秽言，造有冒犯之罪，朕即立以三事，在于披香殿内。汝等引孙悟空去看。若三事倒断，即降旨与他；如不倒断，且休管闲事。”

凤仙郡禁止下雨，是玉帝震怒并亲自在抓的问题，龙王自然就不敢有动作了。但要玉帝不在灵霄宝殿待着，而“监观万天，浮游三界”，可真是一小概率事件。否则，比凤仙郡郡守混蛋的地方官多了，为什么雨还照下不误。决策部门太喜欢抓权，结果导致事情多得管不过来，也就只好对执行部门的作为睁一只眼闭一只眼。

这就造成了龙王的实际权力永远比理论上要大得多。在绝大多数时候和绝大多数地方，天庭没有具体安排的时候，可下可不下的雨，龙王通常都是能做得了主的。

所以，另外几次猴子找龙王，龙王虽也推说了两句无玉帝旨意云云，但还是立刻降起雨来。而且，下雨的时候也无须风云雷电等天庭工作人员协同完成。

可以想象，这种没有经过审批的私雨，不是一次两次。同样可以想象，孙大圣面子大，龙王怎么都得卖个人情；换作平民百姓求雨，就不能这么空口说白话了。龙王庙的香火旺盛，不是没来历的。

第二等级：大江大河的龙王。猪八戒遇到的井龙王曾说：

> 可怜，我这里怎么得个宝贝！比不得那江、河、淮、济的龙王，飞腾变化，便有宝贝。我久困于此，日月且不能长见，宝贝果自何而来也？

这说明大江大河也有龙王，只不过《西游记》中没有描写具体事迹。《西游记》中，曾经提到四渎。何为四渎，说法不一。自司马迁以后，四渎一般是指江、河、淮、济。上述大江大河直接入海，自汉宣帝以后朝廷一直封以爵位，属于山川河流之神。在民间传说中，江渎为楚大夫屈原，河渎为汉丞相陈平，济渎为吴伍子胥，淮渎为唐裴说。正因为四渎影响力大，所以在古典小说中很少写到长江龙王和黄河龙王，当然在各地民间传说中还是有的。有人说，黑龙江里那条黑龙曾经是济河龙王。这种说法，大概与山东人闯关东的历史有关。

第三等级：泾河龙王。他担任八河都总管之职，负责长安城降雨。

第四等级：碧波潭龙王。书中没有明确写到他的工作，从他结交九头虫、牛魔王等大妖怪来看，似乎工作比较清闲。

第五等级：井龙王。他在《西游记》中主要负责看守国王尸体。

龙王的职权

1.负责下雨方面的技术工作。资源的分配权主要掌握在天庭神仙手中，私自改变点数会遭到严惩。

2.管理水族。水中的生物，都受龙王管理。

3.接受天庭的其他工作安排。孙悟空取经过程中多次得到龙王的帮助，主要是因为取经是天庭方面同意的行动。

三、从西游龙王的命运看早期神魔斗争的痕迹

《西游记》中，龙的地位比较低，可能与作者及民间话本作者对于封建神权的讽刺有关系。

《西游记》是一部关于宇宙生命存在进化的书，其中蕴含着早期神魔斗争的暗黑历史。

开天辟地之初，凤凰是最早的鸟类，麒麟是最早的兽类，龙是最早的爬虫类，太上老君是最早的人类。这些原始生命存在实力最强，能量最大，彼此之间互相斗争，拼得你死我活。从孔雀大明王和大鹏怪的厉害，我们可以想象凤凰的实力有多强。从九灵元圣和牛魔王的强大，我们可以想象麒麟有多厉害。那个时候荒无人烟，太上老君捡到无数法宝，比鸟兽爬虫更加厉害。只有曾经与凤凰、麒麟齐名的龙族变得如此猥琐，不堪一击。

西游中，活跃着一批层次不同的龙王，几乎无水无龙王。在水里，龙王是绝对的老大，把那些龟丞相、虾兵蟹将之类管理得服服帖帖的。但是，在神仙的谱系中，龙王的地位不算高。

安天大会的冷菜里，就有一道龙肝，说明在大牌神仙的眼中，龙不过是跟猪、牛、羊一样可供宰杀的牲口而已，不知这些用来宰杀的菜龙与水中称王的龙是不是同一品种。

龙有神通，好像是遗传的，而不是修炼得来的，虽然龙族可以通过修炼提高自己的功力，但是也不会高到哪里去。取经途中，小白龙曾经冒死一击，行刺奎木狼，最终没有得手，主要还是因为功力不够。龙族的功力不够还表现在未能长生不老，西海龙王的妹妹也就是泾河龙王的老婆，是病死的。这说明，龙族与人类一样是有生老病死的。龙之所以比人神气，只不过生来有一些特异功能而已。然而，如果一个凡人修行，并且运气足够好，得到名师指点，所成的正果应该比龙要大得多。

《西游记》中，小白龙跟孙悟空等人一样，也是观音菩萨做了工作后跟随唐僧取经的。小白龙变成一匹马，驮唐僧西行取经，干得是最苦最累的活儿。他自认为是取经团队的一员，称唐僧为师父，称孙悟空为大师兄，称猪八戒为二师兄，但他们从来没有把小白龙当徒弟看、当师弟看。唐僧口口声声说，他有三个徒弟，从来不对外介绍小白龙。孙悟空也不认为小白龙是四师弟，在他们看来，小白龙就是一头脚力，一头牲口。

小白龙一直很郁闷、很沉默，除了对付奎木狼那一次，基本上不太说话。孙悟空曾经做过弼马温，知道怎么对付马，经常在外人面前显摆，对着马舞动金箍棒。每当这个时候，白龙马就吓得撒腿狂奔，一溜烟跑得老远。猪八戒受气的时候，也喜欢踢白龙马两脚，最欺负人的是强迫小白龙撒尿给朱紫国国王做药丸。这些事，小白龙不愿做，但不得不做，谁叫他是一条地位低下的龙呢？

历史是胜利者书写的。按照胜利者太上老君书写的历史，太上老君开天辟地，创造出这个世界的一切。其实，这是不可信的。也许，当初有个造物主搞试验，创造世界。龙、凤凰、麒麟和人都是最早被创造出来的生命，实力强大。造物主完成了任务以后，又去忙别的事情，这些不同种类的生命存在为了争夺世界的主导权进行了殊死搏斗，最终人类获得了胜利。

人类中最聪明的人经过修炼成为圣人，次聪明的人成为各级神仙，痴愚之人就成为凡人。麒麟作为人类的同盟，后代成为妖怪，处于环境不太好的边缘地带。龙和凤凰的后代则被抑制住超能力，最惨的被变成蟠桃会上的冷菜。

这一段历史最终被太上老君等大牌神仙改写和掩盖，只有吴承恩老爷子在《西游记》的字里行间留下了蛛丝马迹。

【拓展阅读·可怜的麒麟】

麒麟是古代的神兽，儒家认为麒麟象征着仁爱。麒麟出现于世，则天下有道。孔子晚年，有人逮到了麒麟，等他赶过去的时候，麒麟已经被打死了。所以，孔子感慨“吾道穷矣”，不再著述。后世所说的麒麟，往往是长颈鹿，或者是牛生的怪胎。《夜航船》里曾经记载了一个故事：常州奔牛村有一头牛生下了麒麟。麒麟遍体麟甲，身上无毛，嘴唇到小腹白如雪，两寸长的尾巴红得像朱砂，柔软的蹄子上长着金黄色的绒毛。出生的时候红光满天，全村村民都以为失火了，远近的人们都来看热闹。几天以后，看热闹的人挤满了村子，房屋都被破坏了。母牛看到生下这样一个怪物，不肯喂奶。人们煮了稀饭给它吃，它不肯吃，最终饿死了。村民用石灰把麒麟做成标本，拿到苏州虎丘去展览，赚了一大笔钱。有人说，麒麟有两个胃，没有肠子，解剖以后果然如此。还有人说，麒麟喜欢吃铜铁的碎屑，可惜没有人知道这种专业知识，麒麟还是饿死了。后来，它的母亲在牛群之中，犹如首领，其他牛见了都要让路。这一年，常州大水，农田都被破坏，路上满是吃不饱饭的老百姓。

四、西游世界中较惨的两位龙王

《西游记》中多龙王，但地位低下，被收编为天庭系统负责水利的工作人员。这些龙王虽然有编制，但是法力低微。

大江大海的龙王通过负责水利工程积攒了一些金银财宝，所以历来有龙宫藏宝的说法。当猪八戒被孙悟空骗到乌鸡国御花园的井里取宝贝时，竟然发现井里还有龙王。这里的龙王就穷得相当可怜了。这位老兄，住在一口堪称蜗居的井里，过着暗无天日的日子，是书中最卑微的龙王。井龙王虽卑微，能够保住命，还不错。

西游世界，两位龙王命运较惨，其中一位是泾河龙王，另一位是碧波潭龙王。泾河龙王，地位比四海龙王低一个档次，官居八河都总管，因为下雨克扣点数改了时辰，竟然被判处了死刑。

（一）泾河龙王

在《西游记》中，犯错误的神仙很多。猪八戒调戏嫦娥，沙和尚打碎琉璃盏，一开始被判死刑，有大神仙求情，也就免了死罪。这两位在下界改造期间，照旧以吃人为生，特别是沙和尚，一口气吃掉九个取经人，可谓罪大恶极，但历经磨难，修成正果，被任命为金身罗汉。二十八宿中的奎木狼在下界为妖期间，吃了不少人，也没有谁怎么追究他，只不过到太上老君那里看了两天锅炉，没多久就官复原职了。

可见，泾河龙王是个倒霉蛋。泾河龙王之死，只有从佛道相争大背景下看，才能看清楚幕后各种势力是怎样博弈的，基层神仙特别是法力低微的龙族只不过是小棋子而已。

太上老君自从战胜了凤凰、麒麟、龙族以后，一统宇宙，在历史上被称为开天辟地之祖。他扶植玉帝成为三界之主。亿万年后，玉帝有了独立性，不甘心做一个傀儡，试图撇开老君另起炉灶。老君当然不会把所有鸡蛋放在一个篮子里，所以和燃灯古佛等高层策划佛派东进的项目，来制衡玉帝。

东进项目的具体路线图，一是唐僧取经，让佛派意识形态进入大唐；二是大唐以烧纸钱的方式给佛派控制的阴间输送经济利益。

如何让李世民进入阴间？泾河龙王之死是重要一环。泾河龙王向李世民求救，希望李世民在魏征面前打招呼。李世民招呼打了，没起作用，泾河龙王到阴间控告李世民。这样，李世民就被引到阴间来参观考察。

西天取经的序幕就这样拉开了。一将功成万骨枯，大牌神仙的伟大计划在实现的过程中，该有多少基层神仙需要为之付出生命的代价啊。

（二）万圣老龙

与泾河龙王相比，更为不幸的是碧波潭龙王万圣老龙。作为天庭系统的基层公务人员，万圣老龙不讲原则，与牛魔王称兄道弟，由此结识了牛魔王的小弟九头虫。九头虫后来当了万圣老龙的女儿万圣公主的驸马。

九头虫为了露一手，到祭赛国盗窃佛舍利，解决碧波潭的照明问题。光有佛舍利，没有灵芝仙草提供能源，佛舍利也不能持续发光。于是，万圣公主又去瑶池偷了王母娘娘的灵芝仙草。九头虫夫妇为了解决碧波潭照明问题，触犯天条，固然有自身性格上的缺陷，也与基层公务人员的待遇比较差有关。

一个潭里的龙王，估计不会像东海龙王、西海龙王那样拥有夜明珠等照明设备，只能另外想办法解决。而以龙王的智商以及西游时代的科学技术水平，估计也不会想到水力发电，偷佛舍利只是不得已而为之的事情。

碧波潭老龙结交有钱的妖怪牛魔王，把女儿嫁给能打的妖怪九头虫，抓住每一个机会改善整个家庭的生活质量，尽到了一个大家长的责任。

然而，他的命运比泾河龙王还要惨。最终，孙悟空联手二郎神围剿九头虫，九头虫受伤逃亡，龙王、龙子、龙孙、万圣公主全部被打死，没有被打死的龙婆也被孙悟空穿了琵琶骨，勒令看守佛塔。

也许，万圣老龙家破人亡，在孙悟空降妖伏魔的履历上只不过短短一行字。为了这短短一行字，却有那么多条龙付出了生命的代价。

《西游记》中，天庭高高在上，整个宇宙的生杀大权，其他各界的重大事务都由天庭决定。人类经济繁荣，各界所需要的资源主要来自人类。地府负责收容鬼魂及转世投胎等事务，龙王负责水里的一切事务，相对比较边缘化。作者在关于地府和龙王的创作中，一方面汲取了中国传统文化的说法，另一方面又受到了印度文化的影响。但西游世界中的地府冥官和水域龙王，都是具有人情味的，中国本土文化特征更为明显。作者描写他们的时候，除幽默的讽刺外，更多的是调侃和欣赏。所以，无论是阎罗王，还是四海龙王，他们对孙悟空基本上都是有求必应，如同多年老友。这也正是中国民间老百姓对待阎王和龙王的态度：有所祈求的时候，恭恭敬敬地祭祀跪拜；所求不应，也会把龙王抬出来暴晒。在《聊斋》席方平的故事里，觉得阎罗王不公正，甚至有人会告上天庭。命运犹如程序，一切都是大神仙们安排好的。而在西游世界里，大神仙也不能完全掌控一切，天意和气数又比大神仙的力量更大。

第六章 法宝与神通

在《西游记》中，神仙和妖怪的共同点在于具有超能力，突破正常人的体能和科学规律的束缚。超能力一靠法宝，二靠神通。法宝是带有超能力的器物，如太上老君的金刚琢、弥勒佛的人种袋等。神通无须依赖外物，直接依赖身体和心灵的超能力本身，如飞行、变化等。法宝和神通，是神仙和妖怪的力量所在。

第一节
法宝及其功能研究

一、拥有法宝的重要性

孙悟空保护唐僧取经的途中，遇到了很多神通广大的妖怪。论武艺，很少有妖怪打得过孙悟空。但一旦用上法宝，连伶俐虫、精细鬼这样的小妖怪也能收拾孙悟空。

观音菩萨的坐骑金毛犼[①]，变成了妖怪赛太岁。赛太岁武功一般，但是三个紫金铃能在三百丈内放毒火、毒沙、毒烟。孙悟空对付赛太岁的过程，就是盗取紫金铃的过程。

开发法宝需要大量的人力物力，一般草根神仙负担不了。只有道教的天尊、佛派的佛祖才有这个实力。如来佛开发的金、紧、禁三个箍儿就很厉害，是专门用来对付孙悟空这类神通广大的魔头的，可谓专魔专用的特殊控制类法宝。

大闹天宫时，如来已经认定孙悟空是有用之才，将来在佛派东进时用得着。佛派东进的心情是很迫切的，如来以听讲座不认

---

① 犼是古书上说的一种似狗而吃人的北方野兽，最早见于《尔雅》，在清代笔记小说《续子不语》中被记载为僵尸所变，由“旱魃”进化而来。

真为名，迫使金蝉子一次次转世投胎做和尚，然后西行取经。

孙悟空大闹天宫五百年后，金箍打造完毕，套在孙悟空头上，区区凡人唐僧念动《紧箍咒》，能够把孙悟空整得死去活来，脑袋勒得像细腰葫芦一样。这个时候，唐僧只要动动嘴，就能轻易控制孙悟空，取经工程才正式启动。

道派、佛派的法宝，都是在取经路上对孙悟空用，主要有两个方面的原因。一是，唐僧取经需要历经九九八十一难，法宝越狠毒，越符合有关方面的要求。用法宝对付孙悟空，属于合法伤害，不干白不干。二是，法宝开发出来，是为了对付顶级神仙的，孙悟空的功力已经接近两派祖师爷，由他来做试验品比较合适。取经途中，佛派用法宝来试探天庭人马，道派用法宝来试探西天人马，也是互相摸底的过程。

当然，西天的佛爷、菩萨主要以神通见长，不像道派神仙那么热衷于开发法宝，但也不完全排斥这方面的尝试。毕竟，像如来那样的大神通很难修炼成，对个体素质和吃苦精神要求都很高。

试验结果表明，法宝很管用，升级永无止境，相当长一段时间里，双方基本上处于均势。天庭消灭不了西天，西天也取代不了天庭，所以和谐还是主旋律。

那么多神仙都有法宝，但只能没收孙悟空的兵器，或者俘虏孙悟空，却不能把孙悟空置于死地。唯一一件差点要了孙悟空命的法宝，是大鹏怪的阴阳二气瓶。阴阳二气瓶属于声控类法宝，孙悟空刚被装进去时一声不吭，在瓶子里清凉爽快很舒服。后来，耐不住寂寞的孙悟空自言自语起来，瓶子里马上出来了两条火龙和四十九条火蛇。火龙和火蛇喷出来的火，好像比太上老君八卦炉里的三昧真火还要厉害，竟然把孙悟空的铜头烤软了。在关键时刻，观音菩萨送的三根救命毫毛发挥了作用，让孙悟空免于一死。

那一次，孙悟空真正领教了死亡的恐怖。这说明妖怪中也有高手，真正的高手在民间。正因为法宝如此管用，吃过法宝这么多苦，孙悟空才更加异乎寻常地渴望拥有一件法宝。

可惜，理想与现实的差距很大，每当孙悟空快要得手时，总有大神仙及时赶到，下山摘桃子。孙悟空收拾了金角银角大王，把他们的五件宝物据为己有。太上老君来了，一见面就说："孙行者，还我宝物。"降伏金毛犼以后，孙悟空想霸占三个紫金铃，观音菩萨以念《紧箍咒》相威胁，迫使悟空交出来。原因在于，法宝是国之利器，不是什么人都可以拥有的。

二、法宝超能力比较

（一）太上老君和如来佛祖的法宝之争

《西游记》中，妖怪打架靠力气。中、低级神仙打架靠武艺，高级神仙打架靠法宝。拥有一件法宝，是《西游记》中许多神仙和妖怪的梦想。法宝在手，哪怕本来不堪一击的什么童子、坐骑都能令神通广大的孙悟空变得不堪一击。

法宝和武艺不同，孙悟空能够挥动一万三千五百斤重的金箍棒，七十二变、筋斗云等功夫都经过了多年的修炼和摸索，而法宝则不然。

法宝是神仙们千万年不断升级更新所形成的超级武器，设计比较科学，使用起来简单方便。有的法宝配有声控装置，只要念上几个字的简单咒语，声音频率吻合，就可以启动。比如，金翅大鹏鸟的阴阳二气瓶，孙悟空一咳嗽，就有火龙火蛇冒出来。有的法宝，装载智能识别系统，只要对准孙悟空，就能把孙悟空装进去。比如，金角银角大王的玉净瓶和紫金红葫芦，能够装人，孙悟空应一声，就被装进去。还有的，直接就是傻瓜级的，随便是谁，拿在手里摇一摇，就能喷出火来。紫金铃就是这一类法宝。

道教神仙手中的法宝，最令人头疼的是青牛精手中的金刚琢。孙悟空请来了各路援兵，青牛精用金刚琢把他们的兵器全部没收，西天十八罗汉全数出动都没奈何。

【拓展阅读·十八罗汉】

十八罗汉是指佛教传说中十八位永住世间、护持正法的阿罗汉，由十六罗汉加二尊者组成。他们都是历史人物，均为释迦牟尼的弟子。十六罗汉主要流行于唐代，至唐末，开始出现十八罗汉；到宋代时，则盛行十八罗汉了。十八罗汉的出现，可能与中国文化中对十八的传统偏好有关。“十八”是一个吉数，中国文化中的许多数量表达都用“十八”，如十八世、十八侯、十八般武艺、十八学士等。

事后，太上老君得意扬扬地声称，金刚琢是“过函关化胡之器，自幼炼成之宝。凭你什么兵器、水火，俱莫能近他”。老君

还说，如果青牛精偷了金刚琢，同时又偷走芭蕉扇，“连我也不能奈他何矣”。

佛派不以法宝见长，貌似只有弥勒佛的人种袋比较牛。当然，如来以神通著称于世的同时，也曾经尝试开发法宝。如来曾经花了五百年时间研究箍儿，开发出金、紧、禁三个箍儿，交给观音菩萨。观音菩萨用箍儿收服了红孩儿和黑熊怪，还有一个交给唐僧收服孙悟空。

那么，道祖的圈儿，佛祖的箍儿，哪件法宝更厉害？

按照《西游记》中的描述，道祖的圈儿更厉害，使用起来简单方便，不受时间、地点、气候以及使用者身份的限制。佛祖的箍儿就欠缺一点，套住了一个妖怪，就不能再套第二个，要么是等妖怪失去反抗后强行套上，要么像唐僧那么能忽悠，用欺骗的方式套上。

书中说，唐僧把紧箍儿缝在帽子里，讲故事骗孙悟空说：师父小时候脑子很笨，念经记不住。自从带上这个帽子，师父就成了学霸。孙悟空是个打打杀杀的体育特长生，也想做学霸，结果被套上了。要是碰上不想做学霸的哪吒之类，本身就是官二代，压根不想做学霸，那就没招了。要是使用者不像唐僧那么特别会忽悠，箍儿也没有啥作用。

观音用箍儿套红孩儿之前，先用天罡刀制服红孩儿。套黑熊怪时，也得先让猴子钻到黑熊肚子里。不先用武力强迫，箍儿就很难发挥作用。这就是箍儿的局限性。

再说，好东西都是独一无二的，箍儿同一功能的就有三个，说明是如来批量生产的。就像画家，独一无二的作品才是精品，能卖大价钱。流水线上批量生产的，水平不会高到哪里去，也不值钱。

总的说来，谈到开发法宝，道祖要比佛祖高明。因此之故，佛祖专一练如来神掌，不再开发法宝。

（二）假如金刚琢遇到人种袋

道派大佬最会玩法宝的是太上老君，最厉害的是金刚琢。佛派大佬最会玩法宝的是弥勒佛，最厉害的是人种袋。

《西游记》第六回，孙悟空大闹天宫，与二郎神打得难解难分。观音菩萨想要偷袭孙悟空，准备用玉净瓶来砸。老君笑道："你那个瓶子是个瓷的，小心砸坏了。不如用我的金刚琢。"说完，老君介绍了下他的金刚琢，说道："这件兵器，乃锟钢抟炼的，被我将还丹点成，养就一身灵气，善能变化，水火不侵，又能套诸物；一名'金刚琢'，又名'金刚套'。当年过函关，化胡为佛，甚是亏他。早晚最可防身。"观音的玉净瓶当然不会是瓷器做的，老君如此说不过是开个玩笑，毕竟，他的身份比如来佛祖都要高，更不要说如来佛祖的弟子观音菩萨了。

金刚琢乃是老君诸多法宝中最厉害的一件，可以收取任意五行法宝，且大小如一，有千变万化之能。

在青牛精大战孙悟空的时候，"青牛精唏唏冷笑道：'那猴不要无礼！看手段！'即忙袖中取出一个亮灼灼白森森的圈子来，望空抛起，叫声'着！'唿喇一下，把金箍棒收做一条，套将去了。”弄得孙大圣赤手空拳，翻筋斗逃了性命。此圈子即是金刚琢。

孙悟空请了诸天神佛，所有武器以及法宝全部被金刚琢收走。后来，老君用芭蕉扇让青牛精恢复原形，说是如果扇子不在手，连老君自己都收服不了青牛精。

人种袋是弥勒佛的宝贝，俗称“后天人种袋”，被他司磬的一个黄眉童儿盗去，下界成精，变化成假的如来佛祖欺骗唐僧师徒。孙悟空请来的二十八宿、龟蛇二将并五大神龙、小张太子及四大神将，都被黄眉儿收入袋中。

那么问题来了，太上老君的金刚琢遇到弥勒佛的人种袋，结果会怎样呢？

第一，看谁出手快。金刚琢套武器，人种袋装人，谁出手快，谁占先机。金庸老爷子说，“天下武功，唯快不破”，还是很有道理的。从这一点来看，圈儿戴在手上，随时可以用，袋子打开就要慢一点。

第二，金刚琢首先发力，可以实现袋子和敌人的分离，失去了袋子的对手自然不堪一击。而袋子先发力，装在袋子里的人，只要金刚琢在手，念动咒语还可以用圈儿反过来套袋子。

第三，金刚琢具有强大的屏蔽功能。据青牛精说，他这件宝物在手，不怕水淹，不怕火烧，只要五行之物都能套取。有学者说，金刚琢实际上是太上老君开发的微型黑洞，能套吸一切物质。这是很有道理的。袋子遇到圈子，很有可能就自动失灵了。

综上所述，金刚琢和人种袋都是大杀器，但金刚琢要更加厉害一点。再说了，太上老君和弥勒佛都是大佬，习惯于以和平方式解决问题，打打杀杀的事情自有手下人去做。黄眉童子为难孙悟空，不过是一次小小的擦枪走火而已。

第二节
神仙和妖怪的飞行技能

一、关于东西方飞行的知识考古

飞行与人类活动的自由有关系。在现代影视、动漫作品中，飞行是重要的视觉意象。

外国人看中国的功夫片，看到武林高手飞来飞去的轻功，很佩服，惊讶地说，这代表了人类摆脱地球重力的努力。其实，轻功再怎么高，还是摆脱不了地球重力。少林派达摩祖师的一苇渡江，也还是要踩着一根芦苇。武当派的梯云纵无非是跳着走，只不过跳得高一点而已。

真正摆脱了地球重力的，是西游世界中的神仙和妖怪。这些神仙和妖怪很少像人类这样走路，他们更多时候是飞来飞去，速度很快，活动的范围也很大。

日本动漫《铁臂阿童木》和《七龙珠》中都有飞行，宫崎骏的动漫电影中，几乎每一部都有飞行，已经融入了现代物理学的元素，头手在前，呼啸而过，速度惊人。这种趴着飞行的动作，与二次大战以后的空气动力学知识有关系，头手在前可以减少空气阻力。美国的超人在大多数情况下也是这种姿势。

中国神仙御风而行或腾云驾雾，姿势为站姿，有时坐在莲花宝座或者玉局宝座上飞行，有时骑着坐骑飞行。飞的时候优雅闲适，那种风度不是国外的种种飞行所能达到的。

西方超人趴着飞是近代科学发展以后才出现的。在西方早期的希腊神话中，太阳神阿波罗坐着马车从东到西出行。赫尔墨斯有一双飞行鞋，鞋子上长着翅膀。中世纪的时候，西方的天使靠翅膀飞行，巫师骑扫把飞行。天使比巫师要潇洒一点，但是比起中国的神仙还差一点。

同样的道理，中国神仙站着飞或者坐着飞，主要与农业社会的科学发展水平及其想象能力有关系。当然，也有例外，比如敦煌石窟里的飞天就有趴着飞的，古代绘画中的雷公也有趴着飞随时准备打人的。大多数情况下，大牌神仙一般坐着飞或者站着飞，非常稳重。因为传统文化中的神仙掌控一切，不需要着急，所以慢吞吞地飞行。而超人要拯救世界，面对的是一个不确定的未来，所以飞得急迫一点。超人的飞行是为了拯救人类，需要从地球的一个城市到达另一个城市，所以面向大地。神仙的飞行上天入地，主要是垂直飞行，站着比较方便。

早期中国神仙的飞行传统与上古巫蹻文化有关系。在华夏先民的想象中，为了获得飞行的能力，巫/神/人需要一个坐骑。这就树立了飞行的基本姿势——坐或立，不是趴。《史记》记载黄帝御龙飞行：

> 黄帝采首山铜，铸鼎于荆山下。鼎既成，有龙垂胡髯下迎黄帝。黄帝上骑，群臣后宫从上者七十余人，龙乃上去。余小臣不得上，乃悉持龙髯，龙髯拔，堕，堕黄帝之弓。百姓仰望黄帝既上天，乃抱其弓与胡髯号，故后世因名其处曰鼎湖，其弓曰乌号。[①]

这个传说流传甚广。在汉代画像砖石墓葬中，“衣着华丽的男子乘龙升天”的墓室壁画曾被发现，被认为是在描述黄帝升天的场景，即黄帝和他的手下扯着龙须骑上龙背，场景鲜活生动。但龙的载客量似乎也是有限的，只能容纳七十多人。

此后，民间神话不断发展，而后衍生出各种坐骑。比如凤：“弄玉，春秋秦穆公女，嫁善吹箫之萧史，日就萧史学箫作凤鸣，穆公为作凤台以居之。后夫妻乘凤飞天仙去。”[②]比如仙鹤：荀瓌憩江夏黄鹤楼上，望西南有物飘然降自云汉，乃驾鹤之宾也。宾主欢对辞去，跨鹤腾空，眇然烟灭。[③]“昔人已乘黄鹤去，此地空余黄鹤楼”说的也是驾鹤仙人的事。

此外还有羽人飞行：“马皇乘龙而行，子晋躬御白鹤。或鳞

---

① 史记·封禅书.

② 刘向.列仙传［M］.上海古籍出版社,1990.

③ 任昉.述异记［M］.吉林出版集团有限责任公司,2005.

身蛇躯，或金车羽服，乃可得知耳。”① “羽人”就是身上长着翅膀的人，类似于西方的天使。山东沂南北寨村东汉墓的华夏石拓片上，就有趴着飞的羽人。“马皇”就是马师皇，传为黄帝马医，为兽医鼻祖，能治万兽之病，后驾龙飞升。“子晋”就是王子乔。“鳞身蛇躯”是女娲伏羲，“金车”就是麻姑王远，“羽服”就是刚才说的羽人神仙。

在道教神话和民间传说里，修炼成神仙就可以飞行。一是改变肉体的存在方式，通过练气或者食用蟠桃等特殊食品，促进身体新陈代谢，身体变得越来越轻，然后可以霞举飞升。二是乘坐坐骑或御物飞行。坐骑的种类也多种多样，从龙、凤、麒麟这类神话生物，到虎、豹、牛、象这种压根不会飞的哺乳动物，都能被古代人当成“直升飞机”一样来使用。三是御物飞行，比如人站在剑上飞或者骑在葫芦上飞，影视作品中多有出现。

【拓展阅读·鸡犬升天】

西汉时，淮南王刘安礼贤下士，喜欢研究道术。在他的门客中，最有道行的有八人——号称“八公”：第一位能够召唤风雨；第二位能够管束虎豹；第三位能够分身变化；第四位能够乘云飞行；第五位不惧冷热；第六位能够移江填海；第七位长生不死；第八位能够化泥成金。“八公”炼成丹药，将其献给刘安，刘安服下后，

① 抱朴子·论仙.

自日飞升，到仙界当了神仙。“八公”离开时，并没有带走留在器皿中的丹药，刘家的鸡狗吃了之后，也都得道升天。时人纷纷感叹：“真是一人得道，鸡犬升天啊！”

二、《西游记》中的飞行

《西游记》中，不仅神仙会飞，妖怪也会飞。

草根妖怪无师自通，也能琢磨出摆脱地球重力的种种技巧，只不过飞行的高度低一点，飞行的姿势难看一点。从《西游记》中的记载来看，低级别的妖怪飞起来，往往是弄一阵狂风贴近地面飞行。飞的时候飞沙走石，有时候还带一团黑气，噪音比较大，环境污染也比较厉害。这样的飞行，很容易暴露自己的行踪，孙悟空只要看到远远的地方冒黑气，就知道有妖怪在飞行，提醒师父、师弟小心提防。

妖怪的飞行没有神仙那么讲究，一般既没有宝座，也没有坐骑，唯独牛魔王有一只辟水金睛兽。辟水金睛兽没有什么战斗力，但是水陆两用，既能分水而行，也能在天上飞。牛魔王之所以在西天路上很牛，与拥有名牌坐骑有很大关系。

孙悟空号称“历代驰名第一妖”，在菩提祖师那里学本事，自称能够霞举飞升，祖师爷说：“你飞起来看看。”孙悟空弄本事，将身一耸，打了个连扯跟头，跳离地面有五六丈。这样的高度祖师爷名之曰爬云，后来又说连爬云都算不上，大概属于驾雾，是一般的草根妖精无师自通所能达到的最高程度。

要再高，就要有名师指点。孙悟空就是由菩提祖师指点，学会了腾云。祖师爷在教他之前，说了一段话：“凡腾云之辈，早辰起自北海，游过东海、西海、南海，复转苍梧，苍梧者，却是北海零陵之话语也。将四海之外，一日游遍，方算得腾云。”此后，祖师爷传授孙悟空筋斗云，一个筋斗十万八千里，大闹天宫时，天庭众神拿孙悟空没办法，筋斗云的速度快也是重要原因。

在取经路上，孙悟空经常能够逃出魔掌也是靠了筋斗云。唯一的例外是在狮驼国遇到的云程万里大鹏怪，扇动一翅就是九万里，两翅就追上了孙悟空。

三、关于孙悟空飞行的两个疑问

（一）孙悟空为什么不带着唐僧飞

有人要问，孙悟空一个筋斗十万八千里，猪八戒、沙和尚都会腾云，为什么不能带着唐僧一起飞到灵山，还要在路上慢腾腾地走上十四年？关于这个问题，作者在书中曾经多次解释，孙悟空师兄弟也多次讨论，主要原因在于唐僧是个肉眼凡胎。神仙带着凡人飞行，重如泰山。虽然孙悟空经常吹嘘自己能够挑山赶月，其实也只是吹吹牛而已。在西天路上，孙悟空多次被妖精的重力压制术打败，三座山就能把孙悟空整得死去活来。猪八戒、沙和尚就更加不行了。那么，有人要问了，孙悟空不行，为什么一些妖怪，本领远不如孙悟空，却能够凌空捉拿唐僧？这就是低空飞行的优势了。妖怪捉拿唐僧，通常是弄一阵狂风，把唐僧摄走，这种本领孙悟空也会。当初，孙悟空在花果山为王时，经常纵狂风把小猴子带到这里，带到那里，有一次还到傲来国的武库里偷走了不少兵器。所以，低空飞行能够带人带物，高空飞行就不行。

取经路上，孙悟空、猪八戒、沙和尚都是西天的后备干部，让他们像妖精一样弄一阵狂风，把唐僧摄到西天，不符合他们的身份，也会影响西天未来接班人唐僧的威信。这是小道理，还有大道理。如来当时的密旨就是取经人必须一步一个脚印地走到西天来。通过取经的过程，唐僧师徒要把如来佛祖的先进理念普及到沿途各国，从而建立起人们对于佛教的信仰。这一点，唐僧师徒做得很好，杀了不少妖怪，沿途百姓纷纷兴建普救寺、救生寺、四星降妖之庙等标志性建筑，这些都可以证明佛教的伟大、光荣、正确。同时，唐僧师徒还大显神通，让灭法国、车迟国这些非佛教国家举国笃信佛教。上述业绩，唐僧师徒如果不是脚踏实地地去做，是不会完成得这么好的。

（二）孙悟空为何没有金翅大鹏鸟飞得快？

孙悟空在狮驼国遇到的云程万里大鹏怪，扇动一翅就是九万里，两翅就追上了孙悟空。

孙悟空的筋斗云为什么快不过金翅大鹏鸟的翅膀？原因在于，前者是后天学来的，后者是先天从娘胎里带来的。这涉及中国文化关于先天能力和后天能力的区别。

孔夫子讲过，“生而知之”是第一等的，“学而知之”是次一等的。[1]司马迁称赞汉高祖是“天纵之才”，意思是天生的帝王之才。孙悟空会飞，是跟师父学来的，属于“学而知之”。大鹏鸟会飞，是鸟类的本性，属于“生而知之”。所以，大鹏鸟的飞行技能更厉害一点。

第三节 神仙和妖怪的变化技能

变化是神仙和妖怪的重要神通。简单的变化是身体变化，复杂的变化是身体连同周围环境一起变化。黄眉童子能够和手下四五千小妖变出一座小雷音寺，道祖、佛祖甚至能够凭空变出一方世界。

一、擅长变化的孙悟空

《西游记》中，孙悟空擅长变化。变化技能增强了孙悟空打妖怪的本领，同时有助于他在劣势时顺利脱身。

① 论语·季氏.

孙悟空的变化技能有自己的特色，也有缺陷。孙悟空有一种用毫毛变化的功夫，没有见其他神仙或者妖精用过，堪称特色。在《西游记》中，孙悟空用毫毛变得最多的是小悟空，特别是在对手人多势众的时候，这一招很管用。每个小悟空都很能打，一下子把战斗力提高了好多倍。还有就是在需要人手搬东西时，孙悟空经常会用毫毛变出一大堆猴子，比如在天庭偷御酒时，在傲来国偷兵器时，都这么干过。此外，毫毛还可以变刀变笔变跳蚤，变狗变鹰，变金刚钻。孙悟空毫毛变化的功夫类似现代克隆技术，但使用起来更加方便。

变化人人都会，水平各有高下。一方面与天分有关，另一方面与师父的传授有关。孙悟空变化的水平比较高，与猴子灵巧好动的本性有关，也与菩提祖师的悉心教导有关。

同样会变化，猪八戒就只能变石头、大象之类的大东西，不会变小巧精致的东西。在通天河对付金鱼精灵感大王时，孙悟空变的小男孩“陈关保”就很像，猪八戒变小女孩“一秤金”时肚子怎么也小不下去，还是孙悟空吹了一口仙气，才勉强完成了任务。

当然，孙悟空变化有术，但也不是完全没有破绽，优势很突出，缺点也很明显。一是尾巴无法收拾，在与二郎神斗法时，孙悟空变成一座土地庙，嘴变成了庙门，眼睛变成窗棂，尾巴竖在后面变成了旗杆，结果被二郎神识破了。因为旗杆只能在前面，不可能在庙后面。二是猴子屁股变不了。孙悟空变小动物变啥是啥，变人时头变过来，身子不变。孙悟空变成小妖混进妖洞时，经常被猪八戒认出，就是因为屁股上两块红掩盖不了。三是不能笑，一笑，就露出了猴子的尖嘴。在狮驼洞，就是因为笑，被三魔大鹏怪看破了。

【拓展阅读·狗变人】

司空李德死后还没下葬，一日家人正在灵堂中祭拜，一抬头忽然看见李德好端端地坐在祭床上，模样服饰之类都和生前一模一样。李德见到他的那些儿孙后辈，提到家中的一些事情来，都很有条理，惩罚起奴婢来，也都能细致地举出对方的过错，一顿吃饱喝足之后，就告辞离开了。家中人见老太爷居然还活着，伤痛之情顿时大减。此后每隔一段日子李德就现身一次，要吃要喝，如此过了四五年时间，一次因为喝酒喝太多，醉后李德现出了原形，原来是条老狗，家中人气愤之极，就将其打杀了，后来四处打听，最后确认原来是里中卖酒人家的狗。(《搜神记》)

二、孙悟空的七十二变与二郎神的八九玄功

《西游记》里的孙悟空有七十二般变化。《封神演义》中的杨戬也会变化，叫作八九玄功。

这两种变化是一种功夫吗?

变化是神仙和妖怪的基本技能。只要是神仙，基本上都会变

化。观音菩萨收服黑熊怪，先变成凌虚子。弥勒佛收服黄眉童子，先变成瓜农。神仙变化莫测是为了出其不意地收拾对手。

佛经里面说，人身难得。妖精通过漫长而艰苦的修行，才能变化成人形。像七绝山的红鳞大蟒，尚未修成人形，这样的妖怪，还处在初级阶段。孙悟空、猪八戒之流，都是脱离了初级阶段的资深妖怪，难怪都很看不起大蟒。

一般的妖精，都会变两下。白骨精手下没有一个小妖，地盘只有四十里，也会不少变化，一会儿变村姑，一会儿变老奶奶，一会儿变老爷爷，如果不是孙悟空的火眼金睛，说不准唐僧还真给吃掉了。南山大王艾叶花皮豹子精连猪八戒都打不过，但手下的小妖却善于变化。三个小妖变成豹子精的模样，用分瓣梅花计骗过了孙悟空三兄弟，让真的豹子精抓走了唐僧。

一般的小妖，只能变一两样。训练有素的神仙和妖怪变的花样多一点。

【拓展阅读·谈吐不凡的狐狸精】

西汉董仲舒有一次在家闷着无聊，忽有客造访，请到家里相谈甚欢。这位客人谈吐不俗，颇能前知。两人东拉西扯聊了半天，客人说天要下雨了，董仲舒开玩笑道："巢居知风，穴居知雨。阁下不是狐狸，就是老鼠。"客人脸色大变，变成一只狐狸，蹿出门外。(《幽冥录》)

一般来说，变化法门分为天罡数三十六变，地煞数七十二变。当菩提祖师要传授孙悟空变化的本领时，上进心强的猴子选择了样数多的七十二变。就像本科生英语考级，学习好的考六级，一般的考四级。孙悟空就是那个考六级的。《西游记》中，会七十二变的，除了孙悟空，还有二郎神、牛魔王和六耳猕猴。

不难猜测，西游时代，变化的理论和技术已经相当成熟。

三十六变和七十二变是关于变化的基本教程，内容相对稳定，菩提祖师不过是拿出课程菜单让猴子选了一下而已。关于变化的知识和技能，在神仙和妖怪之间是通用的，属于同一知识共同体的常识。二郎神是神仙，但他的七十二变和孙悟空、牛魔王会的没有什么两样。

在《封神演义》中，二郎神的七十二变功夫又叫“八九玄功”。按照术数周易的说法，九、七、八、六四个数字中，九和七为阳，八和六为阴，八九玄功就是神秘莫测的阴阳变化之道。所以，八九玄功的说法重在说明阴阳二气的相互作用引起变化，并非实指具体数量。

在关于变化的理论和实践方面，二郎神胜过孙悟空。二郎神之所以能够在变化方面克制孙悟空，并且能够防止其变化脱身，是因为采用了穿刺琵琶骨的办法。琵琶骨位于胸廓的后面，是三角形扁骨，位于第二至七根肋骨之间。二郎神是捉妖的大行家，深知这一诀窍，在抓到孙悟空的第一时间，就用特制的工具勾刀穿刺琵琶骨，以防孙悟空利用七十二变逃走。后来，孙悟空在抓住奔波儿灞、灞波儿奔后，也曾锁住他们的琵琶骨。西天路上的妖怪好像都不知道这一诀窍，所以孙悟空在被抓后每次都能逃跑。

这说明，孙悟空是个有心的猴子，很善于学习。善于学习的人往往进步快，前程远大。神仙世界和人类社会在这一点上是一样的。

三、高级神仙的点化技术

无论是孙悟空的七十二变，还是二郎神的八九玄功，都是利用身体直接进行变化，这大概是基本的变化。

复杂一点的是借助外物进行变化，观音菩萨就经常用。比如，过流沙河时，把沙和尚脖子上的九个骷髅头变成一条渡船。收服红孩儿时，菩萨把三十六把天罡刀变成莲花宝座，引诱红孩儿上钩坐上去。孙悟空在五庄观，把柳树变成唐僧师徒四人，把石狮子变成自己。在镇元子要油炸孙悟空时，石狮子把油锅砸了个洞。在车迟国，孙悟空与三位法师打赌，把山河社稷袄、乾坤地理裙变成破烂流丢一口钟，还把道童身上的道袍变成了和尚穿的直裰。最厉害的是在灭法国赵寡妇的店里，穷得叮当响的孙悟空吹嘘自己是贩马的大老板，要住上等客房，吃上等菜，还跟猪八戒说："你我在江湖上，哪里不赚几两银子！把上样的安排将来。"孙悟空最后捡块瓦块，变块银子，就买单了。

猴子这样做是很不道德的。因为点化只能维持一段时间，过了期限，银子还会变成瓦块。这种行为，跟现在用假钞买东西的人并无两样。白娘子的故事中，白蛇把荒地变成亭台楼阁，也只能维持一小段时间。这种以外物来变化的技术，不少妖精也会。豹子精能够把柳树根变成唐僧的人头，来骗孙悟空。金鼻白毛老鼠精能够把花鞋变成本身模样，掩护真身逃命。一些厉害的妖精甚至能够把整座妖洞点化成亭台楼阁，诱骗行人上当。青牛精就是利用此法抓住了唐僧师徒。黄眉童子更厉害，把整座山变成了灵山，自己变成如来，一班小妖变成四金刚、八菩萨乃至三千罗汉等。

【拓展阅读·富家子遇狐狸精①】

鄱阳附近有大大小小的湖，这些湖都被富人占有。每到冬天，富人请来打鱼的师傅，放掉湖水抓鱼。为了防止有人偷鱼，富人通常在河边大起茅庐，让自家子弟守夜。绍兴辛酉年间，双港一位富家子夜宿茅庐守夜。天气又冷又湿，富家子坐在火炉边。一会儿有人敲门，进来一位女子，打扮犹如娼家女，衣服华丽，而全身沾湿，手提包袱说："我是戏班子的人，附近李家请客办事，我们去打前站。其他人都去了，我因为避雨迟了一点，今天去不了了，想在你这里寄宿一夜。"富家子说："房子小，床也很窄。如果留你过夜，我爹娘肯定要责备。李家离这里不远，现在去还来得及。"女子嬉皮

① 这个故事涉及变化的原理。狐狸可以变成人，但尾巴变不了，被识破挨了打，会显原形。狐狸能够把污泥败叶变成华丽衣服，但坚持不了多少时间。这个富家子的定力也不简单，如果狐狸精功力深一点，能够掩盖尾巴，上不上当还很难说。

笑脸，再三恳求，富家子就是不答应。女子说："你不肯留我住，让我烤烤火，衣服干了就走，可以吗？"富家子答应了。女子坐下来，开始脱衣服，手腕纤细，皮肤白腻，转过身来的时候，裙子里的尾巴露出来了。富家子顺手抓起棍子，将其一顿猛揍，结果女子变成了狐狸溜走了。她脱下来的衣服，原来是污泥败叶。（《夷坚志》）

从《西游记》中的记载来看，猴子也好，观音也好，只能把某一个具体事物点化，把许多事物整体点化只有黄眉童子有这个能力。点化的功夫难度比较大，一般草根妖精好像都不会，只有来自领导身边的妖精才会。到了《聊斋志异》和《阅微草堂笔记》中，连乡下的狐狸精也能点化，能把小小的狐狸洞变成巨商大贾的豪华别墅。这说明，在神仙和妖精的世界里，知识传播和技术进步的速度是很快的。

关于点化，有个问题值得探索，狐狸洞那么小，为什么书生的身体能够进去，进去以后还恍如置身高楼大厦之中？"南柯一梦"的故事中，书生还可以进蚂蚁洞，莫非进去的只是灵魂，肉体还在洞外？或者是空间发生了扭曲，须弥山可以纳入芥子之中？这些问题，值得进一步思考。

第四节
生物武器与气象战

《西游记》中，作者的想象力极其丰富，神仙和妖怪在战斗中大显神通，许多场景类似于现代高科技战争。生物武器和气象战，应有尽有。

一、生物武器瞌睡虫

（一）瞌睡虫及其使用方法

西游中有不少生物武器，比如二郎神的哮天犬、蜘蛛精的干儿子小蜜蜂，都可以用来克敌制胜。

孙悟空惯用的生物武器是瞌睡虫。

在大闹天宫时，孙悟空用瞌睡虫把蟠桃会上的仙官、力士、童子等服务人员催眠，偷吃了御酒和百味八珍。

取经路上，孙悟空偷吃人参果，被镇元子大仙的徒弟锁在五庄观。夜深人静之际，孙悟空摸出两个瞌睡虫，把看守的童子弄睡，然后一路西去。观音菩萨的坐骑金毛犼武艺不怎么样，但是三个紫金铃能够喷出毒烟、毒火、毒沙，让孙悟空束手无策。孙悟空将瞌睡虫放在侍女小妖春娇的脸上，让她呼呼睡去，自己变成春娇的样子，在伺候金毛犼时盗走了三个紫金铃。当狮驼岭的三个魔王抓住唐僧师徒上蒸笼时，孙悟空一边用咒语喊来北海龙王变成冷龙降温，一边用瞌睡虫迷睡烧火的小妖，从而逃过一劫。在灭法国，孙悟空为了拯救被屠杀的和尚，用瞌睡虫催眠了一国君臣，让毫毛变的小悟空把他们都剃光了头发。在清剿南山大王艾叶花皮豹子精一伙草根妖怪时，孙悟空也是用瞌睡虫弄睡妖怪，然后一把火将妖怪烧死。这些妖怪在睡梦中被烧死，可以算是安乐死。

孙悟空用的瞌睡虫分两类，一类是赌博赢来的瞌睡虫，有的是从南天门广目天王那里赢来的，有的是从东天门增长天王那里赢来的。这些瞌睡虫大概是一种具有催眠作用的神奇生物。另一类是毫毛变的瞌睡虫。孙悟空用毫毛变瞌睡虫，有时候拔一些毫毛，直接吹出去就能变。有时候，程序要复杂一点，先要把毫毛嚼碎，然后念一下咒语才能变出来。显然，孙悟空掌握了克隆瞌睡虫的原理。无论赌博赢来的瞌睡虫，还是毫毛变的瞌睡虫，在对付妖精时一样管用。

瞌睡虫的使用方法通常是这样的，孙悟空掏出瞌睡虫或者变出瞌睡虫，把它弹到或者吹到妖精脸上，然后让它爬到鼻孔里，妖精一会儿就呼呼大睡。遇到功力深一点的妖精，比如南山大王艾叶花皮豹子精，就再增加两只，瞌睡虫从左边鼻孔爬到右边鼻孔，再从右边鼻孔爬到左边鼻孔，如此循环往复。一会儿，妖精就哈欠连天，沉沉睡去了。

瞌睡虫的解法：一种是自然醒，大概要睡上几天几夜；另一种是由功力高深的大神仙或者大魔头，口念咒语，冷水喷头。两种解法好像都没有副作用，与《水浒传》中的蒙汗药解法类似。

在《西游记》里，孙悟空经常用毫毛变东西。毫毛变东西，时灵时不灵。毫毛变的老鹰，能够掀翻金鼻白毛老鼠精的酒桌；毫毛变的金刚钻能够钻破妖精的宝瓶；毫毛变的银子在灭法国照样可以购物消费。但有时候，毫毛变的东西就不管用。比如，在平顶山莲花洞，孙悟空用毫毛变成的假葫芦就不能装人，尽管外表与真葫芦一模一样。在朱紫国，孙悟空用毫毛变的假紫金铃也摇不出毒烟、毒火、毒沙。这说明，毫毛变自然之物或简单工具比较管用，变高科技法宝就没有用。其原因是高科技法宝由大牌神仙亿万年开发升级而成，技术含量高，有的还有咒语等声控密码，以孙悟空的智力根本不可能破译其中的原理和奥秘，因而也不可能复制出来。

回到瞌睡虫的话题上来，毫毛变的瞌睡虫管用，说明瞌睡虫不是神仙制造出来的高科技产品，而是大自然中原本就有的神奇生物。

（二）瞌睡虫与神仙的生活质量

孙悟空在天庭为官时，跟看守天庭大门的天王们用瞌睡虫来打赌，据此可以推测出不少神仙随身带有瞌睡虫。神仙们经常携带瞌睡虫，也许与不少神仙睡眠质量不好有关。像南天门的广目天王，一看名字，就知道这位保安队长睡眠有问题。广目天王，一种意思是睁大了眼睛的天王，另一种意思是眼睛长得很大的天王。无论哪一种，都与该同志看大门的职业习惯有关。我们知道，南天门是进出灵霄宝殿的必经之路，孙悟空两次大闹天宫进进出出，都是通过南天门。文殊菩萨的坐骑狮子精闹事，也是在南天门外。所以说，镇守南天门责任重大。广目天王每天都得睁大眼睛，日久成疾，就落下了失眠的毛病。从广目天王一次就输给孙悟空数十只瞌睡虫来看，其失眠症状已经很严重。一般小妖，没心没肺，一只瞌睡虫马上就入睡。而广目天王则可能同时需要几十只，可见神仙要睡个好觉有多难。

神仙是一种进化了亿万年的生命存在，他们的智慧高得不得了。我们区区人类，只不过几万年的文明，其种种心计就已经很可怕。这些神仙亿万年不断增长智慧，升级法宝，彼此之间钩心斗角，远非我们人类的智慧所能揣测。神仙用脑过度的结果是，不少神仙患上了失眠症。所以，一旦有神仙发现瞌睡虫这种神奇生物以后，肯定有不少神仙运用它来催眠。这时候，瞌睡虫是一种药用生物，用它来催眠，就像人类用蚂蟥吸身上的毒血，用小鱼啃食脚皮，属于生物疗法。

但是，神仙依靠瞌睡虫来催眠也许只存在了很短暂的一段时间。因为，神仙之间的竞争很激烈，根本不允许踏踏实实睡一觉。你在睡觉的时候，人家可能已经练出大神通，升级成高级法宝，最后你连怎么死的都不知道，就被干掉了。最后，终极版的不睡觉的神仙就进化出来了。孙悟空不过是个见习神仙，在西天路上，唐僧等人睡觉的时候，孙悟空就在存神养气，睁着眼睛休息，警惕性很高。可以想象，孙悟空一旦成了佛，肯定也是个不睡觉的主。

神仙不睡觉也能活得很好，所以瞌睡虫作为药用生物的使命就完成了。这个时候，神仙们随身携带的瞌睡虫就成了小宠物，没事的时候大家赌上一把，也是件很有趣的事。

孙悟空是个奇才，他把瞌睡虫变成了生物武器，在西天路上频频使用而且屡屡奏效。当然，瞌睡虫只能对付一些心计不深的小妖怪，最高级别的也就是那个连猪八戒都打不过的南山大王艾叶花皮豹子精，如果碰到大鹏怪、九头虫那些狠角色，孙悟空还是只能拿起金箍棒硬打或者四面八方找援兵。

二、气象战与呼风唤雨

气象战，其实就是对局部天气施加人工影响，以便创造对己方有利、对敌方不利的战争条件，来赢得战争的胜利。在中国古代历史上，黄帝战蚩尤、孔明借东风，都曾经运用到气象战。

（一）黄风怪的风暴战

《西游记》第二十一回出现的黄风怪，又叫黄风大王。原是灵山脚下的老鼠，因为偷吃琉璃盏内的清油，怕金刚捉拿问罪，跑到黄风岭兴妖作怪。他手下的虎先锋用计将唐僧抓入洞府。后来，孙悟空与猪八戒打到洞口要人，黄风怪拿起兵器与其交战。黄风怪使一杆三股钢叉，十分骁勇，与孙悟空在黄风岭上打斗三十多个回合，未见胜负。黄风怪吹起狂风，刮得悟空像纺车一样在空中乱转，火眼金睛酸痛。

黄风怪掀起的黄风，给三界造成了整体性的混乱。

冷冷飕飕天地变，无影无形黄沙旋。穿林折岭倒松梅，播土扬尘崩岭坫。黄河浪泼彻底浑，湘江水涌翻波转。碧天振动斗牛宫，争些刮倒森罗殿。

仙山洞府黑攸攸，海岛蓬莱昏暗暗。

雷音宝阙倒三层，赵州石桥崩两断。一轮红日荡无光，满天星斗皆昏乱。南山鸟往北山飞，东湖水向西湖漫。雌雄折对不相呼，子母分离难叫唤。

天庭方面的情况是：

真武龟蛇失了群，梓叱骡子飘其鞯。

老君难顾炼丹炉，寿星收了龙须扇。王母正去赴蟠桃，一风吹断裙腰钏。二郎迷失灌州城，哪吒难取匣中剑。天王不见手心塔，鲁班吊了金头钻。龙王遍海找夜叉，雷公到处寻闪电。十代阎王觅判官，地府牛头追马面。

佛派方面的情况是：

五百罗汉闹喧天，八大金刚齐嚷乱。文殊走了青毛狮，普贤白象难寻见。

这风吹倒普陀山，卷起观音经一卷。白莲花卸海边飞，吹倒菩萨十二院。

黄风大王的风暴，极具破坏性，比美国的飓风还要厉害。孙悟空找到灵吉菩萨，借到定风丹才渡过了这一关。

（二）金鱼精的冰冻战

《西游记》第四十八回，有位灵感大王金鱼精，在手下鳜鱼婆的建议下，运用气象战捉拿唐僧。书中是这样写的：

那怪（灵感大王）道："是一个东土大唐圣僧的徒弟，往西天拜佛求经者，假变男女，坐在庙里。我被他现出本相，险些儿伤了性命。一向闻得人讲：唐三藏乃十世修行好人，但得吃他一块肉延寿长生。不期他手下有这般徒弟，我被他坏了名声，破了香火，有心要捉唐僧，只怕不得能彀。"

那水族中，闪上一个斑衣鳜婆，对怪物跬跬拜拜，笑道："大王，要捉唐僧，有何难处！但不知捉住他，可赏我些酒肉？"那怪道："你若有谋，合同用力，捉了唐僧，与你拜为兄妹，共席享之。"鳜婆拜谢了道："久知大王有呼风唤雨之神通，搅海翻江之势力，不知可会降雪？"那怪道："会降。"又问："既会降雪，不知可会作冷结冰？"那怪道："更会！"鳜婆鼓掌笑道："如此，极易，极易！"那怪道："你且将极易之功，讲来我听。”鳜婆道：“今夜有三更天气，大王不必迟疑，趁早作法，起一阵寒风，下一阵大雪，把通天河尽皆冻结。着我等善变化者，变作几个人形，在于路口，背包持伞，担担推车，不住的在冰上行走。那唐僧取经之心甚急，看见如此人行，断然踏冰而渡。大王稳坐河心，待他脚踪响处，迸裂寒冰，连他那徒弟们一齐坠落水中，一鼓可得也！”那怪闻言，满心欢喜道：“甚妙，甚妙！”即出水府，踏长空兴风作雪，结冷凝冻成冰不题。

在此后的故事中，唐僧师徒走在冰上过河，灵感大王金鱼精作法，起狂风，下大雪，让通天河结上厚厚的冰。唐僧师徒踏冰过河，结果唐僧掉到河里被妖怪抓走了。这种类似现代气象战的故事，在古代神话和《封神演义》等小说中也有。

早期中国古代神话中，轩辕黄帝与蚩尤在涿鹿展开激战。蚩尤跟轩辕一样，也是具有神性的人物。他张开大口，喷出滚滚浓雾，三日三夜不散，有熊部落的士兵都迷失了方向。轩辕发明了指南车，使他的部队虽在浓雾之中，仍能辨识道路。蚩尤又向风神雨神求援，立刻刮起倒山拔树的狂风，降下瀑布般大雨，大地上波浪滔天，一片汪洋。轩辕也施展法力，召唤女神旱魃助阵。旱魃的相貌狰狞可怕，据说是由僵尸变成的，眼睛生在头顶上，秀发全是一条一条的小蛇，身上长满白毛；所到之处，连一滴雨都不会有，往往一连大旱三年，赤地千里，所有生物都会干渴而死。人们听到她的名字都会瑟瑟发抖，但请她出面对抗风神雨神却最合适。她一出现，风神雨神就狼狈逃走了，霎时间风停雨住，大水消失，泥泞干涸。轩辕乘机反攻，九黎部落大败，蚩尤战死。残余的民众向南逃窜，住在现在贵州省的万山之中，据说就是苗民族的祖先。

《封神演义》中，有一个“姜子牙冰冻岐山”的故事，说的是姜子牙和纣王的军队在岐山作战，姜子牙命令手下将士在营地后面造了一个土坛，然后他登上土坛，披头散发，手拿宝剑，口念咒语，马上狂风大作。刮了三天大风以后，半空中又飘飘荡荡地落下雪花来。当时正好是七月天气，商纣王的士兵都穿着单衣，经不起狂风大雪的侵袭，纷纷冻病了。等到积雪快没过士兵时，姜子牙又上土坛，口中念念有词，乌云顿时散去，红日当空，积雪融化，商纣王的士兵被泡在水里，接着他又施法术，气温骤降，水结成冰，把纣王的军队都冻在冰里。姜子牙的军队如入无人之境，把纣王的军队打败了。

当然这只是幻想，姜子牙根本不可能有这种“呼风唤雨”的本领，但这反映了古代人已经有了利用风冰雨雪打仗的想法。

（三）呼风唤雨与公共资源分配

中国传统社会是农业社会。农业社会靠天吃饭，讲究的是风调雨顺，而后才能国泰民安。凤仙郡三年不下雨，其结果是“大小人家买卖难，十门九户俱啼哭。三停饿死二停人，一停还似风中烛”。雨水是人类生存的重要资源，只要能够掌控雨水，就能得到人类的崇拜乃至花红表礼等实惠。因此，许多神仙和妖怪都自称能够呼风唤雨，以此来表明自己神通广大。

文殊菩萨座下的青毛狮子属于政治妖怪，变成全真来到乌鸡国谋朝篡位，自称能够呼风唤雨，点石成金。乌鸡国王让他登坛祈祷，一会儿就大雨滂沱，从此骗取了国王信任。车迟国的羊力大仙、虎力大仙、鹿力大仙也是因为会呼风唤雨而被提拔到国师的关键岗位上。铁扇公主靠着一把芭蕉扇控制火焰山地区的气候和降水，也获得了颇为可观的经济效益。通天河的灵感大王金鱼精在陈家庄每年吃一对童男童女，老百姓甘心情愿，主要还是因为让他吃了，一年内就能风调雨顺。辟寒、辟暑、辟尘三位犀牛精，能够冒充佛爷窃取香油，也与他们能够准确预测降水有关。

神仙和妖怪都不从事生产。神仙主要靠人类的进贡而生活，妖怪本事大一点的靠抢劫人类为生，本事小一点的靠打猎为生。雨水是人类生存的重要资源，谁掌握了它，谁就控制了人类的命运。这么重要的资源，领导当然要亲自掌握。根据书中的描写，那么多神仙和妖怪都能够呼风唤雨，这是不符合实际的。事实上，呼风唤雨关系到人类生存的稀缺资源的分配问题，并不是我们想象得那么简单。

按照甲骨文卜辞上的说法“帝令风”“帝令雨”，刮风下雨是一把手工程。这和《西游记》中的记载是一致的，龙王下雨，要有玉皇大帝的圣旨。圣旨上下雨的时间、地点、尺寸都写得清清楚楚，泾河龙王就是因为擅自改动点数、时辰被砍掉了脑袋。

凤仙郡的人间惨剧是因为郡守把祭天的供品推倒让野狗吃了，恰恰让玉帝发现了，所以玉帝在该地实施禁雨令。玉帝表面上留有余地，说只要完成三件事就可以下雨。一是天庭中那只拳大的鸡啄完米山；二是金毛哈巴狗舔完面山；三是灯焰儿烧断一尺长的金锁。这三件事哪一件都不容易。了解到原委的孙悟空回到凤仙郡先是厉声呵斥那郡侯，随后又多次从中周旋，最终凤仙郡请僧道、建道场，郡侯率众拜天、谢罪，玉帝才解除了禁雨令。

玉帝控制雨水不假，但玉帝日理万机，具体实施仍然需要一些专门机构的专业技术人员完成。在西方神话中，下雨的事情一位雨神就能搞定，效率很高，过程也很透明。雨神收集雨水，把收集到的雨水装进桶，再把桶里的水往地上洒就是下雨了。《西游记》中的下雨比这复杂多了，有专门的机构“九天应元雷神普化天尊府”负责协调下雨事宜。

【拓展阅读·雷州和雷神】

南朝时，雷州有一名猎户叫陈鉷，他有一只猎狗，长有九只耳朵，每次出猎，他都用狗耳占卜：如果一只狗耳跳动，只能打到一只猎物；多只狗耳跳动，就能打到多只猎物；如果狗耳不动，则不宜出猎。此方法十分灵验。一天，陈洪出猎前，看到狗的九只耳朵都在动，他不由大喜，心想：此行会大有收获。猎狗走到一片荆棘丛里，狂叫不停，陈洪一看，原来是一个大肉球！陈洪把它带回家，突然，风雨交加，随着一声霹雳大炸雷，肉球即刻迸裂，从中跳出一个小男孩，左手掌中一个字“雷”，右手掌中一个字“州”，这也是雷州地名来由的传说。从此，每天都有雷声在陈家上空响起，直到一年后小孩能吃饭了，陈家上空的雷声才停止。陈鉷为小孩取名陈文玉，乡亲们却把他喊作“雷神”。陈文玉长大后，做了雷州刺史。他对老百姓多有善行，政声远播。他死后，乡邻立庙祭祀他，颇为灵验，雷声隆隆，自大殿里发出。

《西游记》中，下雨的过程是这样的，首先由风婆婆、巽二郎放风，接着云童子、布雾郎布云，接下来雷公电母电闪雷鸣，最后由龙王来实施降雨。龙王实施降雨小一点的打个喷嚏吐口痰就可以，大一点的雨就要从海里吸上不少水，然后吐出来。有时候，龙王下雨还带着虾兵蟹将，估计特别大的雨，就要动用专门运水的设备。而调动这些技术人员都要有玉帝签署的红头文件，他们在下雨的时候只认文件不认人。羊力大仙等三位国师之所以能够求到雨，就是他们的“五雷天心正法”是真的，能够以此拿到玉帝的批文。羊力大仙等三位国师除了虐待和尚，并无大错，他们没有害人记录，有可能是道教系统即将修成正果的妖仙，玉帝让他们负责车迟国的降雨。可惜，他们在试用期遇到了孙悟空一行，三场赌赛赌掉了三条性命。

在取经路上，孙悟空一路上帮助不少国家和地区下雨，解决了困扰当地百姓多年的干旱问题。猪八戒应该没有呼风唤雨的能力，但他毕竟做过天蓬元帅，打听一些什么时候下雨的信息还是有路子的。猪八戒在高老庄种几百亩地，打听到什么时候下雨，就能在播种时免除灌溉之力，在收获时错开雨期避免谷物的腐烂。

青毛狮子被主人文殊菩萨差遣下来为难乌鸡国国王，需要通过呼风唤雨显示神通和确立威信，下雨这种事情肯定由菩萨代为协调。以文殊菩萨在如来佛祖身边的地位，天庭不可能不给他一个面子。

灵感大王和辟寒等三个犀牛精，所谓呼风唤雨主要是提前看到了下雨方面的内参，然后告诉凡人而已，他们并没有能力指挥调动各路负责降水的神仙。但是，他们能够看到内参，说明围绕“雨水”这一公共资源，已经形成了很多利益集团，有些关键岗位的神仙只要透露一些信息，也能吃香的、喝辣的。灵感大王金鱼精是观音菩萨的小宠物，观音菩萨跟天庭方面一向交往密切，这方面的信息渠道肯定很畅通。辟寒等生活在灵山附近，手中的财宝又特别多，买通一些信息灵通的人员并不难。

铁扇公主的芭蕉扇可以熄火下雨，大概是法宝的神奇功能，应该是比较早的人工降雨。如果芭蕉扇是铁扇公主自行开发研制的高科技产品，她以此求财，我们无可厚非。但书中写道，芭蕉扇是混沌开辟以来，天地形成的一个灵宝，乃太阴之精叶，故能灭火气。这说明铁扇公主手中的芭蕉扇最初是无主之物，也应该属于公共资源。以铁扇公主的年龄，不可能在开天辟地之初就捡到芭蕉扇，只能是一代代更换主人的结果。牛家在火焰山一带势力特别大，与铁扇公主手中的芭蕉扇控制了最重要的公共资源有关。

貌似老实的沙和尚比较低调，却经常跟一些凡人吹嘘，呼风唤雨那是小事一桩。唐僧的徒弟中，真正能够呼风唤雨的只有一个孙悟空，但这也不是因为孙悟空个人能力特别强。而是由于孙悟空是唐僧的首席保镖，他要对唐僧取经的沿途安全负责。唐僧取经是如来佛祖亲自部署、观音菩萨直接指挥的重大文化传播工程，沿途无天不佑，无神不保。那些负责下雨的众神看的是如来、观音的面子。孙悟空只有打着保唐僧取经的旗帜，才能要求天庭在下雨的事情上给予支持。如果他还是体制外的妖精，他也没有这个能力。

《西游记》中，关于神通和法宝的描写，想象力奇特，不少与现代科学具有暗合之处，体现了中国古人对于宇宙奥秘的神奇想象能力。在未来的影视作品中，中国古代神话世界里有许多宝贵资源值得我们去探讨和研究。

第七章 西游情史

中国文化具有重视人情的特点。情理之间，情在理先。情法之间，情大于法。孔夫子说：“鸟兽不可与同群，吾非斯人之徒而谁与？”[①]人类社会是一个情感共同体，人只能和人在一起，人情大于天。西游世界是一个神怪世界，神怪世界本质上是人类世界的投影。神仙和妖怪都有自己的情感。《西游记》中有着丰富的情感，或爱情，或亲情，或友情。作者笔下的神仙和妖怪，之所以仪态万千且各具个性，与各自情感的多样性有关。

---

① 论语·微子.

第一节
西游神怪的爱情

一、神仙的爱情

（一）神仙为什么不能恋爱和结婚？

古人云："饮食男女，人之大欲存焉。"[①]

食补充能量，性繁衍后代，都是生命的本能。

按照孟老夫子的说法，人至十四而"知慕少艾"。对于异性的向往，在圣人看来是人类生而有之的本能。性的升华据说就成了爱情。越剧《红楼梦》里，当贾宝玉自以为即将与林黛玉成亲时，有一句唱词："这真是从古到今天上地下第一件称心满意的事。"从古到今是时间，天下地下是空间，时间和空间加起来是整个宇宙。贾宝玉不愧为情圣，把爱情看成全宇宙最重要的事情。所以，林黛玉死后，贾宝玉只能当和尚。

《西游记》中的神仙，有些高高在上住在天庭，或住在地上的风景名胜区。与凡人区区几十年的寿命相比，这些神仙动不动就

① 礼记·礼运.

是几千几万岁，一些资深神仙甚至与天同寿，可谓占尽了一切便宜。这些神仙为所欲为，无所不能，但是有一条，不得谈恋爱，也不允许成家。

这是为什么呢？有人说，玉皇大帝是有老婆的，李天王也有老婆。这话不错，但他们都是做凡人的时候娶妻生子的。民间知识体系中，土地爷是有土地奶奶的。《西游记》中的土地大多数是光棍汉，火焰山有位最牛土地爷，能够指挥几万阴兵，他也没有土地奶奶。

从书中的记载来看，做神仙纵有千般乐趣，却不能恋爱和结婚。这其中的原因，还是天上的资源有限，主要靠人间的香火供奉。神仙都是长生不老的，要是神仙们一直不停地生小孩，成千上万年下来，天上早就神满为患了。根据物以稀为贵的原则，神仙的高贵在于数量有限，要是满街都是神仙，神仙也就没有什么了不起了。所以，神仙不允许恋爱、结婚应该是天庭的一条基本戒律。

（二）神仙和凡人有爱情

神仙不准恋爱，不准结婚，但不是每个神仙都能够完全断绝这方面的想法，只不过害怕惩罚强行控制自己而已。一旦遇到合适的时机，有些神仙可能还是会把持不住。《西游记》中，神仙、妖怪和人类之间的爱情火花很多，神仙爱上凡人，神仙爱上妖怪，甚至神仙和神仙之间也有爱情。

大名鼎鼎的二郎神就是神仙和凡人的爱情结晶，连不学无术的孙悟空都知道这段历史。孙悟空第一次见到二郎神时说：“我记得当年玉帝妹子思凡下界，配合杨君，生一男子。曾使斧劈山的，是你吗？”玉皇大帝的亲妹妹和杨戬的父亲谈恋爱，受到了严厉的制裁，被压在山下。看来，二郎神是带着父母亲的原罪降生于世的，难怪本领这么大，在天庭却一直没有发展的机会。

牛郎织女的故事也是神仙和凡人恋爱的经典案例。

【拓展阅读·牛郎织女】

传说古代天帝的孙女织女擅长织布，每天给天空织彩霞。她讨厌这枯燥的生活，就偷偷跑到凡间，私自嫁给了河西的牛郎，过上男耕女织的生活。此事惹怒了天帝，天帝派人把织女捉回天宫，责令他们分离，只允许他们每年的农历七月七日在鹊桥上相会一次。他们坚贞的爱情感动了喜鹊，无数喜鹊飞来，用身体搭成一道跨越天河的鹊桥，让牛郎织女在天河上相会。

（三）神仙之间的爱情

接下来，我们聊聊神仙之间的爱情。天蓬元帅和嫦娥的感情纠纷是典型的神仙之恋。天蓬元帅是玉皇大帝亲自提拔的军方年轻干部，正因为年轻，所以凡心未断，在蟠桃会上喝多了，闯进了嫦娥的广寒宫，调戏了嫦娥。结果，倒霉蛋天蓬元帅被天庭负责纪检监察的纠察灵官发现了，堵在月宫里，进又进不得，退又退不出，最终被捉拿归案。这在天庭是轰动一时的丑闻。天蓬为此付出了沉重的代价，死罪饶过，活罪难逃，被打了两千锤，从一个威风凛凛的天庭水军司令变成一头猪。天蓬和嫦娥之间有没有爱情，很难说。因为没有变成猪的时候，天蓬元帅的身份、相貌还是很不错的。从后来在西天路上重逢的情形来看，嫦娥对猪八戒还是不那么讨厌的。嫦娥之所以拒绝天蓬元帅，主要的原因还是天规森严，违反禁令的代价太大。当然，嫦娥究竟怎么想的，书中没有详细说，笔者不便揣测，我们姑且把这一场神仙之恋定性为天蓬元帅的单相思吧。

另一场神仙之恋，奎木狼和披香殿侍女之间的恋爱，应该属于两情相悦。二十八宿中的奎木狼，爱上了披香殿的一个侍女，不敢在天上公开恋爱，于是相约到地上轰轰烈烈地谈一场恋爱。披香殿侍女下凡投胎，来到宝象国，当了公主。奎木狼则开小差到宝象国黑松林做了妖精，与老相好继续前缘。神仙之恋转为妖人之恋，两位共同生活了十三年，还生下了两个活泼可爱的小男孩。这本来是一段佳话，但在一个环节上出了岔子。披香殿侍女这种在天上做侍女的低级神仙，重新投胎以后，原先的记忆就自动格式化了。她成为宝象国的公主后，就不再认识奎木狼了。当取经团队来到宝象国时，她还是希望回到自己的父王跟母后身边，暗地里跟唐僧师徒串通，做了一些不利于丈夫的事情。最后的结果是，奎木狼回到天上受惩罚，给太上老君烧锅炉去了。两个儿子被猪八戒抱去引诱奎木狼时活活摔死了。两世情缘发展成这样一个结局，恐怕是谁也没有料到的。

看来，来世的事情，连神仙都不能控制。我们这些凡人呢，只有更好地把握住现在，一旦记忆被删除，谁知道未来会怎样呢？

二、神仙和妖怪的爱情

神仙和妖怪有没有爱情？

这个问题看起来有点无厘头，其实很重要。

我们都知道在《西游记》中，龙王的地位比较低下。碧波潭老龙王论地位，比海里、江里的龙王要低得多，只比井龙王高一点点。老龙王虽然地位低，但毕竟也是天庭系统驻扎在人间的水利干部，神仙编制那是假不了的。老龙王不咋样，但她女儿是龙族的大美女。书中说“那公主花容月貌，有二十分人才”。龙女家庭出身是神仙，却没有与神仙谈恋爱，而是与著名草根妖怪九头虫谈起了恋爱。

九头虫是《西游记》中最丑陋的妖怪，书中写道：“远看时一头一面，近睹时四面皆人。前有眼，后有眼，八方通见；左也口，右也口，九口言论。”连长得很丑的猪八戒都惊叹：“我自为人，也不曾见这等个恶物。”

一方是神仙，一方是妖怪。最后，两位还成了婚，九头虫成了驸马爷，成为老龙王的上门女婿。九头虫和万圣公主一丑一美能够结为夫妻，这是草根妖怪和基层神仙之间寻求优势互补的结果。九头虫有一身好武功，能够以一敌二对付孙悟空和猪八戒。在西天路上这样好身手的妖怪不多。

但九头虫在体制内没有人脉资源，就是一个凤凰男。万圣龙王虽然号称龙王，其实只能管理一个水潭。碧波潭这样的基层单位，办公和居住条件特别差。多少年来，龙宫的照明问题一直没有解决。双方联姻以后，九头虫在体制外有牛魔王这样的哥们，万圣老龙有神仙的地位，体制内有一定的信息渠道。

体制内外的资源整合得好，小人物也能做出大事情。九头虫入赘龙宫后的第一件事，就是设法解决碧波潭的照明问题。九头虫联合龙王下了一场血雨，偷了祭赛国金光寺的宝物佛舍利，解决了困扰龙宫多年的照明问题。

当孙悟空上门讨要宝物时，老龙王吓得要死，九头虫还是满不在乎的。当然，猴子认识的神仙多，厚着脸皮又是拍马屁儿，又是请喝酒，请来降妖专家二郎神。大圣和小圣联手，最终打败了九头虫。

这场神妖间不伦之恋的结局是，九头虫被咬掉了一个头，落荒而逃，老龙王家破人亡。

三、妖怪和人的爱情：飞蛾扑火的女妖们

《西游记》里面，要想长生不老，除了练功打坐，主要靠吃一些高档营养品，像蟠桃、金丹、唐僧肉等，甚至小白龙的尿都特有效。

蟠桃、金丹是天庭特供物资，唐僧肉虽好但孙悟空的金箍棒吃不消，小白龙的尿知道的人不多，这四样都很难得。不过女妖精有个捷径，那就是取唐僧的“十世元阳”。“十世元阳”是很珍贵的东西，东西方的两大领袖玉帝和如来在成佛、成仙前都曾经

有家庭生活。

唐僧在多次轮回转世后始终保持童男之身，这种修为很不容易，难怪在西天路上引来了许多飞蛾扑火一样的女妖精。

唐僧是个骑着白马往西天取经的和尚，在蝎子精、老鼠精、玉兔精以及杏仙的眼中却是白马王子。当然，女妖精们是冲着“十世元阳”来的。

（一）蝎子精

第一位，是毒敌山琵琶洞的蝎子精。这位蝎子精颇有来头，曾经在灵山偷听佛祖讲经。如来佛祖推了一下，她就在如来指头上咬了一口，连如来也感到疼痛难忍。观音菩萨素来神通广大，面对蝎子精，也低调地自称近她不得，最后推荐天庭系统的昴日星官来降伏。当孙悟空和猪八戒打上门时，蝎子精颇有女强人的派头，不屑地说：“你那雷音寺里佛如来，也还怕我哩。量你这两个毛人，到得那里！都上来，一个个仔细看打！”

蝎子精抓到唐僧后有点迫不及待，对手下小妖说：“女童，将卧房收拾齐整，掌烛焚香，请唐御弟来，我与他交欢。”一点情调都没有，让我们想起阿Q向吴妈求爱时的经典名言：“吴妈，我跟你困觉。”蝎子精把唐僧抓到山洞里过夜那一段描写，让我们觉得她有点饥不择食：

> 女怪道：“我枕剩衾闲何不睡？”唐僧道：“我头光服异怎相陪！”那个道：“我愿作前朝柳翠翠。”这个道：“贫僧不

是月阇黎。”女怪道：“我美若西施还袅娜。”唐僧道：“我越王因此久埋尸。”女怪道：“御弟，你记得‘宁教花下死，做鬼也风流’？”唐僧道：“我的真阳为至宝，怎肯轻与你这粉骷髅……”

那一年是贞观十九年，唐僧在取经路上已经走了七年。

这个时候的唐僧，和西天以及天庭系统的高层神仙往来频繁，知道自己的出身来历，也知道“十世元阳”是自己未来进入西天领导班子的最大筹码，所以采取了坚决不合作的态度。[①]恼羞成怒的蝎子精下令把唐僧捆起来，很有点“霸王硬上弓”的架势。

接下来，昴日星官来了，现出大公鸡的本相，对着蝎子精叫一声，蝎子精就现了原形，再叫一声，就浑身酥软，死在坡前。

（二）老鼠精

与蝎子精的强势不同，金鼻白毛老鼠精更多的是依靠智慧。得知唐僧一行即将路过，老鼠精把自己绑在树上呼救，自称遭到强盗的绑架，从大王、二大王乃至小喽啰，都争着要做她的老公。老鼠精这一招骗不过孙悟空，也骗不过我们读者，但敌情观念不强的唐僧还是上当了。此时的孙悟空害怕唐僧念《紧箍咒》，除了暗中加强戒备，没有更好的办法。于是，老鼠精就跟着取经团

① 《西游记》中对“十世元阳”的描写，与民间文化中童男崇拜有关系。《水浒传》中，不近女色是好汉的重要特征。李逵是童男之身，对同样是童男之身的罗真人非常佩服。传统侠义小说中，许多武艺只有童男之身才能练成。

队一路前行，来到镇海禅林寺休息。在寺里，唐僧生了一场小病，老鼠精在三天的时间里诱杀了六名小和尚，然后把他们都吃掉了。孙悟空变成小和尚“钓鱼执法”，老鼠精终于暴露了真面目，但她在逃跑时把唐僧抓到了山洞里。

老鼠精的心情也很迫切，一到洞里马上就发号施令：“小的们，快排素筵席来，我与唐僧哥哥吃了成亲。”老鼠精很爱干净，用的水是在山头上取的纯净水，吃的果子像林檎、橄榄、莲肉、葡萄、榧、柰、榛、松等都是纯天然无污染的食品。老鼠精很温柔，在唐僧面前千般娇态，万种风情，一口一个“唐僧哥哥”。唐僧也很识趣，为了保命，只好称老鼠精为“娘子”。孙悟空还是用钻肚子的下作手段对付老鼠精，结果老鼠精在喝茶时，把孙悟空变的小虫子用指头弹了出去。没有得手的孙悟空恼羞成怒，变成老鹰掀翻了筵席。

接着，孙悟空变成桃子，由唐僧送到了老鼠精的嘴边，让她吃了下去。孙悟空钻到老鼠精肚子里，掌握了主动权。老鼠精没有办法，只好把唐僧送回去。但孙悟空一出肚子，她马上又把唐僧抓到了无底洞。无计可施的孙悟空找到老鼠精的干爹李天王。最终，老鼠精被李天王父子押解到天庭。

（三）玉兔精

蝎子精用力，老鼠精斗智，玉兔精则比较顽皮。玉兔本来是嫦娥的小宠物，被月宫里的素娥打了一巴掌。多年以后，素娥思凡，降生在天竺国成为公主。想报仇的玉兔下界为妖，把真公主扔在荒郊野外，变成公主的模样，过上了公主的生活。

在唐僧师徒的必经之路上，玉兔精搭起了彩楼抛绣球。妖精有超能力，眼力、手法当然很准，书中说道：

> 公主转睛观看，见唐僧来得至近，将绣球取过来，亲手抛在唐僧头上。唐僧着了一惊，——把个毗卢帽子打歪，——双手忙扶着那帽，那球毂辘的滚在他衣袖之内。

接下来，天竺国的整个国家机器运动起来，准备招唐僧为驸马。孙悟空献出一计，叫“倚婚降怪”，也就是让唐僧假结婚，骗取签证，识破假公主，然后由孙悟空武力解决。在孙悟空快要打死玉兔的时候，太阴星君前来说明因果，把她带走了。

（四）杏仙

前面三位是动物妖精，杏仙是看上唐僧的植物妖精。植物妖精不吃唐僧肉，杏仙好像对唐僧“十世元阳”的兴趣也不大。这些植物妖精，晚上可以幻化成人形，太阳一出来，就得现原形变成一棵树。他们的根大概不能自由移动，活动空间很小很小，永远固定在大地上是他们的宿命。在荒无人烟的原始森林，美貌的才女杏仙天天面对一群老头子，忽然来了一位大唐的诗僧，其心情是可想而知的，恨不能当晚就与唐僧成亲。唐僧在这一方面一向很坚定，谈谈诗词可以，一旦碰触了底线，就要喊徒弟救命。最终，杏仙死在猪八戒的钉钯下。

看上唐僧的女妖中，老鼠精有个好干爹李天王，玉兔精有个好领导太阴星君，她们被领回天上，不会有性命之忧。蝎子精从她得罪如来之日起，就注定了没有好结局。有点文化又不甘寂寞的杏仙则死得有点冤，千年等一回等到的白马王子，却是令自己香消玉殒的灾星。

在民间传说中，白娘子爱上许仙是妖怪爱上人类的经典故事。春雨蒙蒙，断桥边，一把油纸伞，白娘子和许仙走到一起。接下来，法海就出现了。结局是白娘子永镇雷峰塔，令人不胜唏嘘。

第二节 西游世界的友情

朋友为中国文化的“五伦”之一。孙悟空天生地养，无父无母，父子这一伦是空白。孙悟空石头缝里蹦出来，没有男女之情，夫妻这一伦也是空白。对于孙悟空来讲，最重要的感情是朋友之情。

一、龙王都是好朋友

孙悟空跟唐僧取经以后，有了猪八戒、沙和尚两位师弟。说是师弟，实际上年龄都比孙悟空大得多，沙和尚看到过上一熟人参果，年龄在一万岁以上。猪八戒参加过上届蟠桃会，估计也有几千岁。所谓师弟，只不过入唐僧之门比猴子晚一点而已。

两位的性格跟猴子也不一样。猪八戒感性，好吃且好色，这两样孙悟空兴趣都不大。沙和尚城府很深，虽然经常在唐僧面前帮猴子说说话，但是跟孙悟空没有深层次的精神交流。两位师弟跟孙悟空的关系主要是工作上的伙伴关系。

纵观全书，孙悟空比较谈得来的朋友大概是几位海龙王。

龙王总的来说法力不是很强大，大多数不能解决长生不老的问题，比如说小鼍龙的母亲，也就是西海龙王的妹妹就是病死的。龙王的权限也不大，虽说负责下雨，但是没有决策权，只是做做一般的技术工作，下雨的决策权还是掌握在天庭神仙手中。泾河龙王就是擅自修改下雨时辰、数目被判处死刑的。

孙悟空与四海龙王交往比较多，尤其是东海龙王和西海龙王。东海龙王是孙悟空的老邻居，孙悟空的兵器就是从东海龙王那里强行勒索来的。不光金箍棒，连身上的披挂都是东海龙王召集四海龙王送的。当然，那个时候龙王对惹是生非的猴子很讨厌。在孙悟空被捕以后，东海龙王也没有乘人之危要回金箍棒，说明龙王比较厚道，给孙悟空留下了下次见面的机会。

在取经路上，遇上个大灾小难，或烦恼之事，孙悟空最先想到的是龙王。这是因为，孙悟空是石头缝里蹦出来的，没有任何亲人，老家花果山附近，水平高一点的长者也就是龙王了。

孙悟空从五行山服刑期满以后，跟着唐僧往西天取经。有一回，孙悟空杀了几个毛贼。唐僧认为孙悟空既然做了和尚，就不能像过去做妖精时那样胡乱杀生，于是没完没了地批评孙悟空。而孙悟空历来无人管教，听不得任何批评意见，一气之下就开小差了。孙悟空来到东海龙宫后，东海龙王敖广首先恭贺孙悟空刑满释放。在听到孙悟空跟随唐僧取经后，龙王恭贺孙悟空改邪归正，并让龙子龙孙捧来香茶。

在敖广宫中，孙悟空看到了《圯桥进履》的画，敖广借机和他说了汉世张良“圯桥三进履”的故事，劝他不可图自在，误了前程，龙王对孙悟空说：“大圣，你若不保唐僧，不尽勤劳，不受教诲，到底是个妖仙，休想得成正果。”

【拓展阅读·圯上进履】

秦末汉初的张良在下邳的一座桥上遇到一位老人。老人三次约张良夜间在桥上见面，并把破破烂烂的鞋故意掉到桥下，让张良捡来给他穿上。老人名叫黄石公，经过三次穿鞋的事情后，他决定传授张良兵法。汉高祖刘邦起义后，张良一直追随刘邦，运筹帷幄，立下汗马功劳，与韩信、萧何并称为“兴汉三杰”。

这话说得很实在，完全是过来人对乡里后生小辈的谆谆教诲。

孙悟空虽然有点浑，但不傻，天分很高，在菩提祖师处学成一身惊人的武功，遗憾的是没有人教他怎样走正道，东海龙王一席话对孙悟空不亚于醍醐灌顶。

此后的孙悟空在取经途中遇到了困难也好，与师父闹别扭心里郁闷也好，都喜欢找龙王聊聊。孙悟空在号山枯松涧火云洞战红孩儿，黑水河斗鼍龙，车迟国与虎力大仙赌输赢，狮驼岭师徒被捉，朱紫国为国王诊病，凤仙郡为民求雨，金平府元夜观灯，都有龙王兄弟出力帮助。龙王应该是孙悟空心目中能够依赖的朋友吧。

二、大牌神仙都是忘年交

孙悟空在天上做弼马温和齐天大圣的时候，结交了一批神仙朋友。书中说：猴子见三清，称个“老”字；逢四帝，道个“陛下”。与那九曜星、五方将、二十八宿、四大天王、十二元辰、五方五老、普天星相、河汉群神，俱只以弟兄相待，彼此称呼。上述大牌神仙资格之老，地位之高，孙悟空再修行几万年，也不能入其法眼。

这些老神仙为什么放下架子，跟猴子交起朋友？主要还是猴子年龄太小，跟这些老神仙比起来，不到五百岁的猴子就像幼儿园里的小朋友，一会儿翻跟头，一会抓耳挠腮，胡言乱语，给老神仙们带来了多少年没有的快乐。

天庭有个性的神仙太少了。千百年来，神仙板着面孔上班，做着同一件事，早已没有了激情，也没有任何乐趣。突然来了一只活蹦乱跳的猴子，给神仙们千万年不变的枯燥生活增加了很多乐趣。那些活了不知几万岁的神仙，见到才活了几百岁的孙悟空时，那兴奋的劲头肯定不亚于老顽童遇到了郭靖。不知天高地厚的孙悟空跟各路神仙没大没小，打打闹闹，一点也不胆怯。

这些天上的神仙都是孙悟空的忘年交，但是孙悟空落难的五百年，同样没有一个来看他。我们不能责备这些神仙不讲交情。这些神仙有头有脸，在天庭的身份不一般，如果他们跟一只妖猴讲交情，肯定要受到严厉的惩罚。

沙僧做卷帘大将时不过打碎了琉璃盏，就被处以酷刑，七日一次，受飞剑穿身之苦。天蓬元帅调戏嫦娥，被打两千锤，还被转世成猪。

如果有哪位神仙胆敢与造反的妖猴有交往，下场可想而知。

天上的神仙虽然明哲保身，但是在听到猴子保唐僧取真经走上正道以后，还是很高兴的。在取经路上，这些神仙对孙悟空有求必应，互相之间经常开玩笑，气氛很是和谐。这说明，神仙也会帮助朋友，前提是不违背大天尊的意思，不违背天庭的规矩。

在天庭神仙中，能够称得上孙悟空忘年交的首推太白金星。孙悟空大闹天宫时，太白金星是主张招安的鸽派。孙悟空在天庭先是担任弼马温，后来又有齐天大圣的名分，都是靠太白金星从中斡旋。取经路上，遇到厉害的妖魔，太白金星常常前来通风报信，出出主意帮帮忙，与孙悟空最为推心置腹。

福、禄、寿三星，属于海上诸仙的代表人物，孙悟空每次遇到，都要敲敲打打开玩笑，有时候还要摸口袋看看有没有火枣之类的零食。孙悟空救朱紫国国王时，曾经找他们帮忙。救人参果树时，也曾找他们。他们随叫随到，从来不摆架子，这说明与孙悟空的感情很深。

五方五老中的观音，跟孙悟空感情也深。孙悟空能够进取经团队，观音菩萨是领路人。取经路上，孙悟空遇到困难，首先想到的就是找观音。被金翅大鹏关在阴阳二气瓶里那一次，孙悟空差点被烧死，多亏观音菩萨送的三根毫毛救了他一命。取经结束，孙悟空成佛，还排在观音菩萨前面一个位置，观音菩萨也没有表示出丝毫不悦。

看来，年轻神仙孙悟空的成长进步，离不开一大批忘年交老神仙的关心。牛魔王、二郎神，本事不在孙悟空之下，进步没有孙悟空快，没有老神仙领路也是重要原因。

三、不打不相识的二郎神

除了几位龙王外，孙悟空还有一位不打不相识的朋友，这一位是天上地下的牛人二郎神。

二郎神是玉皇大帝的妹妹与凡人恋爱的结晶，虽然是玉皇大帝的亲外甥，但他在天庭的地位并不高，不过在地上的灌江口有个小庙，负责管理一点香火上的小事而已。闲极无聊的二郎神经常做的事就是带着六兄弟和一千二百名草头神[①]，带着狗、鹰打打猎而已。

---

① 《西游记》中的草头神，并非由植物妖怪修炼而成的神灵，而是指未经敕封、不正规的神，类似于“草台戏班子”之类的用法。在民间传说中，二郎神曾经降服梅山六圣，又和六圣带着哮天犬剿灭各地为非作歹的妖魔精怪、孤魂野鬼、邪道散修等，将其中神通广大者收编为部下，成为一千二百名草头神。二郎神的一千二百名草头神不属于李天王管辖，类似于私人武装。

观音菩萨举荐二郎神捉拿孙悟空，是二郎神建功立业升职封官的好机会。可是玉帝没有兑现自己的诺言，只不过赏了二郎神一点御酒和几朵金花而已。

西天路上，孙悟空和猪八戒联手只能和九头虫战个平手。无计可施的孙悟空，竟然遇到了老对手二郎神。于是想到请求二郎神援手，但又羞于出口，只得让猪八戒去请。对于孙悟空的邀请，二郎神表现得很爽快：“我因闲暇无事，同众兄弟采猎而归。幸蒙大圣不弃留会，足感故旧之情。若命挟力降妖，敢不如命。”

那一次，孙悟空和二郎神，两位昔日对手，喝了一夜酒，书中写道：“众兄弟在星月光前，幕天席地，举杯叙旧。正是寂寞更长，欢娱更短。早不觉东方发白。”天明了，妖怪被打残了，二郎神走了，漫漫西天路孙悟空还得走下去。

二郎神是神仙中的寂寞高手，空有一身本领，却无用武之地，只有跟孙悟空在一起，寂寞英雄的心中才能产生“惺惺相惜”的故人之情。和二郎神一样，孙悟空也是寂寞英雄，“人生得一知己足矣，斯世当以同怀视之”。有了朋友之情的猴子在取经路上也许会走得更远。

中国民间有一句话叫“多一个朋友，多一条路”。朋友在中国人说的五伦中，是很重要的一伦。封建宗法社会以君臣、父子、夫妇、兄弟、朋友为五伦。

孟子认为，父子之间有骨肉之亲，君臣之间有礼义之道，夫妻之间内外有别，老少之间尊卑有序，朋友之间有诚信之德，这是处理人与人之间关系的道理和行为准则。

在五伦中，君臣、父子、兄弟都是先于个体而存在的社会关系，夫妻关系虽然是后天的，但是在旧的时代要靠父母作主，也具有种种不得已之处。只有朋友关系相对平等宽松一点，可以自己选择和决定。

书中，孙悟空称二郎神为大哥。大圣称小圣为大哥，谁说猴子没礼貌，只不过没有见到真心佩服的人而已。二郎神曾经擒获孙悟空。几百年过去了，孙悟空恨意全无，留下的只有敬佩之情。

第三节
西游世界的亲情

《西游记》中，小白龙曾经犯过错误，差点被砍了头，后来观音菩萨出面，把他安排在取经团队里当苦力。在取经途中，他的父亲西海龙王、哥哥摩昂太子都曾多次前来帮助孙悟空，但是在他们眼里小白龙好像不存在一样，也没有和小白龙说过一些安慰的话。

相对而言，妖怪就比较有情有义。妖怪非常爱自己的家人，无论对长辈、对老婆还是对待兄弟，都有非常深厚的家庭亲情，和神仙之间公事公办的冷漠关系形成了鲜明的对比。

一、金角和银角的家庭亲情

妖怪比神仙有人情味儿。妖怪抓到唐僧，首先想到的就是请自己的亲人来一起享受。平顶山莲花洞的金角大王、银角大王抓到唐僧后，马上派出小妖去请干妈九尾狐狸。这两位大王在天上做烧火童子多年，一到地上马上就认了干娘，还有阿舅阿七大王，一大家子过起了热热闹闹的生活。

这一大家子长幼之间亲密和谐，金角和银角两位大王之间兄弟怡怡。银角年轻力壮，比较有冲劲，抓唐僧、对付孙悟空等危险的事情都是冲锋在前，但又从来不居功自傲。金角年龄大一点，比较成熟，一般是留在洞里主持大局，轻易不出洞。银角被孙悟空装进葫芦里后，金角放声大哭："贤弟呀！我和你私离上界，转托尘凡，指望同享荣华，永为山洞之主；怎知为这和尚，伤了你的性命，断吾手足之情！"在和孙悟空大战一场后，金角回到山洞，看到兄弟已死，物是人非，哭着哭着，竟然昏昏默默睡着了。

苏轼曾经写诗给他的弟弟苏辙说："与君世世为兄弟，更结来生未了缘。"[①]金角和银角真正做到了。这种兄弟间的感情很真挚，曾经在天庭任职的猪八戒、沙和尚跟孙悟空之间好像没有这样的感情。

① 闫晓东注析.苏轼诗文选［M］.海口:南海出版公司,2011:51.

两位大王的干舅舅阿七大王也比较讲义气。当二魔已死，大魔独力难支时，阿七大王带着两百名小妖前来助战，结果被猪八戒一顿钉钯，打得“九点鲜红往外冒，可怜一灵真性赴前程”。本来，在二魔已死的情况下，谁强谁弱已经一目了然，阿七大王完全可以置身事外，但他偏偏挺身而出，很有一种毅然决然的风范，这和大闹天宫时四处逃窜的天庭各路神仙形成了鲜明的对比。

二、牛魔王的家族情谊

在传统宗法社会里，家庭成员、家族成员之间的感情构成人的情感世界的主要内容。在所有妖怪中，牛魔王集团主要是依靠家族势力而称霸一方的。这个家族的主要成员有牛魔王、牛魔王弟弟牛如意、牛魔王妻子铁扇公主、牛魔王小妾玉面狐狸、牛魔王儿子红孩儿。家庭成员之间的感情非常深厚。

首先是夫妻之间情意绵绵，相敬如宾。对牛魔王养小妾，铁扇公主没有撕破脸皮。在孙悟空假扮的牛魔王面前，铁扇公主一改女强人的凶悍，温情脉脉。先是整酒接风贺喜，双手举杯奉上。并且，那个话说得多好呀：“自古道：‘妻者，齐也。’夫乃养身之父，讲甚么谢。”牛魔王与猪八戒、孙悟空激战不下，玉面公主虽不会功夫法术，却也亲自指挥大小头目执枪拿刀为牛魔王助力。一个男人家，老婆尊敬，美妾贴心，牛魔王还是很成功的。

其次是父子关系比较好。红孩儿虽然是个妖精，对父亲却是孝顺至极。抓到唐僧后，首先想到的是老牛，派六个小妖“星夜去请老大王来，说我这里捉唐僧蒸与他吃，寿延千纪”。红孩儿是独生子女，身上没有一点自私、懒惰、不关心别人、缺乏爱心等坏毛病。牛魔王能把妖精培养得比人还像人，教育孩子方面颇有办法。有人质疑，说红孩儿为什么请牛魔王不请铁扇公主？是不是对妈妈不好？情况是这样的，牛魔王是妖怪，吃人为生。铁扇公主修炼的是道家的神仙之术，且时间很长，吃素为主。红孩儿的请与不请，都是出于对父母亲生活习惯的尊重。

三是兄弟之情、叔侄之情比较亲密。牛如意之所以不愿意让孙悟空取落胎泉水，是因为侄子红孩儿吃了孙悟空的亏，给观音菩萨收走了。牛如意质问孙悟空：“我舍侄还是自在为王好，还是与人为奴好？”在叔叔看来，侄子的自由是最重要的，这是一种真正的关心。书中说，牛如意与牛魔王有书信往来，曾经谈到红孩儿的事情，说明家族成员之间的互动比较多。须知，牛魔王是千岁以上的老魔头，牛如意应该年龄稍微小一点。尽管如此，他们之间手足之情依然深厚，这是不容易的。

三、九头狮子和黄狮精的祖孙情

九头狮子和黄狮精的祖孙情也很感人。九头狮子来自天庭，是妖中之圣。黄狮精是他下界后认的孙子。黄狮精颇有人文精神，把山洞整治得很美，这一点不在黑熊怪之下。黄狮精原先的住处叫作竹节山九曲盘桓洞，后来孝敬给了九头狮子，自己在豹头山虎口洞重置家业。

黄狮精不大喜欢打打杀杀，他偷了孙悟空等人的兵器后，邀请九头狮子等亲人搞一个文物鉴赏活动，取名“钉钯会”，孙悟空的金箍棒只不过是猪八戒钉钯的陪衬，这是很有美学眼光的。因为从图形和曲线来看，钉钯确实要比金箍棒更具鉴赏价值。黄狮子和人类和谐相处，他手下的妖精拿着银子到人类的市场上买东西，能够做到这一点的妖精，书中大概仅此一例。此外，黄狮子还喜欢美女，买了一个美女在山洞里独自享受，这一点和牛魔王有点像。但牛魔王是认认真真地结婚生子，而黄狮子则更多的是游戏人生。当黄狮子得知精心布置的山洞被孙悟空毁掉后，竟然要撞墙自杀，一边痛哭：“我那山场，非一日治的；今被这秃厮尽毁，我却要此命做甚的！”

黄狮子最终死在孙悟空手里，九头狮子为此痛哭流涕道：“苦阿，我黄狮孙死了。”虽然爷爷是天上的狮子，孙子是地上的狮子，但彼此之间的感情却是很真挚的。愤怒的九头狮子抓获了唐僧师徒和玉华王父子，却没有办法报仇，正如他的主人太乙救苦天尊所说，他颇有灵性，不会做出什么伤生之事。九头狮子被天尊带走了，不知他在天上无尽的岁月中，会不会记得曾经有这样一个孙子。

四、一往情深的金毛犼

观音的坐骑金毛犼爱上了朱紫国的金圣宫娘娘，但因紫阳真人送给金圣宫娘娘一件五彩仙衣，使得金毛犼三年无法沾身。这个妖精对娘娘还是很不错的，当孙悟空变成小妖去偷妖怪的宝物紫金铃，劝说娘娘去请金毛犼来喝酒时，妖怪竟然有点受宠若惊："娘娘常时只是骂，怎么今日有请？"在金毛犼的身上，我们看到后来出现在人类社会的"妻管严"的影子，而金毛犼却始终无怨无悔。

妖怪为什么比神仙更加重感情，说到底，还是因为神仙太聪明。聪明过了一定的限度，就会变成精致的利己主义者。神仙们长期在体制内钩心斗角，损人利己的事情做多了，自然不会关心别人，哪怕是亲人。

当然，不是每个妖怪都有情有义。多目怪是七个蜘蛛精的师兄，但对蜘蛛精们总是爱搭不理的。多目怪在炼丹药时，就不让蜘蛛精过来说话，理由是炼药这种事忌见阴人。后来，多目怪抓住了唐僧，孙悟空以七个蜘蛛精的性命要挟，企图换人。那些蜘蛛精说："师兄，还他唐僧，救我命也。"多目怪却说："妹妹，我要吃唐僧哩，救不得你了。"结果，七个蜘蛛精全部被打死了。

这样的事，在妖精世界是很罕见的，狮驼岭大魔被孙悟空拿住后，二魔、三魔马上跪地求饶，二魔被拿住后，大魔、三魔也跪地求饶。九头狮子在手下的狮子被俘后，也经常跟孙悟空换人。所以，多目怪堪称另类。但这样的妖怪却比较符合某些领导的用人标准，他最后被毗蓝婆菩萨收为看门人。

第四节
师徒真情与人间大爱

在《西游记》中，孙悟空除了朋友之情，就是对师父唐僧感情深。此外，书中也写到了不少人情人性，感人至深。

一、师徒真情

《西游记》中写了不少老师。

元始天尊给天庭众神仙讲《混元道果》，连大名鼎鼎的镇元子都来旁听。西天如来，知识面很广，逮着机会就要给四金刚、八菩萨上课。真假孙悟空那一回，如来自称“遍识周天之物”，大讲“四猴混世”的生物考古学知识。那位来历不明的乌巢禅师也颇好为人师，主动提出要传授给唐僧《多心经》，没想到孙悟空对于此经一听就懂，比唐僧收获还大。

孙悟空作为主人公，在书中有两位老师。一位是菩提祖师，一位是唐僧。

这两位谁是好老师？

多数读者认为，菩提祖师神通广大，是个好老师。笔者不这样看，觉得唐僧才是真正的好老师，堪称名师。菩提祖师不过是一个没有编制的培训班授课人，与唐僧相比，他算是庸师。

评价是否是一个好老师有三个标准：一是学生有没有跟老师学到什么好的道德品质，二是看学生有没有在老师那里学到真本领，三是看学生对老师有没有感情。

从道德教育方面来看，菩提祖师比较欠缺，明知孙悟空性格偏激，没有进行任何思想政治方面的说服教育，以至于猴子到龙宫抢东西，到地府改档案，到天庭搞恐怖活动，最后被判了五百年有期徒刑。

菩提祖师对于孙悟空的道德教育仅仅限于“精致的利己主义”这个层次。孙悟空卖弄本领时，菩提批评他说：“悟空，过来！我问你弄甚么精神，变甚么松树？这个工夫，可好在人前卖弄？假如你见别人有，不要求他？别人见你有，必然求你。你若畏祸，却要传他；若不传他，必然加害：你之性命又不可保。”这种明哲保身的智慧，境界不高，后来菩提祖师赶走孙悟空也与这种思维有关系。

从学真本领的角度来说，菩提祖师教会了孙悟空七十二变、筋斗云，由于孙悟空三观不正，这些本领都被用来破坏和谐安定的三界秩序。

从师徒感情来讲，由于菩提祖师不准孙悟空暴露师门字号，猴子离开后再也没有提起师门名号。猴子成了斗争胜佛后，也从来没去看一下这位培训班老师。

从上述三个方面来看，菩提祖师作为民间武术培训班的老师，教了孙悟空一些打架和逃跑的本事，后来见势不妙又脱离师徒关系，唯恐孙悟空做坏事会连累他。

这个层次的老师，无论是教学理念、职业道德还是教学技能来看，水平都很一般。相较而言，唐僧的教学水平就高多了。

首先是注重道德教育，言教不如身教。书中的唐僧体现的是一种“入世”精神，表现出对天下苍生的慈悲之心，就是这样一个被诸多评论家认为是胆小怕事、好坏不分、懦弱无能的唐僧却凭借其坚定的宗教信念和强大的精神力量，带领三个徒弟完成了西行取经的艰巨任务。[①]唐僧取经十四年，遇到种种困难，遇到种种诱惑，从来不动摇。这种坚定的信念对孙悟空有巨大的感召力。孙悟空不贪财、不好色，就是受了唐僧的影响。

其次，在解决问题的本领方面，唐僧强调“不战而屈人之兵”，比打打杀杀那一套强多了。

西天路上，无论跟神仙打交道，还是跟地方官员打交道，唐僧都是风度翩翩，彬彬有礼，受到了天上地下各色人等的一致欢迎。就是对妖怪，唐僧也是慈悲为本，通过统一战线工作解决问题。过狮驼岭时，大象精被活捉，唐僧就对他说：“那般长个鼻子！你且问他：他若欢欢喜喜送我等过山啊，饶了他，莫伤他性命。”这种胸怀和气度不是菩提祖师能够相比的。

至于师徒感情，孙悟空对菩提主要是恐惧，对唐僧则是牵挂。

在狮驼岭孙悟空最危险的时候是被三魔关在阴阳二气瓶中，

① 徐笑一.《西游记》中唐僧圣愚形象的演变及特点［J］.辽宁师范大学学报（社会科学版）,2016(6).

生死关头，孙悟空念念不忘的是唐僧，作者称赞孙悟空“遭魔遇苦怀三藏，着难临危虑圣僧”。孙悟空流着眼泪说：“师父啊！当年皈正，蒙观音菩萨劝善，脱离天灾，我与你苦历诸山，收殄多怪，降八戒，得沙僧，千辛万苦，指望同证西方，共成正果。何期今日遭此毒魔，老孙误入于此，倾了性命，撇你在半山之中，不能前进！想是我昔日名高，故有今朝之难！”

三个魔王手下的小妖散布谣言说唐僧已经被吃掉了，孙悟空听了泪如泉涌，一直哭到如来那里。孙悟空哭道：“师父啊！恨我欺天困网罗，师来救我脱沉疴。潜心笃志同参佛，努力修身共炼魔。岂料今朝遭蜇害，不能保你上婆娑。西方胜境无缘到，气散魂消怎奈何！”从中，可以看出，悟空对唐僧很有感情。

综上所述，作为老师，菩提祖师是失败的，唐僧才是好老师。跟着菩提祖师学，孙悟空只能成为打砸抢的混混，结局是把牢底坐穿。跟着唐僧学，孙悟空一步登天成为如来佛祖的徒孙，历经磨难，最终走向成功，被提拔为斗战胜佛。所以，像孙悟空这样的青年才俊，跟对老师才能有前途。

二、人间大爱

《西游记》中也有人间之爱。

（一）西梁女王和唐僧

我们先来说说西梁女王对于唐僧的爱。西梁女国是个女儿国，该国实行的是无性繁殖。无论是女王还是其他国民，到了生育年龄，喝一口子母河的水就会怀孕。其实，从唐僧和猪八戒喝了水也怀孕的事实来看，这条河里的水连男人喝了也能怀孕。

这样，大家的生命都来源于子母河水，也就没有什么高低贵贱之分。一般人可以不考虑这样的问题，但女王是政治家，不能不考虑这样的问题。历来统治者都热衷于证明自己的血统高贵，像汉高祖刘邦，明明是刘老头的儿子，坐了天下以后却拼命制造神话，说自己是赤龙之子。

女王看上唐僧不像妖精那样是看上了唐僧的“十世元阳”，而是看中了唐僧的高贵身份。唐僧是大唐天子李世民的御弟，又是取经路上的有道高僧，如果能够招赘唐僧，生儿育女，对内可以提高整个王室的声望，对外可以提高西梁女国的国际地位。西梁女国借此还和国富民强的大唐攀上了关系，也许就可以不再向祭赛国进贡。西梁女国本身没有男人，但四面八方来做生意的男人还是很多的，以女王的身份要找一个男人并不费事，只不过唐僧特别合适而已。

女王还是很有吸引力的，又是拉着唐僧一起坐金銮殿，又是共进晚餐，又是提出以后要把王位让给唐僧，搞得一向意志坚定的唐僧也有点扛不住。我们知道，身为得道高僧，唐僧平时轻易不喝酒，离开长安时，李世民欢送他，在天子的要求之下，也只喝了一杯素酒。而在西梁国，唐僧主动提出要一点酒，甚至流了一点眼泪。但取经是唐僧的宿命，他终究没有留下来与女王“阴阳配合，生子生孙，永传帝业”。

（二）朱紫国国王和王后

在吴承恩先生的笔下，西天路上的人间帝王基本上是糊涂蛋。乌鸡国国王信任妖怪，结果被妖怪害了性命，霸占了江山。宝象国国王，女儿被妖精抢走，却束手无策。狮驼国国王连同全国百姓都被妖精吃光了，堪称最倒霉的国王。唯一有闪光点的是朱紫国的国王。

朱紫国的国王因为做太子时打猎，无意中射伤了西天佛母孔雀大明王菩萨的小孔雀。西天领导决定，要让该国王夫妻分居三年。观音菩萨的坐骑金毛犼是领导身边的人，得到这一信息后马上下界为妖，一是想讨好领导，二是想乘机捞点油水。

端午节，朱紫国国王与后宫嫔妃在御花园解粽插艾，饮菖蒲雄黄酒，看斗龙舟，玩得很开心。就在这时候，金毛犼乘着一阵狂风来到，自称是麒麟山獬豸洞的赛太岁，听说金圣宫娘娘貌美如花，要带回去做个压寨夫人。如果不交人，先把国王吃掉，然后把一国臣民全部吃光。国王一是害怕，二是考虑江山社稷，不得已听由妖精把娘娘摄走了。

从此以后，国王忧思成疾。直到取经路过的孙悟空客串神医，用悬丝诊脉的办法诊断出国王的“双鸟失群”之症，并用白龙马的尿和锅灰等合成乌金丹，才治好了国王的积滞病。国王在领教了孙悟空的手段以后，跪着恳请孙悟空除妖救人，那一段话很感人：“朕愿领三宫九嫔，出城为民，将一国江山，尽付神僧，让你为帝。”连向来不懂男女之事的孙悟空都感慨这位国王为了老婆连江山都可以放弃。

朱紫国不算小国，后宫美女如云。国王为了娘娘，三年忧思，不理朝政，还愿意用一国江山来换得悟空救人，堪称有情有义。

（三）刘全和李翠莲

在《西游记》中，最真挚的爱还是李翠莲和刘全夫妻之间的人间之爱。书中写道，这两口子都是均州人士，婚后有一儿一女，家庭经济条件较好，据说有“家财万贯”，应该至少是小康之家。有一天，家门口来了一个化缘的和尚。李翠莲出去施舍了一枚金钗。那个时候的社会风气是男人女人不照面，又或者这枚金钗是刘全送给老婆的纪念品，总之刘全醋意大发，狠狠吵了一架。李翠莲却不受气，上吊自杀了。

这个时候，恰巧李世民要找人到阴间去行贿。想念妻子的刘全自揭皇榜，喝了毒药下地狱。阎王得知刘全夫妇的事情，竟然让他们起死回生。我们总有一个印象，以为“阎王叫你三更去，谁人敢留到五更”，从这件事可以看出，阎王执法也是原则性和灵活性相结合的。刘全好办，李翠莲死的时间太长了，只好借尸还魂，借的是李世民妹妹的躯壳。李翠莲一醒来，对着自称皇兄皇嫂的李世民夫妇说：“我那里得个甚么皇兄、皇嫂！我娘家姓李，我的乳名唤做李翠莲；我丈夫姓刘名全。”可见，她心里面装着的还是自己的老公。接着又乱嚷：“这里那是我家！我家是清亮瓦屋，不像这个害黄病的房子，花狸狐哨的门扇！”可见，在村妇李翠莲的眼里，什么帝王的尊贵、宫廷的豪华全部不如普通人吵吵闹闹的日常生活。所以，已非昔日面目的李翠莲一见到刘全，马上就一把扯住说："丈夫，你往那里去，就不等我一等。"接下来，夫妻两个没有留下来做皇亲国戚，而是阶前谢了恩，欢欢喜喜还乡了。

这夫妻俩的世界很小，小得只有自己的家，没有取元阳长生不老的念头，也没有改良人种优化血缘的野心，对他们来讲，生活就是两口子在一起度过每一天。两口子过日子，估计该吵的时候还得吵，吵过了，妻子还是妻子，丈夫还是丈夫，只是肯定不会自杀了。都是死过一回的人，应该能够明白，平平淡淡才是真，凡人生活最值得珍惜。

三、从猴性到佛性：孙悟空的眼泪

《西游记》中的孙悟空，喜欢流泪。

这是一只爱流泪的猴子。

取经路上的孙悟空多次流泪，主要是受到了委屈，感到有理无处诉说，只能通过流泪来发泄情绪。孙悟空在三打白骨精后，唐僧驱赶孙悟空。孙悟空一面吩咐沙僧要留心防着八戒言语，途中更要仔细，一面流泪告别唐僧。一直飞到东洋大海快到花果山时，还是止不住泪落腮边。这一次，孙悟空的流泪主要是感到很委屈。

自从被唐僧从五行山下放出来，孙悟空一直尽心尽力保护唐僧取经，一路上帮助唐僧收服了猪八戒、沙和尚还有白龙马，凑齐了取经的团队。孙悟空觉得自己已经尽力了，但是唐僧老是批评孙悟空滥杀无辜，让自视甚高的孙悟空感到受不了。更糟糕的是还有个天蓬元帅出身的猪八戒在中间拨弄是非。也许，猪八戒对自己二师兄的地位不满意，想挤走孙悟空自己做大师兄，但孙悟空走后的事实证明，猪八戒根本没有这个能力，所以最后还是猪八戒出面请回了孙悟空。

在孙悟空消灭的妖精中，白骨精是比较弱的一个，手下连一个小妖都没有，只能管四十里范围，但白骨精的特别之处在于很能迷惑人。她陆续化身为一家三口来找机会抓唐僧，具有火眼金睛的孙悟空一眼就看穿。唐僧是肉眼凡胎，猪八戒和沙和尚功力不够，在他们看来孙悟空三打白骨精是在伤害无辜群众，破坏取经团队的形象。这个时候的孙悟空还很年轻，只会降妖伏魔，不会做耐心的解释和说服的工作。在这个故事中，孙悟空因为感到委屈而流泪。在真假美猴王的故事中，孙悟空因为杀死了拦路抢劫的强盗再次被驱赶。这一次，孙悟空没有回花果山，也没有去找海龙王，主要是觉得老是被师父开除很没有面子。无路可走的孙悟空决定去找观音菩萨评理，书中说：

行者望见菩萨，倒身下拜，止不住泪如泉涌，放声大哭。菩萨教木叉与善财扶起道："悟空，有甚伤感之事，明明说来。莫哭，莫哭，我与你救苦消灾也。"行者垂泪再拜道："当年弟子为人，曾受那个气来？自蒙菩萨解脱天灾，秉教沙门，保护唐僧往西天拜佛求经，我弟子舍身拼命，救解他的魔障，就如老虎口里夺脆骨，蛟龙背上揭生鳞。只指望归真正果，洗业除邪，怎知那长老背义忘恩，直迷了一片善缘，更不察皂白之苦！”

在平顶山与金角大王、银角大王的战斗中，孙悟空变成了小妖精，混进妖精洞府准备偷法宝，临进去时却大哭起来，主要是不愿意受委屈给妖精磕头。

书中对孙悟空的心理活动写得很仔细：

孙大圣见了，不敢进去，只在二门外仵着脸，脱脱的哭起来，——你道他哭怎的，莫成是怕他？就怕也便不哭。况先哄了他的宝贝，又打杀他的小妖，却为何而哭？他当时曾下九鼎油锅，就煠了七八日也不曾有一点泪儿。只为想起唐僧取经的苦恼，他就泪出痛肠，放眼便哭。——心却想道：“老孙既显手段，变做小妖，来请这老怪，没有个直直的站了说话之理，一定见他磕头才是。我为人做了一场好汉，止拜了三个人：西天拜佛祖；南海拜观音；两界山师父救了我，我拜了他四拜。为他使碎六叶连肝肺，用尽三毛七孔心。一卷经能值几何？今日却教我去拜此怪。若不跪拜，必定走了风讯。——苦啊！算来只为师父受困，故使我受辱于人！”

孙悟空上述几次哭泣都是因为受到了委屈。除此之外，孙悟空在遇到困难时也经常哭泣。比如，在请了各路神仙，都无法战胜小雷音寺的黄眉怪时，孙悟空哭了多次，甚至对着他平时不拿正眼瞧的值日功曹哭了起来，这说明此时的孙悟空已经感受到了取经路上困难重重。

取经大业虽然由一个团队来完成，但主要的压力是由孙悟空来承担的。我们可以想象，如果让孙悟空去取经，一个筋斗十万八千里就能飞到灵山，再一个筋斗就能送往大唐。但如来的法旨是一步步脚踏实地地走到灵山，在取经过程中降妖伏魔，扩大佛教的美誉度。

这些妖魔一个个武功高强，不少有着天庭或西天佛国的背景，除了外在的困难以外，师徒之间和师兄弟之间还因为彼此的性格和理念上的差异而经常内耗，对于一个没有任何背景的草根猴妖来说，心理上的压力是很大的。孙悟空在降妖过程中，因为压力太大而忍不住流泪，这正是缓解压力的一种自我保护机制。

随着取经路上师徒感情不断融洽，孙悟空的流泪越来越与对于师父的关心有关。狮驼岭那一回，孙悟空被关在阴阳二气瓶中，放声大哭，担心唐僧的安危，担心取经大业，还自我批评："想是我昔日名高，故有今朝之难。"南山大王艾叶花皮豹子精用分瓣梅花计和假人头欺骗时，孙悟空竟然以为师父被害死了，连哭了两次，竟然不如猪八戒冷静，反过来是猪八戒在安慰孙悟空。

这说明孙悟空心里除了他自己，已经有了师父。这时孙悟空的流泪，是因为情感而流泪，这种情感是对于朝夕相处的师父的敬爱、同情和不忍，从为自己而哭到为师父而哭，孙悟空在心理上完成了从妖到人的转变，离佛的距离更加近了。孙悟空能够成为斗战胜佛与他不断提高佛性修养有关。只有关心集体利益，孙悟空才能得到重用。

《西游记》中，写到夫妻之情、父子之情、师徒之情、朋友之情、兄弟之情。西游神仙和妖怪世界的丰富多彩，与情感的丰富多样是联系在一起的。人情人性对于神性妖性的侵蚀和消解，正是西游文本趣味性的重要形成原因。我们阅读《西游记》的过程，也是体会人情人性的过程。

第八章 《西游记》中的成功智慧

《西游记》是一部神怪小说，专门讲神仙和妖怪的故事。神仙和妖怪的背后是人，神性和妖性折射的是人性。这部小说的主题历来众说纷纭，笔者比较喜欢把它看成一部成长小说。在《西游记》中，救赎主题与英雄成长的主题是相辅相成、相得益彰的，甚至是二而一的主题。[①]孙悟空从石头缝里蹦出来，从一只小猴子一步步成长进步，历经磨难，最终成为西天的斗战胜佛。孙悟空走向成功的过程，蕴含着中华文化关于成长的智慧，值得当代读者学习和借鉴。智慧不同于知识，知识是对于客观事物的本质和规律的认识，属于对象性认知。智慧更多地与人的灵性和尊严有关系，通过内在人格而展现出来。阅读名著的过程，熟悉人物故事、欣赏语言文字的同时，还要实现从知识到智慧的提升，以书中的智慧来涵养德性，指导人生实践。

---

① 王纪人.成长与救赎——《西游记》主题新解［J］.江西社会科学,2007(12).

第一节
立志方有为

一、神仙和妖怪是否成功的评价标准

（一）有没有达到顶级神仙的境界

顶级神仙，在《封神演义》里面叫作圣人，鸿钧老祖、太上老君、元始天尊、通天教主师徒四人是圣人，西方教的接引、准提是圣人，天庭的昊天上帝也是圣人，火云洞三位人文始祖是圣人，女娲是圣人。除了这些圣人，还有准圣境界的陆压道长、多宝道人等。除此之外都是小角色，所谓“圣人之下皆蝼蚁”。

《西游记》没有明确地说哪些神仙是圣人，只有大天尊和天尊的称呼。玉皇大帝是大天尊，孙悟空自称齐天大圣，大概是要和大天尊相提并论。大天尊之下，有三清四御。按照道教的理论，三清在玉帝之上，但是在西游世界中，三清只相当于玉帝的顾问，或者是退居二线的老领导。四御是四个方位的领导，但是职能各有不同。五方五老分布在不同的方位，类似于人类社会的一方诸侯。除此之外，《西游记》中还出现了太乙救苦天尊、荡魔祖师真武大帝等实力派。有人说，太乙救苦天尊就是东极青华大帝，这

几年比较火的东华帝君就是此人，直接分管各路神仙。真武大帝则是玉皇大帝选定的接班人。上述都是顶级神仙，基本上达到了《封神演义》之中圣人的境界。在《西游记》故事结束的时候，孙悟空被封为斗战神佛，在西天佛派的位次排行榜上，名列佛的最后一位，在菩萨的第一位观音菩萨之前。这一结果，说明孙悟空至少是达到了“准圣”的境界。

在唐僧师徒中，西天分封的结果各不相同。唐僧是大职正果，旃檀功德佛。孙悟空是大职正果，斗战胜佛。猪八戒是职正果，净坛使者。沙和尚是大职正果，金身罗汉。白龙马是职正果，八部天龙。其中，唐僧和孙悟空是佛的位置，其余三人是菩萨的位置。大职正果和职正果也有区别，大概与修行的境界有关系。唐僧、孙悟空、沙僧都是大职正果，类似于高校的教授级别。猪八戒和白龙马都是职正果，类似于副教授级别。

（二）达到顶级神仙所用的修行时间

据如来佛祖说：玉皇大帝“自幼修持，苦历过一千七百五十劫，每劫该十二万九千六百年”。算一下，应该是两亿两千多万年。三清修行的年限应该比玉帝还要长。

《西游记》中，盘古开天地和太上老君开天辟地并存。当然，神话中的天地说法很多，有三十三重天的说法，有三十六重天的说法，还有三千大千世界的说法。天地可以有多重，也可以反复重启。太上老君是玉帝的前辈，混沌之初就很活跃，几十亿岁上百亿岁都有可能。

《西游记》中，如来在讲述金翅大鹏的来历时说，最初的走兽之长是麒麟，飞禽之长是凤凰。凤凰生下了孔雀、大鹏。如来在大雪山修行，修成丈六金身，被孔雀吞下，剖开孔雀脊梁出来，收服了孔雀。后来拜孔雀为佛母孔雀大明王菩萨，大鹏也就成了如来的舅舅。

佛经中常有佛于过去五百世、八百世甚至无量世的种种故事，可见如来的年龄也比较大。但是，从《西游记》中的相关内容来看，如来成道的时候，天庭已经没有佛派的位置了，各种混沌时期的法宝也已经全部落到道派手里，可见资历稍后于四御。西游世界中，玉帝不在四御之中，且凌驾于四御之上称大天尊。可见，玉帝的资历远在如来之上。其年龄应该不止千万岁级别，甚至上亿岁。观音菩萨资历比如来又相差很大，应该是百万岁级别的。

孙悟空的年龄是多大呢？

孙悟空是唐僧的大徒弟。这个大，主要是说先入门为大，而不是说他年龄大、资格老。就像金庸先生笔下，《笑傲江湖》中的令狐冲是华山派大师兄，但二师兄劳德诺要比他大十多岁。《天龙八部》中的星宿派，谁最能打，谁就是大师兄。孙悟空入门最早，而且最能打，所以自动成为大师兄。

其实从年龄上说，猪八戒和沙和尚都比孙悟空要大得多。从资历来看，他们在天庭担任要职的时候，孙悟空可能还在石卵中发育。三位之中，沙和尚年龄最大，工龄最长，资格最老。在五庄观吃人参果时，沙和尚自称看到过人参果。沙和尚看到的，至少是上一熟的人参果。人参果一万年一熟，沙和尚年龄有一万岁以上，也可能是几万岁。猪八戒参加过上一届的蟠桃会，蟠桃三千年一熟，猪八戒至少三千岁。感觉良好的孙悟空大闹地府时三百四十二岁，大闹天宫后被压了五百年，取经路上十四年。从《西游记》开篇到结束，孙悟空的年龄不会超过一千岁。

如果用凡人的眼光来看，孙悟空处于少年期，猪八戒处于壮年期，沙和尚处于老年期。这就可以解释，为什么《西游记》中，猪八戒见了美女，不管是菩萨、凡人还是妖精，全都浑身像融化了一样，迈不开步子，因为八戒正处于如狼似虎的壮年时期，色欲如火如荼。而西游时代的孙悟空，还是未到青春期的生瓜蛋子。这一点孙悟空自己也不讳言，一再声称不解男女之事。这个不解，不是孙悟空觉悟比猪八戒高，而是孙悟空没有发育好，是由生理因素决定的。

为什么沙和尚对美女不感兴趣？笔者的看法是，沙和尚之所以对美女不感兴趣，不是因为他被阉割了，而是因为年龄问题。卷帘大将的级别很低，没有足够的金丹、蟠桃等高档滋补品来保养，所以严重肾亏。沙和尚不像孙悟空那么好动，也不像猪八戒那么活泼，就是精力不足的表现。吴承恩先生说他“满脸晦气色”，其原因就是内分泌失调。

不仅三兄弟好色与否可以从年龄来解释，《西游记》中的其他一些问题也可以从年龄角度来看。比如，为什么书中打妖怪的任务主要由孙悟空来完成，沙和尚总是不出力，就是由于年龄太大了，知道怎么偷懒，不愿意动弹了。

二、没有志气：牛魔王进步不快的主要原因

与孙悟空相比，牛魔王不怎么有志气。不想当元帅的士兵不是好士兵，一个人成就的大小，与其确立的奋斗目标有关。人的世界如此，妖怪的世界也如此。孙悟空还是小猴子的时候就敢钻水帘洞，是因为他有当猴王的野心。当了猴王还想长生不老，这才抛开了猴子猴孙，去拜师学艺。学艺归来，花果山的天地就太小了，又逮到机会到天上去做弼马温，可惜在与下属的交流中，猴子发现所谓弼马温不过是给玉帝喂马的不入流小官，于是就闹情绪不干了。

这说明青春期的孙悟空就想当大官，做大事。孙悟空擅离职守以后，回到花果山就扯起大旗，自命为“齐天大圣”，公然向天庭叫板。天庭在镇压未果的情况下对猴子实行招安，你要做齐天大圣，我就让你做。当然，在其他神仙眼里，孙悟空啥也不是，就是一只野猴子。从小一看，到老一半。猴子虽然不懂事，但是有野心，进取心强，这是优势。

反观牛魔王，在孙悟空大闹天宫以后，基本上就没有了消息。估计是碰到了天庭的严打，逃到西方。逃亡以后的牛魔王先是娶了铁扇公主，接着又生下了红孩儿，过着老婆孩子热炕头的生活。有家有小的牛魔王不安分，在外面养小妾。小妾是大美女玉面狐狸。牛魔王憨厚老实不假，但是他并不傻，在铁扇公主和玉面狐狸之间平衡得很好，两个女人基本上能够和平相处，对老牛也很忠诚。唯一不足的是儿子没有教育好，从小就放火抢劫还殴打勒

索基层工作人员，典型的“富二代”性格。

牛魔王不如孙悟空有出息，主要原因是没有远大理想和志气，身上有小农经济的耕牛性格，老婆孩子热炕头，只有对于温饱的追求，没有长远的目标。

在书里，我们看不出牛魔王有什么事业，狮驼岭的三个大魔头建立了庞大的妖精王国，车迟国的三位大师武功不算高，毕竟还经常搞一点人工降雨，黄狮子精爱好艺术还能跟人类进行公平贸易。只有牛魔王貌似娶了一个会挣钱的女人，又傍上了一个超级有钱的女人，什么也不干，周旋在两位女人之间赔小心是他日常生活的主要内容。也许，牛魔王最初是一头耕牛，他的理想就是农业社会的温饱生活，就是小富即安，有饭吃有女人，生活过得去就可以了。按照马斯洛的需要层次理论，老牛追求的主要是生存需要的满足，而没有社会尊重、个人价值实现等高层次的需要，所以一旦生活有了着落，就什么也不愿意干了。

牛魔王天资不比孙悟空差，起点也不比孙悟空低，但是由于性格上的差异以及各自不同的追求，在一千年左右的时间里，孙悟空成了佛，牛魔王作为一个没有改造好的妖怪被西天佛国软禁起来了。路是自己走出来的，我们不能把这一切完全归结于命运的力量，性格决定命运，一次次的选择决定了命运。

三、中国文化中的立志

在中国文化中立志是很重要的。孔子说：“三军可夺帅，匹夫不可夺志。”[1]志向是一个人内心的追求，外在的力量无法剥夺。孔子年轻的时候，父母早逝，给人家放过牛放过羊，后来赶大车、做管家，不懂的时候就厚着脸皮请教别人，后来成为历史上的大圣人。

《史记》记载，秦始皇出巡，刘邦站在人群中，说了一句："嗟乎，大丈夫当如此也！"[2]项羽则说："彼可取而代之。"[3]后来，在秦末的大变动中，刘邦、项羽揭竿而起，成为推翻暴秦的大英雄。

近现代历史上，毛泽东青年时期"身无分文心忧天下"，周恩来"为中华之崛起而读书"，鲁迅"我以我血荐轩辕"，都是志向远大的表现，这也是他们后来一生事业的基础。

第二节 能力定高度

西游世界是一个神仙和妖怪的世界。对于神仙和妖怪来说，提升自身能力，在天庭获得更高地位，活得更长更有面子是其重

① 论语·子罕.
② 史记·高祖本纪.
③ 史记·项羽本纪.

要追求。玉皇大帝花了两亿多年上位，如来佛祖花了几千万年上位，孙悟空用了不到一千年成为斗战胜佛，堪称破格晋升，原因何在？

一、武艺高强

孙悟空武艺之高，首先表现在兵器的重量上。《水浒传》中，鲁智深的水磨禅杖，重六十多斤。《说唐》中，第一条好汉李元霸的一对擂鼓瓮金锤，重八百斤。第二条好汉宇文成都的凤翅镏金镋，重达三百二十斤。第三条好汉裴元庆的一对银锤，重三百斤。第七条好汉罗成的丈八滚云枪，重二百四十斤。在古代小说中，历来强调“一力胜百巧”。罗成枪法虽然精妙，但是在李元霸、宇文成都、裴元庆面前不堪一击，主要原因就是兵器分量是绝对碾压的制胜原因。《西游记》中，猪八戒的九齿钉钯五千四百斤，沙和尚的宝杖五千四百斤，孙悟空没有挑中的方天画戟七千二百斤，金箍棒重一万三千五百斤，在明确写明重量的兵器之中堪称第一。这体现了作者对于孙悟空的偏爱。

孙悟空武艺之高，其次表现在飞行的技能上。就飞行的速度来说，孙悟空远远超过猪八戒、沙和尚两位师弟。孙悟空被唐僧驱逐，一个筋斗十万八千里，飞到花果山只在眨眼之间，要是猪八戒、沙和尚慢吞吞地腾云去请，要花上几天几夜。就飞行速度来讲，能够跟孙悟空比拼的只有金翅大鹏鸟。孙悟空的飞行技术是跟菩提祖师学的，而大鹏鸟主要是先天遗传的。一般神仙或妖怪的飞行，主要是平行位移。而孙悟空的筋斗云可以直上直下，有点类似现在的直升机。大闹天宫时期，孙悟空对天庭的威胁防不胜防，与其飞行技术有关。取经路上，各路妖怪很难抓到孙悟空，也与他的飞行技术有关。遇到难缠的妖怪，孙悟空总能迅速请到合适的神仙前来收服，飞行速度快是重要原因。

孙悟空武艺之高，第三表现在变化的技能上。西游世界中，会变化的神仙和妖怪很多，精通的不太多。孙悟空堪称精通，与他一样拥有七十二变的只有牛魔王、二郎神、六耳猕猴。猪八戒有三十六变，但只能变化一些蠢笨的东西，很容易被识破。当初，菩提祖师让孙悟空选择，孙悟空选择了七十二变。就好像英语四六级，有人选择六级，有人选择四级一样。孙悟空就是那个选择六级的好学生。

二、管理能力强

看一个神仙或者妖怪，管理能力强不强。首先看山头的规模，尤其是中层干部多少。其次看所选择的发展模式是否合理。管理能力强，肯定山头规模大，中层干部多，发展模式合理。

（一）小妖众多，规模大

《西游记》中，大大小小的妖怪集团有不下二十个，他们霸占山头，拉帮结伙，规模各不一样。黑风山黑风洞是黑熊怪的据点，他的武艺虽高，手下小妖数量极其有限，只有两位一起修炼的朋友苍狼精和花蛇精。金角大王和银角大王纠集五百多名小妖，在平顶山莲花洞称王称霸，算是中小规模的妖怪集团。黄眉童子在小雷音寺冒充如来佛祖戏弄唐僧师徒，参与作案的小妖有四五千名，算是大型妖怪集团了。其中，小妖数量最多的是花果山和狮驼岭，各有四万七千名，算是特大型妖怪集团。

（二）中层干部众多

看一个妖怪集团实力是否强大，有无发展前途，除了人数多少，还要看中层干部的数量和素质。《西游记》中的大多数妖怪组织，只有一两个大魔头，带着几百个小妖怪，干一些违法乱纪的勾当。魔头以下有一两个军师、先锋之类的中层干部，他们的任务主要是给魔头出主意，或者是抓唐僧时冲锋陷阵。

金鱼精手下的鳜鱼婆，豹子精手下的苍狼精，都是这一类中层干部。他们能力有限，下场基本上是被孙悟空打死。但是有中层干部，对于魔头来说很重要。有了中层干部，魔头不必事必躬亲，腾出精力谋大事，挤出时间瞎玩乐。

孙悟空的花果山，组织严密，中层干部数量特别多。势力最大时，花果山七十二洞妖王都接受孙悟空领导，另外有四万七千名猴子猴孙。为了管理这么大的摊子，孙悟空任命了四个老猴为健将，两个赤尻马猴为马、流二元帅，两个通臂猿猴为崩、芭二将军，把安营扎寨、赏罚诸事交给他们管理。

这样，孙悟空作为一把手就从烦琐的日常工作中解放出来，每天腾云驾雾，云游四海，结交了牛魔王等一批神通广大的魔头。后来，又有两位独角鬼王敬献赭黄袍，孙悟空大喜之下，任命他们为前部总督先锋。如此，孙悟空的花果山至少有七十八位中层干部。在二次大闹天宫时，孙悟空能够与十万天兵天将抗衡，这些中层干部起到了不可忽视的作用。

孙悟空号称“千古驰名第一妖”，除了能打，管理能力强也是一大重要原因。一般领导，只能分管五六个中层，孙悟空统领七八十个中层，还能做到有条不紊，相比黑熊怪做守山大神，红孩儿做善财童子，那能力强的不是一点。

孙悟空管理这么多中层干部，其管理能力应该达到了上市公司老总的水平。所以，孙悟空在天庭、西天身居高位，红孩儿、黑熊怪之类应该心服口服。

（三）发展模式合理

西游世界的妖怪组织，各有各的发展模式。牛魔王家族主要靠运用手段垄断稀缺资源来获得超额非法利益。铁扇公主利用芭蕉扇控制了火焰山一带的气候，如意真仙控制了女儿国附近的落胎泉，红孩儿勒索土地、山神做苦力交保护费，最终因为不配合西天取经，被东西方联合镇压。牛魔王的结局是被软禁在西方，把牢底坐穿。

狮驼岭三大魔头，先是霸占了狮驼国，五百年时间把一国君臣百姓全部吃光。唐僧师徒来到此地，简直置身地狱。人头骷髅堆积如山，尸体骨骸摆放如林。人皮撑开，晾在树枝上风干，人肉烂在地上，都变了浆。人筋缠在树上，晒干了晃亮如银，恐怖至极，惨不忍睹。人吃光了后，三魔又来到狮驼岭，干的是拦路抢劫的勾当。吃人和抢劫，都是不可持续发展的模式，最终结果只能被镇压。

相比而言，孙悟空走的是绿水青山的可持续发展模式。书中说：孙悟空在花果山称王以后，“春采百花为饮食，夏寻诸果作生涯。秋收芋栗延时节，冬觅黄精度岁华”。平时的生活主要是“采仙桃，摘异果，刨山药，劚黄精”。孙悟空几次重回花果山，每次离开前都要吩咐猴子猴孙春天种树，秋天收果子，平时疏通泉水，完全是生态农业的理念。正因为孙悟空没有犯伤天害理的大罪，所以后来能够成佛。

三、善于结盟

无论是在大闹天宫时期，还是在取经时期，孙悟空有一个突出的优点，那就是善于结盟。

在大闹天宫时期，孙悟空积极联络四大部洲的牛魔王集团、蛟魔王集团、鹏魔王集团、狮驼王集团、猕猴王集团、狨王集团的六位首领，成功地结为兄弟，并且鼓动他们公开对抗天庭。在孙悟空称齐天大圣之后，他们分别号称平天大圣、覆海大圣、混天大圣、移山大圣、通风大圣和驱神大圣。七位大圣结为一体，互壮声势，彼此呼应。

在取经路上，孙悟空的这一能力进一步增强了。在对付九头虫时，孙悟空放下身段向二郎神兄弟请求支持，取得了很好的效果。孙悟空和二郎神联手，赶跑了九头虫。在对付辟寒等三只犀牛精时，孙悟空请到了井木犴等四木禽星，以相生相克的办法战胜了敌人。对付九头狮子团伙，孙悟空请的是太乙救苦天尊。天尊非常重视，带着狮奴领回了九灵元圣。

第三节 低调才能进步

低调是中国文化的传统。《易经》里说：“地势坤，君子以厚德载物。”[①]包容、宽厚一直是君子之德。在六十四卦中，每一卦在不同情况下，吉凶利弊都有变化，只有谦卦在任何时候都是好的。“满招损，谦得益”，一直被人们奉为信条。《道德经》里讲“知其雄，守其雌”[②]，只有学习水的柔弱处下的品格，方能保存自己和走向成功。在《西游记》中，神仙在体制内，妖怪在体制外。无论在体制内还是在体制外，要想混得好一点，低调一点比较合适。神仙低调，在体制内官儿做得大。妖怪低调，可以活得长一点。

① 周易·坤·象辞.

② 道德经.第二十八章.

一、不断走向低调的孙悟空

天上的神仙，一般说来都很低调。这从神仙的表达方式就能看出来。神仙都很注意礼节礼貌，如来帮助天庭镇压了孙悟空，在玉帝面前也不过是自称“老僧”而已，观音菩萨那么大的知名度，遇到人一口一个“贫僧”，只有那不知天高地厚的孙猴子一口一个“老孙”，有时候还要自称“孙外公”。孙悟空从体制外的妖精转型为体制内的佛，这一过程就是一个不断走向低调的过程。

最初的孙悟空是个很放肆的猴妖，凭着自己的天生禀赋吸食天地之灵气，以后又跟菩提祖师学习了一身好武功，闹了龙宫，闹了地府，还想到天上去做官。那个时候的天庭，对于孙悟空这样的草根妖精，实行的是以安抚为主的绥靖政策，所以初出道的孙悟空有机会在天庭做了一回弼马温。后来，猴子嫌官小，闹了一回事，成了齐天大圣。

玉帝专门拨款新建了“齐天大圣”府，真的封孙悟空为“齐天大圣”，下面设“安静”“宁神”二司，还赏赐了御酒两瓶、金花十朵。这个时候的孙悟空虽然没有实权，但是在天庭的地位远比当弼马温的时候高，可以经常接触到三清、四御等高级神仙，但孙悟空没有利用这一时机好好学习，提高工作能力和政策水平，而是天天在不同工作单位乱窜，破坏了天庭的正常办公秩序。为了防止出乱子，玉帝接受了许旌阳真人的建议，让孙悟空管理蟠桃园。都说神仙高明，这一招实在是昏招，哪有猴子不偷桃的道理。孙悟空在管理蟠桃园的期间，知道自己不在蟠桃会的名单上，恼羞成怒，于是就偷蟠桃、仙丹，开始了大闹天宫的疯狂举动。

早年的孙悟空没有一点感恩之心。神仙世界是个等级世界，上下之间的尊卑主要取决于道行的深浅，而道行的深浅又与资历有关。孙悟空想不经过资历和威望的积累就直接到达权力的顶峰，这反映了他的幼稚和浅薄。五行山下五百年的有期徒刑，给了孙悟空一次仔细思考的机会，刑满以后的孙悟空再也没有过去那种"皇帝轮流做"的念头。西天路上的孙悟空开小差，最多也就是回到花果山继续做猴王。

刚踏上取经路的孙悟空感觉还是很好的，在碰到黑熊怪的时候，孙悟空还背诵了一首几百字的长诗，把自己闹龙宫、闹地府、闹天宫的光辉事迹说了一遍，没有想到黑熊怪根本就不在乎，只是说了一句："呵呵，你原来就是弼马温啊。"孙悟空自认为是个人物，而在黑熊怪眼里，他就是个喂马的。孙悟空根本没有办法对付黑熊怪，最后还是观音菩萨出场，才把黑熊怪制服并收编为普陀山的守山大神。

西天路上渐行渐远，棘手的妖怪越来越多，随着社会阅历的增加，孙悟空越来越低调，对于天庭的态度也就越来越谦卑。猴子复出后，第一次见玉帝是为了对付奎木狼，见到天庭众神打招呼也就是唱个大诺而已。第二次见玉帝，是为了对付青牛精独角兕大王，一开始还是一副大大咧咧满不在乎的样子，啰里啰嗦说了一大通妖怪的情况。但孙悟空忽然想到自己有求于人，应该谦虚低调，很谦卑地说："疑是上天凶星，思凡下界，为此老孙特来启奏。伏乞天尊垂慈洞鉴，降旨查勘凶星，发兵收缴妖魔，老孙不胜战栗屏营之至！"孙悟空一下子这么低调，搞得众神仙很不适应，当时就有葛仙翁笑问："猴子是何前倨后恭？"在玉帝下令调查独角兕大王的来历时，孙悟空一边耐心等待，一边还作了一首诗：

风清云霁乐升平，神静星明显瑞祯。
河汉安宁天地泰，五方八极偃戈旌。

我们知道，孙悟空在菩提祖师那里主要是参加了一个武术培训班，学了一点技击之类的东西，文化课学得很少，跟唐僧取经主要是担任首席保镖，负责唐僧取经的安全，打打杀杀的本事有两下子，诗词歌赋之类应该没有多少研究。孙悟空作了这样一首诗，歌颂天庭的大好形势，主要是用来朗诵给玉帝听的。这个马屁拍得好。果然，玉帝对孙悟空这次的表现很满意，把三十三层天翻了个遍，还派出李天王领了一大帮天兵天将去捉拿妖怪。从此以后，孙悟空明白光是打打杀杀不能解决问题，只要态度好一点，就可以得到上面领导的关照。所以，孙悟空越来越倾向于通过拉关系、走上层路线的办法来对付妖怪。

为了跟领导套近乎，孙悟空还学会了送礼，曾经一次送给玉帝四只犀牛角，还想给如来佛祖送一只。从《西游记》中的描写来看，孙悟空越是接近灵山，态度越是谦恭，特别是在六耳猕猴被打死以后，孙悟空明白了自己的一切都掌握在佛祖手里，随便一件法宝就可以要了自己的命。此后的孙悟空性情大变，变成了一只温良恭俭让的好猴子，最终在体制内一直被提拔到斗战胜佛的高位上。

我们再来说孙悟空的结拜大哥牛魔王。他之所以被镇压，与其太高调有关。先说穿着，孙悟空在大闹天宫的时候，牛魔王穿着比较朴素。等到西天路上重逢，牛魔王一身名牌，连孙悟空差点都认不出来了。难怪，人家有两个老婆为他张罗嘛。说到老婆，大多数妖怪是没有老婆的，牛魔王竟然有一妻一妾，还有儿子，作为妖怪来说，有点太过分了。

再说坐骑，《西游记》中那么多妖怪都没有坐骑，牛魔王竟然有一只辟水金睛兽，好像比文殊菩萨的青毛狮子、普贤菩萨的大白象还要高级，因为辟水金睛兽既能腾云，也能在水里走，属于水陆两用的交通工具。神仙有坐骑是为了显示自己的身份，这是工作需要，其实哪个神仙不会腾云啊。牛魔王一个妖怪，也搞一个坐骑，而且比菩萨的要高级，体制外的妖怪要跟体制内的神仙比哪个更牛，最终哪能有好果子吃呢。

牛魔王最终的下场很狼狈，妻子的芭蕉扇被充了公，小妾被猪八戒打死，自己被软禁在西天佛国。最终的判决结果是无期徒刑，这就意味着牛魔王比当年的孙悟空还要惨，即使牢底坐穿也不能重见天日。一个妖怪，谁让你跟神仙斗气呢？

二、高调的二郎神

《西游记》中的二郎神，本事真不小。

当孙悟空大闹天宫的时候，观音菩萨推荐二郎神镇压孙悟空。这本来是件大好事，但是二郎神首先声明自己听调不听宣。这一点，玉帝是不满意的。

玉帝认为，二郎神既然想到体制内发展，就要放下架子从小角色做起。本来，因为斧劈桃山的事情，玉帝对这位亲外甥就很不满意。二郎神年轻气盛，在关键时刻跟玉帝讲条件，显然情商不高。接下来，二郎神带着手下来到花果山前线，在前敌总指挥李天王面前表现得很不礼貌，我们看他是怎么说的：

> 小圣来此，必须与他斗个变化。列公将天罗地网，不要幔了顶上，只四围紧密，让我赌斗。若我输与他，不必列公相助，我自有兄弟扶持；若赢了他，也不必列公绑缚，我自有兄弟动手。只请托塔天王与我使个照妖镜，住立空中。恐他一时败阵，逃窜他方，切须与我照耀明白，勿走了他。

玉帝的旨意只是让二郎神来协助李天王作战，而二郎神来到前线后根本不把天兵天将放在眼里，只是叫李天王帮忙开个照妖镜，其他人都不用帮忙，可见二郎神自视甚高，根本不把天庭众神放在眼里。这一点上，二郎神犯了大忌，也许他在地上被冷落得太久了，急需独自捉拿孙悟空，在神仙界造成轰动效应，以便在天庭有个好位置。

二郎神的这种想法是错误的，在体制内混，做什么事都离不开组织，离不开同事之间的互相关照。想一个人独吞胜利成果，只能把事情搞砸。

二郎神作为一个大名鼎鼎的神仙，情商还不如多少年后的凡人曾国藩。曾国藩经常讲的是“花未全开月未圆”“势不可用尽”，意思是做任何事情都要留点余地。在弟弟曾国荃即将攻入太平军的老巢南京城的时候，曾国藩命令弟弟停止进攻，等待李鸿章率领淮军一起破城。曾国藩把攻破南京城的功劳让一半给李鸿章，是官场上投桃报李的行为，日后从中收获甚大。后来，曾家势力逐渐衰落，李鸿章成为晚清政府第一人，处处维护曾家的利益。

正是因为二郎神处处突出自己，不给同事面子。李天王等天庭军界神仙肯定没少在玉帝面前说其坏话。显然，玉帝对二郎神的印象很不好。

二郎神擒获孙悟空后，玉帝改变了主意，并没有兑现高升重赏的承诺，只不过是“赏赐金花百朵，御酒百瓶，还丹百粒，异宝明珠，锦绣等件，教与义兄弟分享”。赏赐完毕，玉帝就把二郎神打发到灌江口。可见，尽管二郎神立下大功，玉帝还是对他很冷淡，这其中的原因是，二郎神太傲了，根本不考虑天庭的面子。

天庭人事部门认为，二郎神这样的神仙留在天庭，不利于领导班子的团结。让二郎神更为失落的是，当孙悟空从八卦炉里逃出来时，天兵天将无人抵挡，天庭竟然不请二郎神，而是舍近求远，去西天请如来佛祖。这说明玉帝对自己的亲外甥很失望，二郎神立功升职的努力失败了。

三、中国文化中的低调

汉高祖刘邦，文化程度不高，但他豁达大度，有容人之量，所以能够任用萧何、张良、韩信等一流人才。项羽就差一点，刚愎自用，重要的谋士就一个范增，还不好好用。临死之前，不反省自己，还把自己的失败归结为天意。

古语讲，“忠言逆耳利于行”，很多对自己有价值的话听起来好像不那么顺耳。能不能听进这些逆耳之言，很能反映出一个人的胸襟和气魄。唐太宗李世民统治时出现“贞观之治”，这跟他善于听从名臣魏征的进谏是分不开的。

【拓展阅读·唐太宗怕魏征】

唐太宗在玩一只鸟（雀鹰），远远地看见魏征来了，担心他见自己玩鸟，又要进谏，慌忙把鸟藏在袖子里，魏征知道皇上袖子里有名堂，所以故意长时间地报告事情，不肯退下，结果鸟被憋死在皇上的袖子里。李世民统治的时期，是中国封建社会最好的时期之一。据说，在那个时候，整个大唐帝国，有时一年被判死刑的人才十几个。

汉高祖、唐太宗都是大人物，听够虚心听取不同意见，所以

名垂青史。对我们这些平常人来说，就是要向别人学习。为什么要向别人学习？因为人类的知识范围极其广大，没有哪一个人能够知道所有的事情，在现代社会，即使你是一个出色的学者，离开了自己的专业，也许并不比文盲强多少。另外一个方面，人类的文化是一个逐渐积累的过程，我们生活在前人的经验里，从这一点上说，我们需要向前人、向古人学习。

每个人都有自己的长处，能够向他人学习就能不断提高自己的能力。孔子是中国古代的圣人，他三岁时父亲去世，过了几年，母亲也去世了。为了生存，孔子给人家放养过牲口，赶过大车。但他最终成为那个时代最有学问的人，并在后来的两千多年里被尊崇为圣人，是因为其有一个优点：善于向他人学习。孔子说过："三人行，必有我师焉，择其善者而从之，其不善者而改之。"[①] 有人说孔子是学无常师，意思没有固定的老师，只要人家有长处，就向他学习。据传孔子跟师旷学过琴，跟老子学过礼。有一位七岁的神童名叫项橐，孔子也曾向他请教。

如何才能比较好地向别人学习，这就要求我们谦虚，摆正自己的位置。谦虚是每一个民族都由衷称赞的美德，中国古代的《易经》六十四卦，其中唯一六爻皆吉的卦只有谦卦，所以中国人名中以谦为名的人很多。毛泽东曾经说过：谦虚使人进步，骄傲使人落后。在民间传说中，项羽非常勇武，史书记载他曾历大小七十余战，每战皆胜，但最终还是失败了，就是因为他太过自负，

① 论语·述而.

太过骄傲。《三国演义》里面的关羽过五关、斩六将、水淹七军，威震华夏，然而在他事业巅峰的时候却被吕蒙打败了，主要原因也是过于轻敌、目中无人。

生活中有些人很骄傲，这些人往往很聪明，很有才气，但是由于过于看重自己的优点，所以在他们看来，凡事都在我预料之中，别人都很平常。因而，听不了不同意见，结果自己的人品、学识提高不了，事业也得不到更大的发展。

第四节 好平台才有好发展

平台是指个体发展所依赖的团队以及人脉。马克思讲，人是一切社会关系的总和。西游世界的神仙，也是其社会关系的总和。三清之所以备受尊敬，是因为天庭神仙的主体是道派神仙。大多数神仙都是三清的徒子徒孙，他们所学习的《道德真经》《混元道果》等经典是三清创作出来的。他们手里的兵器或者法宝，是三清赐给他们的。所有的神仙都有着或远或近的师承门派关系，他们是利益共同体也是知识共同体。佛派远在灵山，按照太上老君的说法，是化胡为佛的结果。孙悟空在不到千年的时间里，从猴子变成斗战胜佛，与其平台有关系。

一、孙悟空的平台

（一）师承

书中，孙悟空的师父主要有两位。

第一位是菩提祖师。他在教会了孙悟空一身武艺以后，就销声匿迹了。作为孙悟空隐秘的大后台，菩提祖师一直威慑着太上老君、托塔李天王和如来佛祖等各方势力。当孙悟空征战北俱芦洲混世魔王集团，闯阴曹地府强销生死簿，到东海龙宫勒索宝物，大闹天宫威胁玉皇大帝，乃至被镇压在五行山下时，菩提祖师一直在暗中关注着孙悟空，因为孙悟空的一举一动关系到祖师的身家性命和荣辱利害。

第二位是唐僧。孙悟空通过拜唐僧为师，有了观音和如来这样的大靠山。唐僧前世，是如来佛祖的二弟子金蝉子。从这里论起，孙悟空就是如来佛祖的徒孙。取经路上，孙悟空能够请得动灵吉菩萨、文殊菩萨、十八罗汉等佛派高层人物，大家看的是佛祖的面子。观音菩萨之所以有求必应，也是看的佛祖的面子。在五庄观，镇元子安排给唐僧师徒吃人参果，后来大打出手，孙悟空在这一过程中，前后吃了两个人参果，可谓鸿运齐天。如果他不是唐僧的徒弟和如来佛祖的徒孙，恐怕不会有这样好的运气。

（二）门派

《西游记》中，主要有两大门派。

一派是道派。道派神仙太上老君与孙悟空渊源颇深：一是孙悟空的兵器金箍棒，是太上老君锻造出来的；二是孙悟空的铜头铁臂，是服了太上老君的金丹以后炼成的；三是火眼金睛，是在八卦炉里烧了七七四十九天炼成的。所以，太上老君与孙悟空虽然有时是朋友有时是敌人，但他从没想真正地置孙悟空于死地。道派的另一大神仙，四御之一的太乙救苦天尊与孙悟空关系也比较好。在九灵元圣的故事里，孙悟空到妙岩宫向太乙救苦天尊求救，天尊亲自走下莲花宝座迎接，一口一个大圣，极其热情，而后带着狮奴第一时间收服了妖怪。这一回请人，天尊给足了孙悟空面子。至于其他的道派实力人物，如福、禄、寿海上三星等神仙，基本上和孙悟空平辈论交。许多棘手的事情，嘻嘻哈哈之间就给办成了。

另一派是佛派。比起道派来，佛派是新兴的后起门派。孙悟空是唐僧的徒弟，唐僧前身金蝉子是如来弟子。所以，从辈分上来讲，孙悟空是如来的徒孙。因此之故，如来对孙悟空比较好。西天路上，最为棘手的大魔头狮驼岭三怪就是如来带着文殊、普贤降服的。在降服六耳猕猴时，如来还不厌其烦地给孙悟空上了一堂生物课，讲了“四猴混世”的知识，而后默许孙悟空打死了六耳猕猴。在取经到了最后的时候，燃灯古佛亲自给予关心。有人说，西天路上指点迷津、传授《多心经》的乌巢禅师就是燃灯佛祖变化的。五方五老中的观音，在佛派菩萨中排名第一，跟孙悟空感情很深。孙悟空能够进取经团队，观音菩萨是领路人。取经路上，孙悟空遇到困难，首先想到的就是找观音。被金翅大鹏鸟关在阴阳二气瓶里那一次，孙悟空差点被烧死，多亏观音菩萨送的三根毫毛救了他一命。取经结束，孙悟空成佛，还排在观音菩萨前面一个位置，观音也没有表示出丝毫不悦。

（三）天庭

孙悟空进入取经团队以后，跟天庭方面关系一直很好。玉帝作为天庭之主，对孙悟空一直比较仁慈。孙悟空出世的时候，千里眼、顺风耳向玉帝汇报情况，玉帝说："下方之物，乃天地精华所生，不足为异。"这种顺其自然的态度，才让孙悟空有了今后的发展。此后，孙悟空不断闹事。玉帝主要还是以安抚为主，第一次任命孙悟空为弼马温，第二次任命孙悟空为齐天大圣。虽然只是虚衔，但是齐天大圣的级别很高，应该仅次于四御，与北极四圣级别差不多。后来，西天路上，孙悟空频频向玉帝求救。玉帝每次都亲自安排，效果也都比较好。正因为玉帝态度鲜明，手下的文臣武将也都很卖力。四大天师通风报信，太白金星跑前跑后，李天王父子带着天兵天将斩妖伏魔。有了天庭的支持，孙悟空的压力减轻了不少。

（四）冥府

阎罗王对孙悟空有求必应。前期主要是害怕孙悟空的武力，后期是因为孙悟空肩负取经重任。在孙悟空大闹地府时，阎王受到威胁，默许把生死簿上猴子一类的记载全部删除了，许多猴子的寿命得到了延长。取经路上，真假美猴王的故事里，孙悟空向地府求救，虽然没有解决问题，地藏王菩萨还是为孙悟空指明了方向。在寇洪还魂的故事里，地藏王菩萨看在孙悟空的面子，破例给寇洪增加了一纪寿命，也就是让他多活了十二年。

（五）龙宫

龙宫负责管理水族和实施降雨。早年孙悟空从东海龙宫获得兵器，并由四海龙王凑齐盔甲等行头。取经路上，以东海龙王为首的四海龙王多次帮助孙悟空，孙悟空被唐僧撵走曾找东海龙王叙旧，东海龙王很耐心地开导他，最后劝得孙悟空幡然悔悟。其间，他还四次找东海龙王求雨：一次为灭红孩儿的三昧真火，一次是和车迟国三仙斗法，一次是为朱紫国国王做药引子，一次是为凤仙郡解除旱情。每次四海龙王都尽心帮忙，甚至冒险帮他降雨，太够意思了。

（六）取经团队

取经团队是一个小单位，但是承担的责任很大。玉皇大帝和如来佛祖亲自确定的计划，观音菩萨是项目总指导，唐僧是具体负责人。孙悟空师兄弟担任保镖，其中孙悟空是首席保镖。一路上，孙悟空能够调动满天神佛，不是孙悟空面子大，而是玉帝的权力大，如来的影响力大，这就是平台的力量。

书中，牛魔王不如孙悟空，重要原因就是没有一个很好的发展平台。所谓发展平台与你所在的组织以及在组织中的位置有关。牛魔王的影响力主要局限在家族之中，老婆、孩子、弟弟、小妾是他可以信赖的主要力量，自己手下连一个像样的小妖也没有，决战时能够助战的只是玉面公主手下的一帮小喽啰。在与孙悟空交手时，牛魔王曾经中场叫停，很有面子地说有饭局，吃好饭再打。实际上，所谓饭局不过是碧波潭龙王请客。

我们不要一看龙王就很崇拜，龙王也是分等级的。东海龙王、西海龙王等是第一个等级，泾河龙王是第二个等级，碧波潭龙王等级要低得多，估计只比什么井龙王强那么一点点。孙悟空连东海龙王、西海龙王都经常欺负，估计不会与碧波潭龙王之类的小角色应酬。孙悟空出道早，在天上做弼马温和齐天大圣的时候就喜欢瞎转悠，串办公室，结交了不少有实力的神仙，这对他以后的发展很重要。

我们还可以比较一下金庸小说中的杨康和郭靖。前期杨康发展得比较好，主要是依靠两大平台：一是金国小王子的身份，二是全真派第三代弟子的身份。其时的郭靖，不过是江南七怪的弟子而已。全真派是名门，七怪是江湖草莽。但是，杨康的平台一直停滞不前，郭靖却在不断提高。跟着马钰、王处一学功夫，有了全真派的内功。而后在黄蓉的引导下，郭靖又与洪七公、周伯通、一灯大师交往，并且做了黄药师的女婿，还与欧阳锋、裘千仞一直打架，最后成为武功高手。这中间有郭靖的努力，但是平台的力量也是至关重要的。

二、依托平台强毅力行

有了好平台，取经者还需要意志专一、行动力强。

意志专一，主要是指做事情的专一性和持久性。孙悟空自从跟随唐僧取经以后，一直比较专注。孙悟空不追求吃喝享受，也不喜好女色，这一方面他比西天路上遇到的妖怪强，也比猪八戒强。牛魔王好钱好色，资质不在孙悟空之下，最后一事无成。

猪八戒好色还在好钱之上，没有经受得起“四圣试禅心”的考核。取经团队组建以后，黎山老母化身贾氏，观音、文殊、普贤三大菩萨化身真真、爱爱、怜怜，以招赘的名义考核唐僧师徒，猪八戒主动提出要脱离取经团队留下来，是唯一没有通过考核的成员。

在后来的取经路上，猪八戒多次提出要散伙分行李，意志力最为不坚定。沙和尚相较猪八戒虽然能力有所欠缺，但意志力比较坚定，关键时刻从不动摇。唐僧除了在女儿国意志力稍有懈怠以外，取经的念头从没有改变过。

在取经团队中，孙悟空除了意志坚定，行动力强也是突出优势。有了好的平台，你还要肯干，才会有出息。在《西游记》中，我们看到的是一个行动着的孙悟空。出生后不久，就因为在水帘洞前勇敢一跃被推举为美猴王，又因为对于死亡的恐惧流浪几大洲寻找神仙，学习长生不老之术。孙悟空在天上做弼马温时踏踏实实地喂马，书中说那些天马都养得肉肥膘满。除了大闹天宫后被压在五行山下的那段时间，猴子一直在行动着。

书中的孙悟空，一是眼勤，眼睛里能够看到事情。一双火眼金睛，大多数妖怪是他首先发现的。二是嘴勤，不懂就问。年轻时候，追求长生不老，见人就问。三是手勤，降妖伏魔，猛打猛冲，手上功夫不含糊。四是腿勤，到处请神仙，跑腿的都是他。五是脑勤，喜欢动脑子。

注重行动力，也是中国文化的特点。孔子说："力行近于仁。"[①]仁是儒家最为推崇的价值，实现仁道价值，关键在于踏踏实实去做，而非光嘴上去说。古人说踏石留印，抓铁有痕，讲的就是一种行动精神。古语云：一身动，则一身强；一家动，则一家强；一国动，则一国强。天下动，则天下强。

成功者的行动，在逆境之中尤其重要。一代伟人毛泽东年轻时说："河出潼关，因有太华抵抗，而水力益增其奔猛；风回三峡，因有巫山为隔，而风力益增其怒号。"[②]自然界中的水，所遇阻力越大，则冲破阻力后的冲力越大。个人在社会中的成长往往也是如此，磨难能够激发人的潜能，锻炼人的意志。许多大人物是在逆境中奋斗出来的，养尊处优的富贵子弟往往成不了才，古人说"自古雄才多磨难，从来纨绔少伟男"，说的就是这个道理。

人生在世，不如意事十有八九，人的精神、人的尊严只有在与命运的搏斗中才能显示出来。我们常常在生活中听到有人抱怨说家务事太多，做不成事业。老一辈宋词研究专家唐圭璋，女儿两岁时妻子去世，从此先生终身未娶，既当爹又当妈，一直培养女儿到上大学。这当中唐先生付出了多少心血啊，可这并不妨碍他成为宋词研究第一人，此后恐怕也很难有人超越他。

鲁迅的一生可谓一直在逆境中，幼年时饱尝家道败落的酸辛，

---

① 礼记·中庸.

② 这段话是毛泽东于1917—1918年在《伦理学原理》一书中的批注。

早年奉母命娶了不喜欢的人，中年后兄弟反目，往日的朋友大多成为敌人，但他始终铁骨铮铮，以笔为枪，写出了一篇篇从血管里喷出来的至情文章，警醒了一代代的中国人。他被称为“民族魂”，毛泽东称赞他为“中国现代的圣人”。

《西游记》中，取经路上，孙悟空是降妖伏魔的一号主力，可以说，哪里有妖怪，哪里就有孙悟空忙忙碌碌的身影，或用力或斗智，自己解决不了的妖怪，天涯海角去找对路子的神仙，迷惘的时候不是没有，但大多数时候都在坚持，都在想办法克服困难。

主要参考文献

[1]吴承恩.西游记[M].北京:人民文学出版社,2010.

[2]鲁迅.中国小说史略[M].北京:人民文学出版社,2007.

[3]袁珂.中国古代神话[M].上海:华东师范大学出版社,2017.

[4][法]让·巴普蒂斯特·德·帕纳菲厄.博物学家的神秘动物图鉴[M].樊艳梅译.北京:北京联合出版公司,2016.

[5]康江峰.西游记新论[M].北京:中国社会科学出版社,2014.

[6]英雄北游.天庭内幕[M].北京:中国青年出版社,2008.

[7]屈小强.《西游记》之谜[M].北京:中国广播电视出版社,2006.

[8]郭英德.中国四大名著讲演录[M].桂林:广西师范大学出版社,2006.

[9]栾保群.中国神谱[M].天津:天津人民出版社,2009.

[10]有鬼君.见鬼:中国古代志怪小说阅读笔记[M].北京:东方出版社,2020.

[11]栾保群.中国神怪大辞典(修订版)[M].北京:人民出版社,2018.

[12]蔡铁鹰.西游记资料汇编(上下)[M].北京:中华书局,2010.

[13]孙见坤.中国妖怪大全[M].天津:天津人民出版社,2018.

[14]张云.中国妖怪故事(全集)[M].北京:北京联合出版公司,2020.
[15][日]水木茂.妖怪大全[M].海口:南海出版公司,2017.
[16]任聘.中国民间禁忌(第5版)[M].济南:山东人民出版社,2012.
[17]穆鸿逸.妖眼看西游[M].北京:新星出版社,2009.
[18]萨孟武.西游记与中国古代政治[M].桂林:广西师范大学出版社,2005.
[19]王力.中国古代文化常识(插图修订第4版)[M].北京:北京联合出版公司,2014.
[20]袁珂.山海经译注[M].上海:华东师范大学出版社,2017.
[21]赖永海.中国佛教文化论[M].北京:东方出版社,2014.
[22]愚木.中国精怪故事集[M].西安:陕西人民出版社,2018.
[23]牟宗三.政道与治道[M].桂林:广西出版社,2006.
[24]刘泽华,葛荃.中国古代政治思想史[M].天津:南开大学出版社,2001.
[25]郭英德.中国四大名著讲演录[M].桂林:广西师范大学出版社,2006.
[26]杨伯峻.论语译注[M].北京:中华书局,2019.
[27]孙通海.庄子[M].北京:中华书局,2016.
[28]周英.怪谈:日本动漫中的传统妖怪[M].北京:中国传媒大学出版社,2017.
[29][晋]干宝.搜神记[M].上海:上海古籍出版社,2009.
[30]方勇.孟子[M].北京:中华书局,2017.
[31]成云雷.趣味《西游记》[M].济南:山东人民出版社,2020.